Nikolina Drum
The Rain Upon Us

Nikolina Drum

The Rain Upon Us

Damien & Birdie

PIPER

Mehr über unsere Autorinnen, Autoren und Bücher:
www.piper.de

Bei »The Rain Upon Us« handelt es sich um eine bearbeitete Version des auf Wattpad.com von NikolinaDrum ab 2016 unter demselben Titel veröffentlichten Textes.
Wenn Ihnen dieser Roman gefallen hat, schreiben Sie uns unter Nennung des Titels »The Rain Upon Us« an empfehlungen@piper.de, und wir empfehlen Ihnen gerne vergleichbare Bücher.

ISBN 978-3-492-50632-8

Redaktion: Diana Napolitano
Satz auf Grundlage eines CSS-Layouts
von digital publishing competence (München)
mit abavo vlow (Buchloe)
Covergestaltung: FAVORITBUERO, München
Covermotiv:
Bilder unter Lizenzierung von Shutterstock.com genutzt
Printed in Germany

Für meine Leser:innen, die meine Worte verstehen. Die mutigen Menschen, die niemals aufgeben. Und jene, die sich aus belastenden Situationen befreien konnten.

Playlist

1. Haunted – Saint Claire
2. Searching For A Feeling – Thirdstory
3. The Rain – Oh Wonder
4. River Of Tears – Alessia Cara
5. Bruises – Lewis Capaldi
6. Start Again – Birdy
7. Come Home – OneRepublic
8. Come Back Home – Calum Scott
9. Waiting For Us – Stray Kids
10. All This Time – OneRepublic
11. After Rain – Dermot Kennedy
12. Better Man – James Morrison
13. Only Love – Thirdstory
14. Unsteady – X Ambassadors
15. If Our Love Is Wrong – Calum Scott

Prolog

Damien

Kann man sein eigenes Leben retten, wenn man das eines anderen rettet?

Diese Frage schleicht sich immer wieder in meine Gedanken ein. Der Rotwein schmeckt bitter, und selbst wenn mich dies unter normalen Umständen nicht stören würde, ist es diesmal anders. Nachdenklich stelle ich das Glas auf den Bartresen und verschränke meine Arme, während ich tief Luft hole.

Es sind Tage vergangen ... Wochen. Mit der Zeit frisst mich die Leere dieses Apartments auf. Dass Sebastian mich nach der Uni besuchen kommen wird, gibt mir zumindest einen Grund, über den ich mich zur Abwechslung mal freuen kann. Die Tage sind lang, und die Minuten fühlen sich wie Stunden an. Als ich an die Scheibe der Fensterfront meines Wohnzimmers trete, begegne ich wieder meinem Spiegelbild, dem ich nicht in die Augen blicken kann. Stattdessen muss ich schwer schlucken und lausche dem elenden Geräusch des langsamen Regens, welcher gegen das Glas streift und in kleinen Perlen vor mir hinabgleitet. Dabei schlägt mir das Herz bis zum Kehlkopf. Es ist keine Aufregung, sondern Schmerz.

Kann man nun sein eigenes Leben retten, wenn man das eines anderen rettet?

Für einen Moment war ich mir sicher, dass dies unmöglich sei. Und die Zweifel in mir sowie die Angst vor der Konfrontation mit der Vergangenheit haben mich vom Gegenteil überzeugt. Dass mich diese Erkenntnis jedoch noch mehr in die Tiefe stürzen würde und ich dabei den einzigen lebenden Menschen verlieren sollte, der mein wahres Ich sehen konnte – damit habe ich zu diesem Zeitpunkt nicht gerechnet.

Mathematik war immer meine Stärke, und so sicher meine Schachzüge in der Karriere und bei geschäftlichen Entscheidungen auch sein mögen, mein Privatleben kennt diese Stärke nur auf einem eher mickrigen, beinahe nicht bemerkenswerten Niveau.

Ich dachte, wenn ich Birdie retten würde, könnte ich mich endlich von den Schuldgefühlen befreien, welche mich seit Kyras Tod nicht mehr loslassen wollten. Aber es scheint ein Fluch fürs Leben zu sein – und nun habe ich einen weiteren Menschen verloren.

Ich bereue viele Entscheidungen in meinem Leben, doch den Tag, an dem ich mich dazu entschloss, Birdie zu helfen, werde ich niemals bereuen. Dass ich sie habe gehen lassen, schon.

Kapitel 1

Birdie

Die Oxford Street ist ein Ort, welchen ich in den vergangenen Wochen um jeden Preis vermeiden wollte – und doch gehe ich nun mit gesenktem Blick und der dunkelroten Decke als Schutzschild an der Bäckerei vorbei, in der ich letzten Winter Meredith kennengelernt hatte. Meine tränenden Augen kann ich kaum offen halten – die Schwellung ist auch über Nacht nicht besser geworden. Wahrscheinlich ist es nur eine Allergie, aber wenn ich den Moment bestimmen müsste, in dem ich in meinem ganzen Leben am schlimmsten ausgesehen habe, dann ist es wohl dieser. Ein letztes Mal wickle ich die Decke eng um meinen Körper und kämpfe mich im Tempo einer Schildkröte durch die Menschenmassen.

Der Sommer weht mit einer sanften Brise durch die Innenstadt, während die heißen Sonnenstrahlen den Asphalt zum Strahlen bringen – ein angenehmer Kontrast zu den dunklen Schatten der hektischen Beine um mich herum. Auf den beiden Laternen neben dem *Primark* sitzen jeweils zwei Tauben, welche sich den Rücken zukehren und gierig die Straßen nach weiteren Brotkrümeln und Imbissüberresten absuchen. Eigentlich ist es viel zu warm für eine Fleecedecke, aber in den letzten Wochen war sie mein treuer Begleiter, und es fühlt sich einfach richtig an, ein letztes Mal den weichen Stoff an meine Haut zu schmiegen.

Ich sehe rote Doppeldecker-Busse, welche von der Menge an schwitzenden Menschen zu platzen drohen, und schwarze Karren, die vor *Hamilton & Sons Inc.* halten, um Frauen und Männer in Anzügen dem *Imperium der Sünden* auszuliefern. Wenn ich raten müsste, dann würde ich sogar behaupten, dass dem Gebäude noch zehn weitere Stockwerke hinzugefügt wurden. Beim Blick nach oben wird mir wieder schwindelig.

Ich habe *ihn* bestimmt seit vier Monaten nicht mehr gesehen, und ich wäre dem Schicksal sehr dankbar, wenn er mir auch heute nicht über den Weg laufen würde. Es war schon schlimm genug, so zu tun, als hätte ich ihn vergessen.

Auf der Zielgeraden zur Nische der Eisdiele bemerke ich das grell leuchtende Schild, das im unregelmäßigen Rhythmus immer wieder aufblinkt. Die Warteschlange vor *Jamie's Ice Cream Shop* führt bis zu meiner kleinen Nische, in der ich einen hechelnden, strubbeligen Hund mit braunen Locken erspähe, dessen schlappe Ohren seine mit Pink befleckte Schnauze umrahmen. *Chaplin.*

Augenblicklich senkt sich mein Blick zum dunkelroten Stoff der Decke, und für einen kurzen Moment atme ich tief ein und wieder aus, bevor meine müden Füße mich über den Zebrastreifen tragen, über den ich zu ihm gelange. Kaum bin ich auf der anderen Straßenseite angekommen, sehe ich, wie die Farbe auf meinen Schultern seine volle Aufmerksamkeit gewinnt. Ein unüberhörbares Bellen erschreckt mich genauso sehr, wie die letzten Kunden der langen Schlange. Seine voluminöse Rute beginnt aufgeregt zu wedeln. Vorsichtig knie ich mich auf den glühenden Asphalt. Die Decke riecht weder nach Chaplin noch nach dem süßen Waschmittel, welches sein Frauchen immerzu verwendet. Sie riecht nach meinem Elend der letzten Wochen und den Straßen Londons. Doch Chaplin möchte den Ersatz um jeden Preis zurück.

Ich gebe ihm, wonach er verlangt, und streichle kurz über seinen weichen Kopf – eine Geste, die er voller Begeisterung über seine Decke jedoch kaum zu genießen scheint, bevor ich mich wieder aufrichte und einen Blick durch das Ladenfenster wage. Bei dem Gedanken, dass mich Juleya gesehen haben könnte, stellen sich alle Haare meines Körpers auf. Doch als ich erkenne, wer stattdessen hinter der Theke *neben* Juleya steht, um einem großen Mann in einem weißen Hemd ein Tablett voller Eisbecher zu überreichen, verschlägt es mir die Sprache. Wie angewurzelt stehe ich vor der Glasscheibe und überhöre ein »Entschuldigung? Stehen Sie in der Schlange?«. Ich kann meinen Augen nicht trauen und kehre dem Fenster augenblicklich den Rücken zu, bevor ich über meine Schulter hinweg einen weiteren Blick wage, um sicherzugehen, dass ich nicht halluziniere.

Hinter der bunten Auswahl an süßen Eissorten steht eine Frau, welche ich nach unserer letzten und einzigen Begegnung nur als eine Lügnerin und Diebin bezeichnen kann. Dass sie nun für jemanden wie Juleya arbeiten würde, überrascht mich nach kurzer Überlegung nicht einmal mehr. Irgendwie passt es ja wie die Faust aufs Auge.

Meredith, die hinterhältige Frau, welche mir Chaplins Decke im letzten Winter stibitzte, nachdem sie ihre prall gefüllte Brötchentüte nicht mit mir teilen wollte.

Meredith und Juleya – ein Herz und eine Seele. Mich würde ja interessieren, wer von ihnen die andere zuerst hintergehen wird oder ob sie gemeinsam ein noch viel schlimmeres Unwetter auslösen werden. Ich schlucke, und mein Blick fällt auf Chaplin, der seine Schnauze tief im Dunkelrot der Decke versteckt. Aber es ist zu heiß, und nur wenige Sekunden später schleckt seine Zunge in wiederholenden Bewegungen an dem Wasser aus seinem Näpfchen. Zu gern würde ich mich bei Jamie bedanken, aber sie ist heute nicht im Laden ihrer Mutter – zumindest kann ich sie nirgendwo aufspüren.

Rasch dränge ich mich an den Menschen vorbei, die außerhalb des Shops ungeduldig und mit winzigen Perlen aus Schweiß auf der Stirn auf ihr Eis warten, weil sich in diesem Moment auch zwei Personen hier aufhalten, denen ich am liebsten in meinem ganzen Leben nie wieder begegnet wäre. Dabei übersehe ich im Chaos der vielen Beine einige Menschen, die ich aus Versehen anremple, und murmle leise ein *Entschuldigung* vor mir her.

Nun weiß ich, warum ich diesen Ort meiden wollte. Zu viele Erinnerungen holen mich wieder ein, und ein Gedanke verleitet mich zum nächsten. Ich stehe wieder im Schatten des *Hamilton & Sons Inc.*-Gebäudes, und an meinem alten Schlafplatz liegt nun ein Hund mit der Decke, auf die ich monatelang angewiesen war.

Aber mein Schicksal nimmt weiter seinen Lauf, als ich auf der anderen Straßenseite von der Seite angerempelt werde. Doch es ist nicht einfach nur irgendjemand. *Er* ist es – Mr Damien Hamilton persönlich. Die mit Eiskugeln gefüllten Becher, welche bis eben noch auf dem Tablett in seiner Hand aufgereiht waren, landen auf dem grauen Asphalt, um dort in nur wenigen Sekunden in bunte Farbkleckse zu verschmelzen. Ein Kunstwerk, welches bis ins kleinste Detail mein Inneres widerspiegelt. Es kribbelt, aber noch viel mehr schmerzt es in mir.

Erschrocken schauen wir uns an, und ich würde jetzt lieber im Boden versinken, als in diesem so faszinierenden Hellblau seiner Augen. Er trägt weder eines seiner grauen Jacketts noch eine Krawatte – lediglich ein weißes Hemd, wie der Mann, der eben noch von Meredith bedient wurde, und mir geht ein Licht auf. Wie konnte ich ihn nur nicht früher erkennen?

Als ich ihn mustere, fällt mir auf, dass seine Haare länger geworden sind und er sie wohl seit geraumer Zeit nicht mehr hat schneiden lassen. Auch sein Dreitagebart ist ein paar Millimeter länger als gewohnt. Er sieht immer noch gepflegt und attraktiv aus, doch selbst die kleinsten Veränderungen seines Äußeren überraschen mich. Ich bin mir nicht sicher, ob es daran liegt, dass ich ihn zuletzt vor einigen Monaten gesehen habe oder weil ich ihn anders in Erinnerung behalten habe.

Und auch sein Blick wandert über mein Gesicht und meinen Körper. Als Erstes fällt ihm wahrscheinlich auf, dass ich die Kleidung verkauft habe, die er mir geschenkt hatte.

Ich weiß nicht, ob es die Hitze der Sonne ist oder sein Blick, aber obwohl wir im Schatten seiner Firma stehen, merke ich, wie meine Wangen rot anlaufen. Dann öffnet er seinen Mund und blinzelt mehrmals hintereinander, bevor er seinen Kopf senkt. In diesem Augenblick wissen wir beide nicht mehr weiter. Ich merke, wie sehr er sich schämt, sehe die Unsicherheit in seinem Gesicht und seinen Händen.

»Birdie …«, haucht er zu meiner Überraschung, und bei dem vertrauten, tiefen Klang seiner Stimme zieht sich meine Brust zusammen.

Ich verharre für einen kurzen Moment und schüttle schließlich meinen Kopf, um mich daraufhin an ihm vorbeizudrängen, in der Hoffnung, es wäre das endgültig letzte Mal gewesen, dass er mir vor die Augen getreten ist. Es tut zu sehr weh.

Damien …, antworte ich in meinen Gedanken, kann mich aber nicht dazu überwinden, stehen zu bleiben.

Kapitel 2

Wenige Stunden nach unserer Begegnung halte ich mir genervt die Ohren mit meinen Handflächen zu. Wer ist bloß auf die verfluchte Idee gekommen, seit gefühlten zehn Minuten kontinuierlich mit seinem Auto zu hupen?! Ich rolle mit den Augen und lasse meinen Kopf gegen die abgenutzte Plexiglasscheibe des Einkaufswagen-Unterstandes fallen, wobei ich ein ungewolltes, dumpfes Scheppern auslöse. Meine innere Uhr hat gerade erst vor wenigen Minuten den Wecker aktiviert, um in den Tag zu starten, und ich bin bereits mit den Nerven am Ende. Wieder dröhnt das Geräusch durch meine Ohren und direkt in meinen Schädel, wo es ein endloses Brummen entfacht, welches in meinen Augen brennt. *Kann das bitte mal aufhören?*

»Das darf doch nicht wahr sein«, murmle ich in meine Arme, die auf meinen an die Brust gezogenen Knien liegen. Dann lasse ich meinen Kopf wieder nach vorn fallen, bevor mich ein weiteres Geräusch wieder aufschrecken lässt. »Halten Sie die Klappe!«, schreie ich und verstecke mein Gesicht augenblicklich wieder in meinen Armen, als ich realisiere, dass ich gerade wirklich über den halben Parkplatz geschrien habe. Ich ertrage es nicht mehr.

Zum Glück wird mich niemand so schnell auf dem Boden finden. Versteckt hinter den Autos und Einkaufswagen warte ich auf Fynn und Leo. Sie wollen mir den Regenschirm zurückbringen, den sie sich von mir geliehen hatten. Leo hat einen Platz in einem Heim bekommen, wenige Wochen später durfte Fynn zu ihm ziehen. Von Obdachlosenheimen hatte Mutter uns immer abgeraten. Sie meinte, dort passieren unheimliche Dinge. Doch Fynn hat mir empfohlen, mich bei einem Frauenhaus eintragen zu lassen. Von so etwas habe ich noch nie zuvor gehört. Wie hätte ich auch? Meine Mum brachte mir alles bei, was ich wusste, und lesen kann ich noch nicht allzu lange. Papiere fehlen mir nach wie vor – aber ich habe mich trotzdem auf die Liste setzen lassen.

Leider waren alle Zimmer besetzt, und die Warteliste ist lang. Bis vor einem Monat bin ich jeden Tag eine Stunde zum Gebäude des Heims gegangen, um nachzufragen, ob ein Platz frei sei, weil sie mich ja sonst nicht erreichen könnten – doch leider blieb ich erfolglos. Die Worte »Leider sind wir momentan voll!« haben sich mittlerweile von allein hinter meine Augen tätowiert, sodass ich es vielleicht im Herbst erneut versuchen werde.

Leos und Fynns warme Unterkunft ist in der Nähe von Alfies Rehaklinik, also plane ich schon einen großen Besuch meiner Freunde im Sommer. An stürmischen Tagen durfte ich einige Male heimlich bei Alfie im Krankenhaus übernachten. Auch wenn ich dies nicht wollte, weil ich befürchtete, dass man mich erwischen würde, habe ich es letztendlich gewagt, da die Angst vor dem Sturm doch größer war als die Angst, am nächsten Morgen eine Verwarnung von einer Krankenschwester zu bekommen. Über ein halbes Jahr ist es nun schon her, dass er Glück im Unglück hatte und notoperiert werden musste. So glücklich er auch in seinem Rollstuhl auf jeden um ihn herum wirken mag, ich würde niemals mit ihm tauschen wollen. Doch mittlerweile ist er ein fester Bestandteil meines Lebens geworden, den ich um keinen Preis mehr missen möchte.

Wieder hebe ich meinen Kopf und schaue hinauf in den blauen Himmel. Es ist ein klarer, idyllischer Tag – wäre da nicht das ungeduldige Hupen einiger Autofahrer. Morgen verlasse ich diesen hektischen Ort, an dem man nur nach Ladenschluss ein Auge zubekommt. Ein Parkplatz ist nicht gerade der schönste Ort zum Übernachten. Der angenehm ruhige Vauxhall Park wartet praktisch nur auf meinen, wenn auch etwas verspäteten, Besuch. Wie jeden Sommer würde mich der Aufbruch der wärmsten Jahreszeit in den schönsten Park Londons locken. Doch in diesem Jahr läuft alles etwas anders als geplant, und ich konnte mich noch nicht dazu motivieren, die Reise anzutreten.

Mit einem Mal hört das ewige Hupen abrupt auf, und eine Autotür fällt ins Schloss. Für einen kurzen Moment spannen sich alle Muskeln in meinem Körper an, und ich weite meine Augen. Ich höre ein Paar Absätze aus der Ferne, die sich mir mit kurzen, schnellen Schritten nähern. *O Gott, hat jemand doch tatsächlich meine Empörung von eben gehört?* Neugierig schaue ich zwischen den Autos hindurch. Aber als sich eine bekannte Stimme zu Wort meldet, erstarre ich.

»Mr Hamilton, ich werde tun, was ich kann. Ich kann …« Die Absätze halten vor meinen Füßen an, und Rosa verschlägt es die Sprache, als sie mich in meinem Unterschlupf ertappt und sich mit verdutztem Blick vergewissert, dass ich es wirklich bin. »Ah, n-nein, alles in Ordnung, Mr Hamilton.« Jedes Mal, wenn sie seinen Namen ausspricht, fühlt es sich an, als würde man mir einen Schlag in die Magengrube verpassen. »Ich rufe

Sie nach dem Einkauf zurück.« Mit diesen Worten beendet sie das Gespräch. »Birdie!« Ich bemerke, wie sie versucht, ihre Tränen zu unterdrücken. Ich weiß nicht so recht, wie ich mich verhalten soll. Verdammt, ich weiß nicht einmal, was ich fühlen soll!

Einer der Gründe, warum ich zu diesem Supermarkt gekommen bin, war, dass ich gehofft habe, Rosa anzutreffen. Ich konnte mich nie wirklich von ihr verabschieden. Anfangs war ich total wütend, als Rosa einfach nicht kam. Jeden Tag saß ich auf diesem Parkplatz und habe mir jedes Auto zehnmal bis ins Detail angesehen, um ihren schwarzen Kleinwagen zu finden, doch die Suche blieb bis heute erfolglos. Aber schnell wurde meine Wut zu einer undefinierbaren Trauer. Ich versuchte, mich mit dem Gedanken abzufinden, Rosa wahrscheinlich nie wiedersehen zu können. Mit der Zeit hatte ich mich eigentlich mit dem Gedanken abgefunden, dass unsere Freundschaft der Vergangenheit angehören würde, aber sie nun vor mir stehen zu sehen, wühlt all das wieder in mir auf, was ich mit viel Mühe und Verzweiflung zu verarbeiten versucht habe. Meine Nerven sind am Ende, obwohl ich schon schlimmeren Bedingungen ausgesetzt war.

»Jetzt verstehe ich …« Auf Rosas Stirn bilden sich trotz ihrer Worte zarte Falten, während sie versucht, das, was sich in ihren Gedanken abspielt, zusammenzufügen. Ich tue praktisch dasselbe, als ich mich bemühe, das, was sie gerade vor sich hingesagt hat, zu verstehen.

Kurze Zeit später kniet sie sich vor mich hin und schaut mich mit einem unsicheren, nervösen Blick an, wobei ich in ihre warmen Augen schaue, die mir ein Gefühl der Sicherheit geben.

»Du bist es doch, Birdie?« Obwohl ihr kleiner Scherz nicht wirklich lustig gewesen ist, müssen wir beide schmunzeln, während auch ich mit einem Kloß in meinem Hals zu kämpfen habe.

»Ich dachte, ich würde dich nie wiedersehen«, schluchze ich, als sie ihre zierlichen Arme um mich schlingt und ich ihren vertrauten Geruch einatme, der nach süßer Vanille duftet. Als wir uns beide wieder loslassen, schaue ich sie verwirrt an. »Wie geht es dir?«, will ich wissen. Ich habe ihre Nähe so sehr vermisst.

»Nun ja, eben wollte ich eine fremde Frau mit meinen eigenen Händen erwürgen, weil sie mir frech den Mittelfinger gezeigt hat und ewig zum Ausparken brauchte, aber jetzt geht es mir besser denn je.« Ihre strahlend weißen Zähne blitzen zwischen ihren roten Lippen hervor. »Ich bin so froh, dich zu sehen, Birdie.« Dann schluckt sie schwer. Ehe ich michs versehe, greift sie nach meiner Hand und hält sie fest. In diesem Moment lasse ich die Welt um uns herum schwarz werden und genieße ihre Berührung einfach, die mir ab dem ersten Moment so viel Kraft gibt. Doch als ich ihre Antwort überdenke, entwischt mir ein kleines Lachen.

»Also bist du der Grund für meine Kopfschmerzen?«, schmunzle ich und schaue wieder zu ihr auf. Irgendwie finde ich es amüsant, wie sie mir unbewusst diesen Schmerz zufügen konnte und dann gleichzeitig die Heilung in Person ist. »Deine Autohupe ist wirklich extrem laut.«

Nun lacht auch Rosa, als sie mir auf verspielte Art und Weise sanft gegen den Oberarm boxt. Als wir daraufhin beide still vor uns hin grinsen, erinnere ich mich an ihr Telefonat von eben. Sie hat mit Damien gesprochen, keine Frage. »Was meintest du eigentlich eben mit ›Jetzt verstehe ich‹?«

Sie lässt die angestaute Luft aus ihrer Lunge entweichen und pausiert einen kurzen Moment lang, während auch sie sich mit einem Seufzen gegen die Scheibe lehnt und zu mir setzt. Erschrocken schaue ich auf ihren wunderschönen braunen Cardigan und mache mir Sorgen, dass sie ihn beschmutzen könnte. Doch Rosa scheint es ausnahmsweise egal zu sein. Stattdessen legt sie nun auch ihre zweite Hand auf meine.

»Mr Hamilton hat mich seit Wochen *wegen eines besonderen Weins* immer zu einem anderen Supermarkt geschickt. Ich habe mich die ganze Zeit gefragt, warum, aber nun wird mir einiges klar. Sebastian, sein jüngerer Bruder, hatte bereits diesen Verdacht geäußert, aber ich hätte seinen Worten nie Glauben geschenkt, da Sebastian viel erzählt, wenn der Tag lang ist.« Sie verstummt und beißt konzentriert auf ihre Unterlippe. Dann schüttelt sie mit einem enttäuschten Gesicht ihren schmalen Kopf. »Ich bin wochenlang an der Eisdiele von Juleya vorbeigefahren und habe dich gesucht. Doch als die Sommersaison angebrochen war, wusste ich, dass du dort nicht mehr aufzufinden sein würdest.« Als sie ihre Beine zu ihrer Brust zieht und meine Position kopiert, lösen ihre High Heels ein leises Klacken aus. »Ich hätte Sebastian sofort vertrauen sollen.« Ehe Rosa sich selbst noch mehr Vorwürfe machen kann, lehne ich wortlos meinen Kopf gegen ihre Schulter. Der Stoff des Cardigans ist weich und angenehm, und wieder rieche ich ihren vertrauten, beruhigenden Duft. Niemals hätte ich gedacht, dass mich ein Morgen neben dem Einkaufswagen-Unterstand auf dem Parkplatz eines Supermarktes so glücklich machen könnte.

»Ich bin einfach nur froh, dich wiederzusehen, Rosa«, beruhige ich sie. Doch Rosas Enttäuschung über die fehlgeschlagenen Versuche, mich aufzuspüren, verwandelt sich nun in Wut auf ihren Chef.

»Dieser Egoist!«, schimpft sie, und ich schrecke auf. »Mr Hamilton wollte also wirklich, dass ich dich nicht mehr zu sehen bekomme, nur weil er kein Rückgrat besitzt und dich einfach so hat gehen lassen. Wahrscheinlich hat er gesehen, dass du nicht mehr in deiner Nische warst, und dass wir schon einmal gemeinsam an diesem Ort hier waren, wusste er ja bereits.«

Als ich auf ihre Hände schaue, sehe ich, wie ihre Knöchel sich weiß färben, als sie vor Wut meine Hand mit ihrer zerquetscht und ich mich lachend aus ihrem festen Griff winde. »Ach du heilige Maria in High Heels! Liebes, das tut mir so leid.« Mit großen Augen schaut sie zu dem kleinen Abdruck ihrer Fingernägel auf meinem Handrücken, aber ich grinse sie nur an und stelle klar, dass es nicht schlimm ist. »Warum hat er mich dann heute wieder hierhergeschickt …?«, denkt Rosa laut vor sich hin, und ich schüttle nachdenklich meinen Kopf. Ich erinnere mich wieder an unsere Begegnung und wünschte mir, dass ich doch nur seine Gedanken lesen könnte, um das Chaos in seinen Augen ergründen zu können – aber Superkräfte gibt es nur in unserer Fantasie. Doch dann geht mir ein Licht auf.

»Ich glaube, ich kann mir vorstellen, wieso er das getan hat«, antworte ich zu ihrer Überraschung. Für mich kann es da nur einen Grund geben, also erzähle ich ihr von unserem ungeschickten Treffen, woraufhin Rosas Lippen die perfekte Form eines »O«s ergeben und sie aufmerksam meinen Worten folgt.

»Damien hat mich gestern in der Oxford Street getroffen. Wahrscheinlich dachte er, ich würde dortbleiben und nicht wieder hierher zurückkommen.« Warum nur möchte Damien um jeden Preis, dass ich Rosa nicht über den Weg laufe ...

»Ihr habt euch also gesehen?«

Ich nicke, und sie verstummt wieder.

Eine Weile schweigen wir vor uns hin, starren in die Reflexion des grünen Autos, welches vor uns steht. Grün ist die Farbe der Hoffnung, aber ich sehe nur zwei entsetzte, schweigende Frauen, die nicht wissen, was sie sagen sollen. Doch dann senkt Rosa ihren Kopf und starrt auf die weiße Handtasche, welche lose um ihren Körper hängt. Sie ist aus edlem Stoff und mit einer goldenen Brosche versehen. Ein wahrer Hingucker und zu hundert Prozent Rosa.

»O Mann, jetzt ergibt bei mir alles einen Sinn«, murmelt sie.

Ich schaue erwartungsvoll zu ihr auf, aber ihre Augen fokussieren sich nach wie vor auf ihr Accessoire. »Hast du Lust auf einen kalten Kakao?«, fragt sie mich schließlich, und als ihre runden Kulleraugen mich beinahe flehend anschauen, nicke ich augenblicklich, bis ich mich daran erinnere, dass Leo und Fynn mir den Hamilton-Regenschirm vorbeibringen wollten. Rosa bekommt von meiner plötzlichen Sorge nichts mit.

»Aber vorher muss ich einkaufen. Kommst du mit?« Sie steht wieder vom Asphalt auf und streckt mir ihre Hand entgegen.

Ist ein Regenschirm wirklich wichtiger, als Zeit mit Rosa zu verbringen? Ich denke nicht. Für eine Sekunde verharre ich dennoch und starre ihre gepflegten Fingernägel nachdenklich an, bevor ich zögernd nach Rosas Hand greife, um sie zu begleiten.

Kapitel 3

Die Glastüren des Supermarktes öffnen sich, und mir fegt der kühle Wind der Klimaanlage ins Gesicht, gefolgt von dem Duft von frisch gebackenem Brot. Heute ist Mittwoch, also wird es das leckere *English Muffins*-Brot sein, welches mit Kirschmarmelade einfach nur köstlich schmeckt – besonders wenn die weiche Butter langsam auf der Zunge zergeht. Ich habe es mir zuletzt vor zwei Wochen gekauft. Rosa bemerkt mein Interesse an der Backtheke und ändert, ohne zu zögern, die Richtung ihres Einkaufswagens.

»Wie viele möchtest du?« Doch als ich ihr keine Antwort geben kann, nimmt sie sich eine Tüte aus dem Fach und füllt sie mit einem Dutzend *English Muffins.* Sprachlos schaue ich ihr dabei zu und bemerke, wie in ihren Bewegungen eine ansteigende Aggression zu erkennen ist. Sie ist doch nicht etwa sauer auf mich, oder? »Ich möchte, dass du dir alles aussuchst, was du willst. Egal wie teuer, egal wie viel es sein mag«, fordert sie mich auf, und nun merke ich, dass ihre Wut nicht auf mich gerichtet ist. »Diese Kreditkarte hat kein Limit.« Sie zwinkert mir zu, und verblüfft sehe ich ihr nach, bevor sie sich dem Obst auf der gegenüberliegenden Seite nähert. Schweigend folge ich ihr, kann mir ein leichtes Grinsen jedoch nicht verkneifen. Rosa ist ein besonderer Mensch – und ihre bissige Art, welche nur in Zeiten der Ungerechtigkeit ans Licht kommt, ist einer ihrer Charakterzüge, die ich sehr zu schätzen weiß. Es amüsiert mich, während es mich gleichzeitig fasziniert.

»Ich muss eine Liste abarbeiten, aber wehe, ich sehe nicht mindestens eine Handvoll Dinge von dir, die in diesem Wagen landen, bevor wir zur Kasse gehen, dann lernst du mich heute aber anders kennen!«, sagt sie mit drohender Stimme, und sie erinnert mich an meine Mom, wenn sie meinen manchmal etwas chaotischen Bruder und mich erziehen musste. Doch Rosa zwinkert mir liebevoll zu, während sie eine große Wassermelone mit beiden Händen packt und diese vorsichtig im Einkaufswagen platziert.

Während ich die Gänge mit Rosa entlangschlendere, erzählt sie mir von Mrs Hamilton – Damiens Mutter. Anscheinend besucht sie ihn fast jeden Tag. Das Kakaopulver in meinen Händen ist die Sorte, welche Rosa immer verwendet hatte, als ich bei Damien gewohnt habe, und mir läuft das Wasser im Mund zusammen.

»Trinkt Damien das überhaupt?«, frage ich mich, ohne dabei zu merken, dass ich die Frage laut gestellt habe. Damien hatte nie wirklich eine große Begeisterung für mein Lieblingsgetränk gezeigt. Wein war eher sein bevorzugtes Getränk oder schlicht und einfach klares Mineralwasser. Rosa schaut von ihrem Einkaufszettel zu mir auf.

»Es steht zumindest immer auf der Einkaufsliste. Hier …«, antwortet sie, bevor sie sich noch einmal davon überzeugt, dass sie sich nicht verlesen hat. Ich gehe einen Schritt auf sie zu und spähe auf den kleinen Zettel, welcher aussieht wie ein Werbegeschenk von *Hamilton & Sons Inc.*

»An vierter Stelle ... tatsächlich.« In Gedanken versunken überfliege ich den kurzen Einkaufszettel.

»Mit Abstand die beste Schülerin, die ich je hatte.«

Rosas Lob schmeichelt mir. Für eine lange Zeit habe ich das, was sie mir beigebracht hatte, verfeinert, immer und immer wieder wiederholt, um besser darin zu werden. Das Schreiben ist nicht leicht – und natürlich kann ich noch nicht alle Wörter des Wörterbuchs buchstabieren ... aber das Lesen fällt mir mittlerweile viel leichter.

»Okay, du warst auch meine einzige Schülerin«, schmunzelt sie. »Aber du setzt die Messlatte sehr hoch für potenzielle zukünftige Schülerinnen.«

Während ich die weiteren Wörter auf dem Zettel lese, die noch nicht durchgekreuzt sind, grinse ich verlegen.

— Zwei Liter Mandelmilch
— Sechs Liter VOSS Mineralwasser

Besonders die Begriffe, die ich mit einer Erinnerung in Verbindung bringen kann, fallen mir auf den ersten Blick auf. Ich werde die ältere Dame, der ich mit der Milch geholfen habe, bevor sie mich aufgrund meines Outfits verurteilte, wahrscheinlich nie ganz vergessen können.

»Wahrscheinlich kauft er ihn für Sebastian«, höre ich Rosa plötzlich murmeln, als wir den Gang entlanggehen und auf die Eintöpfe zusteuern. Die kleinen Bilder auf den Dosen sind zwar nicht dieselben wie damals, als mein Bruder und ich noch erraten mussten, welche Zutaten sich in ihnen verbergen würden, aber dennoch muss ich bei dem Anblick an Lucas denken. Ständig muss ich an meinen kleinen Bruder denken – das wird wahrscheinlich auch immer so bleiben. Nein, ich bete, dass es immer so bleiben wird. Niemals darf ich ihn vergessen. Doch es fällt mir inzwischen schon schwerer, mich an seine Stimme zu erinnern.

»Sebastian trinkt gern Kakao, soweit ich weiß.« Rosa holt mich aus meinen Gedanken und rettet mich gleichzeitig vor einem Zusammenstoß mit einem Einkaufswagen, welcher von einem ungeduldigen alten Mann geschoben wird, der sich an mir vorbeidrängeln möchte. Erschrocken mache ich einen Satz zur Seite und klammere mich an Rosa fest, was uns erneut zum Kichern bringt.

Ich dachte, ich wäre der einzige Grund gewesen, warum Damien das Kakaopulver immer wieder gekauft hat. Der Zeitpunkt, wo ich ihm erzählt habe, wie sehr ich Kakao lieben würde, ist noch immer eine sehr frische Erinnerung. Ich denke auch an die Silvesternacht, wo er mir das Glas Milch ins Zimmer brachte und frech zu mir sagte, dass ich das Pulver schon selbst dazugeben müsse, um Kakao daraus zu machen. All diese Szenen spielen sich wie ein Kurzfilm vor meinen Augen ab. Doch es schmerzt, und meine Brust zieht sich zusammen.

Bis er gestern meinen Namen aussprach, hatte ich auch bereits begonnen, Damiens Stimme zu vergessen. Sosehr er mich auch verfolgte, und sosehr ich an ihn denken musste – mit jedem Tag verschwand ein Stückchen von ihm.

»Wer ist Sebastian?«, frage ich.

»Sebastian ist Mr Hamiltons kleiner Bruder.« Sie sucht bei den Nudeln nach einer bestimmten Sorte. »Erinnerst du dich an den jungen Kellner in der Bar?«

Ah, verstehe, der Kellner aus der Bar, den ich später mit Mrs Hamilton vor dem *Hamilton & Sons Inc.*-Gebäude gesehen habe, ist also Sebastian. »Damals in der Bar wusste ich noch nicht, dass er es ist. Er ist mit seiner Mutter später nach London geflogen, weil er vorher noch seinen Schulabschluss in den Vereinigten Staaten gemacht hatte. Jetzt studiert er hier seit einem Monat.« Rosa hebt ihre Hände winkend in die Luft. »Überraschung: Business Management auf der University of Greenwich. Zuerst wohnte er in einem Studentenheim, aber in den letzten Tagen besucht er seinen großen Bruder recht häufig.« Ich nicke erstaunt. »Man munkelt, dass er aus seinem Wohnheim geschmissen wurde, deswegen ist er vorübergehend im Gästezimmer eingezogen«, erzählt Rosa mit einem Schulterzucken.

»Aus seinem Wohnheim geschmissen? Was hat er getan?« Wir steuern nun auf das Milchregal zu.

»Das würde ich auch gern wissen ...«, gibt sie zu und legt zwei Liter Mandelmilch zu den anderen Lebensmitteln, die bereits den Wagen füllen. »Vergiss bloß nicht, dir was auszusuchen!«, erinnert Rosa mich an ihr Versprechen – oder sollte ich es eher eine Drohung oder gar die Rache an Damien nennen?

Mit Rosa einkaufen zu gehen fühlt sich seltsam vertraut an. Es macht den Anschein, als hätte sich nie etwas geändert und ich würde sie, nachdem wir den Supermarkt verlassen hätten, wieder zu Damiens Apartment begleiten, um dort von ihm erwartet zu werden und die Nacht bei ihnen zu verbringen.

Aber das werde ich nicht ... und ich habe Angst davor, mich gleich wieder von Rosa verabschieden zu müssen.

Kapitel 4

Als ich meine Augen öffne, erkenne ich eine weiße Wand und das Garagentor, welches sich vor Rosas Auto nach oben einrollt. Ich lege meine Stirn in Falten, während ich mir mit den Fingern die Augen reibe. Sie wollte mich in den Vauxhall Park fahren, aber das sieht ganz und gar nicht wie der Vauxhall Park aus. Vereinbart war ein Picknick auf einer der alten Parkbänke, doch sie scheint mein kleines Nickerchen während der Fahrt ausgenutzt zu haben, um spontan unseren Plan zu ändern.

Rosa hat noch nicht bemerkt, dass ich aufgewacht bin, und während wir in die grelle Garage fahren, denke ich an die rote Eisenbahn, die mein Bruder so geliebt hat. Die rote Eisenbahn, die mein Unterschlupf im Sommer ist. Sie steht im Vauxhall Park, und ich hätte sie Rosa gern gezeigt. Aber stattdessen sind wir hier – in Damiens Garage. Und genau in diesem Moment bricht die Panik in mir aus, und ich schnappe nach Luft. Rosa erschrickt derart, dass das Auto abrupt stoppt und wir zwar nicht aus unseren Sitzen geschleudert werden, der Gurt mir aber dennoch die Luft abschnürt.

»Birdie …«, haucht sie vorsichtig, jedoch in einer defensiven Stimmlage, als wäre sie auf der Stelle bereit, mir die Situation zu erklären.

»Was machen wir hier?«, frage ich und traue mich noch nicht, ihr in die Augen zu schauen, fokussiere mich stattdessen auf den schwarzen Teppichboden in ihrem Auto, auf dem sich meine Sneaker nervös hin und her bewegen. Ich weiß nicht, ob ich sauer oder nervös sein soll, denn momentan spüre ich eine Mischung aus beidem, wobei die Nervosität deutlich überwiegt.

»I-Ich ...«, beginnt sie den Satz. »Also, wir ...« Nun drehe ich meinen Kopf zu ihr. »Du weißt, wo wir sind.« Ihr Blick senkt sich.

»Nur um den Einkauf abzuliefern, richtig?« Meine Frage ist nichts als ein verzweifeltes Betteln. »Was wollen wir hier?«

Rosa nimmt einen tiefen Atemzug und schlägt mit ihren Händen auf das Lenkrad. »Mist!«, flucht sie und wirft ihren Kopf in den Nacken. Als sie sich wieder beruhigt hat, schließt sie ihre Augen. »Ich erkläre dir alles, wenn du mir versprichst, mit hochzukommen.« Hektisch schüttle ich meinen Kopf. Nein. O nein!

»Niemals«, sage ich und versuche, all die Erinnerungen zu verdrängen, was jedoch ein hoffnungsloser Versuch bleibt.

»Bitte, Birdie«, fleht Rosa, und ich weiche ihrem Blick aus. »Er ist nicht da. Er ist für sechs Tage auf Geschäftsreise, und Sebastian ist mit seinen Eltern vor Gericht. Wir sind zu hundert Prozent allein dort oben.«

Sebastian muss wohl einer der ganz besonderen Sorte sein, wenn er aus dem Wohnheim geschmissen wurde und jetzt auch noch vor Gericht aufkreuzen muss. Ich rutsche nervös in meinem weichen Sitz hin und her, als wir auf Rosas Parkplatz anhalten.

Ein kleiner Teil von mir, welchen ich zu ignorieren versuche, würde gern mit ihr mitgehen, einfach um zu sehen, ob sich etwas verändert hat oder ob alles beim Alten geblieben ist. Mich würde interessieren, ob es noch so riecht, wie ich es in Erinnerung behalten habe, oder ob Damien schon einen neuen Teppich für das Wohnzimmer gekauft hat, nachdem der alte ja von einem Weinfleck gezeichnet wurde. Stehen seine Medaillen noch im Flur? Und was ist mit der Aussicht im Gästezimmer. Verschlägt es mir weiterhin die Sprache?

Aber der andere Teil von mir hat Angst, mich meiner Vergangenheit zu stellen. Ich hatte längst mit diesem Lebensabschnitt abgeschlossen. Fast hätte ich ihn vergessen – zumindest redete ich mir dies die letzten Wochen ein, während ich mich dabei ertappte, dass ich doch immer wieder an ihn denken musste. Würde ich die Zeit bei ihm zu Hause ungeschehen machen wollen? Wahrscheinlich schon. Doch hätte ich tatsächlich die Wahl, dann weiß ich, dass ich es nicht könnte. Da ist dieses Gefühl, welches sich eng um mein Herz schmiegt, und manchmal ist es schmerzhaft langatmig, und an anderen Tagen nimmt es mir die Ruhe.

»Bitte tu es für mich, Birdie.«

Ich schließe meine Augen und versuche verzweifelt, meine innere Unruhe zu bändigen. Wenn Rosa so fragt, dann kann ich nur schwer davon absehen, einer Freundin zu helfen. Und ich meine, was soll schon passieren? Weder Damien noch Sebastian wartet dort oben auf mich …

»Bitte.«

Ich kneife meine Augen fest zusammen. »Na gut«, würge ich fast hervor.

Rosa klatscht vor Freude einmal mit den Händen.

»Aber wir gehen nur in dein Zimmer, okay?«, füge ich hinzu, und Rosa nickt hektisch mit dem Kopf.

Beim Aussteigen unterdrücke ich ein Gähnen. Obwohl ich mich inmitten all meiner aufwühlenden Erinnerungen befinde, ist das Einzige, woran ich in diesem Moment denken kann, wie müde ich doch bin. Mir fehlt der sorglose Schlaf in den warmen vier Wänden von Damien. Mir fehlen Rosas beeindruckende Frühstückskreationen und die Bäder mit den lieblich duftenden Rosenblättern. Ich gähne erneut und schniefe mit der Nase, bevor ich die Autotür ins Schloss fallen lasse, um Rosa beim Tragen der Einkaufstüten zu helfen. »Bist du dir denn sicher, dass du nicht deinen Job verlieren würdest, wenn Damien davon Wind bekommt?« Meine Stimme klingt sarkastisch und nervös zugleich.

»Juckt mich mittlerweile nicht mehr so sehr, um ehrlich zu sein. Ich würde überall einen Job bekommen, London ist voll von reichen Geschäftsleuten. Obwohl ich sagen muss, dass es durchaus seine Vorteile hat, wenn man für den reichsten unter all den dreißigjährigen Geschäftsmännern arbeitet.« Mit einem Piepen öffnet sich die Tür zum kleinen, hellen Flur, der uns zu dem Fahrstuhl führt.

Wenn selbst Meredith es schafft, einen Job zu finden – eine verlogene Diebin –, dann kann es ja nicht so schwer sein. Jetzt, wo ich besser im Lesen und Schreiben geworden bin, sollte ich es vielleicht auch einfach mal versuchen. Nur fehlen mir so ziemlich alle dafür nötigen Papiere.

»Wie geht es Daisy?«, frage ich Rosa schließlich, als wir den Fahrstuhl betreten, dessen Anblick mir einen trockenen Hals bereitet. Rosa zuckt mit den Schultern und haut mit einer derartigen Wucht auf den Knopf des obersten Stockwerks, dass ich vor Schreck zusammenzucke, bevor ich die Papiertüten neben mir abstelle.

»Keine Ahnung. Es ist kompliziert«, sagt sie und möchte offensichtlich nicht darüber reden. Ihre Antwort überrascht mich.

»Ihr seid aber noch zusammen, oder?«, hake ich nach, obwohl ich weiß, dass ich lieber nicht zu aufdringlich sein sollte. Rosa nickt, wenn auch nachdenklich, doch es reicht aus, um mir ein Gefühl der Erleichterung zu verleihen.

»Wir hatten eine kleine Auseinandersetzung. Sie ist übers Wochenende bei ihrer Schwester in Sheffield.«

»Und wie geht es dir dabei?«, antworte ich vorsichtig. Diesmal ist es nicht aus Neugierde. Ich sorge mich um Rosa. Doch sie zuckt nur mit ihren Schultern. Ich öffne meinen Mund, um etwas zu sagen, doch das Klingeln des Fahrstuhls unterbricht meinen Versuch einer Unterhaltung. Die Türen öffnen sich ...

Beim Anblick des Apartments stockt mir der Atem. Es ist, als hätte ich diesen Ort nie verlassen. Meine größte Angst wird wahr, als ich bemerke, dass es sich alles andere als fremd anfühlt, hier zu stehen. Rosa geht voraus und in die Küche, um die Lebensmittel aus ihren Tüten einzusortieren. Ich bleibe wie angewurzelt vor dem Fahrstuhl stehen.

»Erde an Birdie?«, höre ich sie sagen, aber ich kann einfach nicht reagieren.

Ich rieche ihn. Ich rieche seinen Duft. Damien.

Dann spüre ich, wie sich unerwartet meine Wangen mit salzigen Tränen befeuchten. Sollte ich wirklich hier sein? Ich glaube, ich war noch nie in meinem Leben so lange mit einer einzigen Frage beschäftigt wie in diesem Moment.

Ich habe es Rosa versprochen, und normalerweise breche ich keine Versprechen. Mit einem Ruck setzen die Türen zum Schließen an, und der Spalt wird immer schmaler. Ich beiße die Zähne zusammen, kämpfe mit dem Gedanken, mich im letzten Moment noch durch den Spalt zu quetschen. Doch hier stehe ich nun, wie angewurzelt. Ich bin in *seinem* Apartment. Wie in Trance bewege ich mich in Richtung Küche.

»Gibst du mir deine Taschen?« Rosa weckt mich aus meinem Tagtraum, und ich stammle irgendwelche Worte, die niemand verstehen kann – nicht einmal ich selbst. Aber sie steht bereits vor mir und nimmt mir die Papiertüten ab. Als sie zurück zum Kühlschrank geht und ich sie stumm dabei beobachte, sticht mir als Erstes das Kakaopulver ins Auge. Rosa greift danach und stellt es auf die Theke, direkt neben die Mandelmilch. »Ich mache dir gleich den leckeren kalten Kakao, den ich dir versprochen habe«, sagt sie.

»Das hört sich super an! Danke!«, schaffe ich schließlich, in ganzen Sätzen zu antworten, und nähere mich der Küchentheke. Aber sie bemerkt mein Unwohlsein.

»Du kannst schon mal in mein Zimmer gehen. Es ist im Flur zu Mr Hamiltons Zimmer, aber nicht die Treppe rauf, sondern die Tür geradeaus. Dort ist ein kleinerer Flur. Das letzte Zimmer ist meins.«

Ich nicke aufmerksam und versuche, mir ihre Wegbeschreibung zu merken.

»Ich bringe dir den Kakao und deine Snacks, die du dir ausgesucht hast, gleich nach.«

Bei ihren Worten läuft mir das Wasser im Mund zusammen, und für einen kurzen Augenblick vergesse ich meine Sorgen.

»Danke«, wiederhole ich und höre Rosa murmeln, wie sehr sie dies vermisst hätte, während ich mich umdrehe und im Flur verschwinde.

Obwohl ich es zu vermeiden versuche, werfen mich meine Gedanken zurück in meinen ersten Tag im Apartment, als Rosa mir ein Bad eingelassen hatte und ich orientierungslos auf der Suche nach dem Badezimmer war. In meinen Gedanken sehe ich Hamilton, wie er seinen klitschnassen, triefenden Kopf durch den schmalen Spalt der Tür steckt, um mir zu sagen, dass ich ihn Damien nennen darf. Mein Herz schmerzt bei diesem Gedanken. Ich schnappe kurz nach Luft und zwinge mich dazu, geradeaus zu schauen.

Als ich jedoch an den Medaillen vorbeigehe, fällt mir augenblicklich ein kleines Detail auf, welches sich während meiner Abwesenheit heimlich dazugeschlichen haben muss. Das Bild eines Mädchens im Jugendalter sticht mir sofort ins Auge. Sie grinst mich an, als hätte jemand einen schlechten Witz gerissen, bevor er den Auslöser drückte. Sie trägt ein schwarzes, dickes Band um den Hals. Die Fingernägel sind schwarz lackiert, bis auf den Mittelfinger, dessen Weiß beinahe blendend wirkt. Die dunkle, aber dezente Schminke schmeichelt ihren grünen Augen, während ihre zarten Hände sich an einem großen Tennisschläger festkrallen. In der unteren Ecke des Bildes steht:

Kyra Hamilton, 27.07.2014

Kapitel 5

Hinter mir fällt die Tür ins Schloss, und das – wenn auch sanfte – Geräusch hallt durch den Flur zu Damiens Schlafzimmer. Das Bild von Kyra Hamilton will mir nicht mehr aus dem Kopf gehen. Damiens kleine Schwester hat zwar äußerlich keinerlei Ähnlichkeit mit ihrem großen Bruder, aber dennoch kam mir ihr Gesicht irgendwie vertraut vor. Vielleicht liegt das aber nur daran, dass sie dieselbe Augenfarbe mit mir teilt.

Ich erinnere mich an das rote Cape, welches ich Damien mit der dunkelroten Decke verliehen habe, weil er nur einmal in seinem Leben ein Held sein wollte. Doch dies reichte nicht aus. Wahrscheinlich wird niemals etwas ausreichen, um ihn von seinen Schuldgefühlen zu erlösen. Ich habe es versucht ... und ich bin gescheitert.

Und das Schlimme ist, dass ich diese Schuldgefühle selbst nur zu gut nachvollziehen kann. Hätte ich damals besser auf Lucas aufgepasst, dann wäre er heute vielleicht noch bei mir. Doch ich weiß auch, dass es weder Lucas zu mir zurückbringen noch mein Leben vereinfachen würde, wenn ich mir deshalb endlos Vorwürfe machte. Ich frage mich, ob Damien jemals zu dieser Erkenntnis kommen wird. Dabei verurteile ich ihn nicht, es ist wahrscheinlich eher meine hoffnungsvolle Seite, die sich eine strahlende Zukunft für ihn wünscht. Und damit meine ich nicht all den funkelnden Luxus um ihn herum, sondern das Gefühl von Glück und bedingungsloser Zufriedenheit. Auch wenn ich ihm nicht mehr unter die Augen treten kann, wünsche ich ihm das Beste. Egal, was zwischen uns war: Er verdient es, seine Dämonen der Vergangenheit loslassen zu können.

Die wenigen Schritte, die ich in den bekannten Flur setze, werden schnell durch meinen Blick unterbrochen. Ich schaue rechts die Treppe hinauf zu Damiens Schlafzimmertür und muss fest schlucken, um den Kloß in meinem Hals zu bekämpfen.

Wie in Trance setze ich den Fuß auf die erste Stufe ... dann die zweite. Und kurz darauf stehe ich mitten auf der Treppe, sodass ich der hübschen Doppeltür immer näher komme. Doch auf der letzten Stufe starre ich tiefe Löcher in den Türgriff, und alles drum herum verschwimmt einfach nur. Ich lege meine Hand auf das kalte Metall, das mir eine Gänsehaut bereitet. Dann schlucke ich erneut, kneife meine Augen zusammen und falle auf die Knie, bevor ich die Tür öffnen kann.

Tu dir das nicht an!

Mein abruptes Kopfschütteln weckt mich aus dem Tagtraum, und ich reiße meine Augen auf. Ich weiß nicht, was mich hierhergebracht hat, aber ich bin mir sicher, dass es mir nicht guttun würde, wenn ich jetzt diese Tür vor mir öffne. Wenn ich schon außerhalb des Schlafzimmers nur ihn riechen kann, dann werde ich dort drinnen wahrscheinlich an seinem Duft ersticken.

Steh auf, Birdie!, fordere ich mich selbst auf, und ich bemühe mich darum, meinen eigenen Anweisungen zu folgen. *Rosa darf dich so nicht sehen!*

Mühsam richte ich mich auf. Ich bin hier, um mit Rosa zusammen zu sein, und nicht, um in meinen Erinnerungen zu schwelgen.

Rosa meinte, ihr Zimmer sei am Ende des angrenzenden Flurs. Ich nehme die Tür auf der anderen Seite wahr, der ich mich augenblicklich nähere. Nachdem ich sie geöffnet habe, befinde ich mich in einem kurzen Flur mit einer weißen Tür auf jeder Seite der sich anschauenden Wände. Am Ende ist dann die dritte und letzte Tür. Das muss wohl Rosas Zimmer sein.

Die kurzen Schritte hallen durch den schmalen Flur. Dieser Teil des Apartments wirkt beinahe verlassen. Auf gar keinen Fall ist es für Damiens Verhältnisse »schlecht« eingerichtet – im Gegenteil, die kleine Kommode aus Spiegelglas und die Vase mit einer blauen Plastikblume sehen wunderschön aus – es ist jedoch die einzige Dekoration in all dem kühlen Weiß. Es wirkt so, als würde hier nicht oft jemand vorbeigehen, bis auf Rosa natürlich. Wahrscheinlich ist es auch genau deshalb so clean und ruhig. Dass Rosa lieber zu Daisy gegangen ist, wenn sie von Damien freibekommen hatte, wundert mich nun kaum noch. Ich weiß nur zu gut, wie schrecklich es ist, allein zu sein, und bin mir beinahe sicher, dass sich Damien selbst kaum an diesem Ort aufhalten würde, wenn es Rosa nicht geben würde. Sein Büro ist im Flur zum Wohnzimmer mit der offenen Küche, und ein Bad schließt direkt an seinem Schlafzimmer an. Das ist alles, was er braucht.

Ich weiß nicht, was sich hinter den anderen zwei Türen verbirgt, gehe dieser Neugierde jedoch lieber nicht sofort nach. Wenigstens einmal muss ich mich unter Kontrolle haben. Bevor ich Rosas Zimmertür erreiche, sehe ich meine Gestalt im Spiegel und fliehe in Rosas Reich.

Das Zimmer ist überraschend klein, strahlt aber mit Abstand am meisten Charakter aus. Ein schmales Bett mit pastellfarbener Blumenbettwäsche, ein kleiner Nachtschrank aus demselben Spiegelglas wie bei der Kommode im Flur, und ein weißer Schrank mit Verzierungen befinden sich in ihrem Heim. Eine noch offen stehende Tür führt in ein Badezimmer mit Dusche. Und der Ausblick aus dem Fenster ist so beeindruckend, wie ich ihn aus dem Gästezimmer in Erinnerung behalten habe. Bloß sehe ich eine andere Seite von London, und somit das *London Eye,* welches in der Ferne seine Runden dreht. Die späte Mittagssonne bedeckt die Stadt mit einem orangefarbenen Schimmer, der jedes Gebäude von seiner schönsten Seite präsentiert.

Es wird noch eine Weile dauern, bis sie untergeht, denke ich und setze mich auf die tiefe Heizung vor der hohen Fensterfront, ohne den Blick auch nur für eine Sekunde von London zu nehmen.

Kapitel 6

Rosa betritt das Zimmer mit einem verbitterten Gesichtsausdruck. Das Tablett mit zwei Tassen kaltem Kakao, den *English Muffins* und den Snacks, welche ich mir im Supermarkt auf Rosas Wunsch ausgesucht hatte, stellt sie vorsichtig auf den verspiegelten Nachttisch.

»Möchtest du duschen?«, fragt sie mich, während sie sich auf die Matratze fallen lässt, und ich beiße mir auf die Innenseiten meiner Wangen. Meine letzte Katzenwäsche ist schon einige Tage her. Wahrscheinlich rieche ich wirklich nicht gerade sehr angenehm. Doch als ich an meiner leichten Stoffjacke schnüffle, kann ich nicht genau sagen, ob sie unangenehm riecht. Ich habe mich wohl schon zu sehr an den Geruch gewöhnt.

»J-Ja, das wäre wahrscheinlich angenehmer für uns beide«, stelle ich fest und bedanke mich für ihr Angebot. »Danke, Rosa!«

»Zumindest wird der Kakao nicht kalt. Also du hast absolut keinen Zeitdruck, Liebes.« Ihr warmes Lächeln fühlt sich wie eine sanfte Umarmung an, welche mich sowohl beruhigt als mir auch Sicherheit gibt. »Du kannst mein Shampoo und Duschgel benutzen. Ich werde dir einen bequemen Schlafanzug von mir reinreichen. Wir werden es uns so richtig gemütlich machen.«

»Einen Schlafanzug?« *Ich wollte doch gar nicht über Nacht hierbleiben?*

»Ja. Ich meine, wir haben viel zu bereden. Das wird bestimmt eine Weile dauern.« Ihre perfekt gezupften Augenbrauen erheben sich in eindeutiger Vorfreude.

»Okay …« Ich presse meine Lippen zusammen, muss jedoch schmunzeln.

»Viel Spaß auf der anderen Seite! Ich warte mit Kakao auf dich«, höre ich Rosa mir hinterherrufen, als ich die Badezimmertür öffne. »Aber sei mir nicht böse, wenn mich der Kakao verführen sollte«, fügt sie noch hinzu.

Rosa und ich haben uns die ganze Nacht über Daisy unterhalten und so viel Kakao getrunken, bis uns übel wurde. Als ich meine müden Augen öffne, begrüßt mich das helle Tageslicht. Es ist so grell, dass ich für einen Augenblick wieder meine Lider schließen muss. Ein Blinzeln später bemerke ich, dass Rosa wie ein Seestern ausgebreitet zu meiner Linken auf dem Bett schläft, ohne sich dabei auch nur einen Zentimeter zu bewegen. Kurz sehe ich nach, ob sie noch atmet, und muss kichern, wie fest sie schläft und wie wenig es ihr ausmacht, dass man ihr immer und immer wieder in die Wange pikst. Sie hatte mir versprochen, die Klamotten zu waschen, bevor ich gehen würde. Also krieche ich aus dem schmalen Bett und wundere mich, wie wir es geschafft haben, beide auf dieser schmalen Matratze zu schlafen. Die Blase drückt mir, und ich presse beim Gehen meine Oberschenkel zusammen. Ich muss dringend mal ins Bad verschwinden.

Doch als ich unmittelbar vor der Tür stehe, um sie zu öffnen, schrecke ich zurück, sobald meine Zehen in eine kleine Pfütze eindringen. Der Boden steht unter Wasser. »Verfluchter Mist!«, wispere ich und schmeiße hektisch den Stapel Handtücher auf den Boden. *Was ist hier bloß passiert?* Ich suche nervös das Zimmer nach dem Grund ab. Ich hebe den Deckel der Toilette an und sehe, dass sie offensichtlich verstopft ist. *Mist! Mist! Mist!* Bei diesem Anblick wird mir sofort bewusst, dass ich die Toilette so ja auch nicht benutzen kann. Wenn ich mir nicht in Rosas Schlafanzughose machen will, muss ich zum großen Bad im Flur gehen, mit der bequemen Badewanne und dem viel zu großen Spiegel. Damiens Bad werde ich auf jeden Fall umgehen.

Rosa schläft weiterhin tief und fest, auch nachdem ich sie zu wecken versucht habe. Ich werde es gleich erneut probieren müssen, denke ich mir, als ich ungeduldig ihr Zimmer verlasse. Wieder sehe ich mich in der Spiegelglasvitrine den Flur entlang fliehen. Im angrenzenden Flur zu Damiens Schlafzimmer werden meine kleinen, schnellen Schritte etwas langsamer, aber ich reiße mich recht schnell wieder zusammen. *Wann wollte er noch einmal wiederkommen? In sechs Tagen, oder?*, denke ich. Doch ich schüttle den Kopf. Das sollte mich eigentlich gar nicht interessieren, und doch habe ich es mir gemerkt …

Als ich endlich das Badezimmer erreiche, stürme ich in den Raum. Die Badewanne zieht meine Aufmerksamkeit auf sich, dann der große Spiegel, den ich nach all diesen Wochen auf der Straße am liebsten wieder verdecken würde. Meine Gedanken kann ich nicht einfach so verdrängen. Mein Spiegelbild verurteilt mich zutiefst. Ich kann meinen Anblick nicht ertragen, fühle mich wie am allerersten Tag in diesem Apartment – verletzt und fehl am Platz.

Kurze Zeit später wasche ich mir die Hände am Waschbecken und starre dabei auf die Knöchel auf meinem Handrücken. Sobald ich aufschaue und in den Spiegel blicke, fühlt es sich an, als würden sich Hände fest um meinen Hals legen und mir die Luft abschnüren. *Ich muss hier raus!*

Und schon stürme ich aus der Tür. Meine Flucht wird jedoch abrupt gestoppt. Ich rieche die Minze eines Kaugummis und spüre, wie mich ein Händepaar davon abhält, dass wir miteinander kollidieren. Vor mir steht Damiens kleiner Bruder und der Kellner aus der Bar, Sebastian, mit einem ebenso erschrockenen Stirnrunzeln, und ich öffne meinen Mund, um etwas zu sagen, bekomme aber nichts heraus. Wir betrachten uns für einige Sekunden schweigend, und ich bewundere seine blauen Augen, die mich abermals an Damiens erinnern.

»Hallöchen! Kennen wir uns?«, lautet seine erste Frage, bevor er einen großen Schritt zurücktritt. »Daisy? Du musst Daisy sein, richtig?«

Ich will meinen Kopf schütteln, aber im nächsten Moment betritt Rosa mit gemachten Haaren und ihrer frischen, glatten Arbeitskleidung den Flur. In der Hand hält sie meine frisch gewaschenen Klamotten. Sie schaut von mir zu Sebastian, aber nur ich bemerke ihren hektischen Blick, der zwischen uns hin- und herschweift. Sie wirkt gestresst, kann dies aber gerade so gut verbergen, dass Sebastian wahrscheinlich nicht Wind davon bekommt.

»Rosa! Heeeey! Daisy ist hier?«, murmelt Sebastian und kaut auf seinem Kaugummi weiter, dessen Minzgeruch ich immer noch bis hierher riechen kann, obwohl wir mittlerweile auf respektvollem Abstand zueinander stehen. Er wirkt ganz und gar nicht wie ein Krimineller, der momentan einen Gerichtsprozess laufen hat – eher wie ein launischer junger Mann, der kaum seinen Teenagerjahren entkommen ist.

»Daisy …« Rosa lächelt breit, und ich verstehe die Welt nicht mehr. Ihr muss doch bewusst sein, dass ich ihren Schlafanzug trage und Sebastian sicherlich nicht dumm ist. Zumindest schätze ich ihn nicht so ein. Er wird merken, dass hier etwas faul ist – vor allem wenn sie solch eine Show abzieht, die es mir beinahe unmöglich macht, nicht in ein unkontrolliertes Schmunzeln zu verfallen. Ich verstehe ja, warum sie eine größere Katastrophe verhindern möchte, aber ich denke, er wird nach ihrem Schauspiel nur noch mehr Fragen haben.

»Wir haben uns letzte Nacht ausgesprochen«, fügt sie zu ihrer Notlüge hinzu und tritt unmittelbar neben mich, bevor ihr zierlicher Arm sich um meine Hüfte schlingt und sanft über mein Becken streicht. Ich räuspere mich und überspiele meine Belustigung mit einem breiten Grinsen. Nachdem Sebastians Augen erst zu ihr, dann zu mir wandern, zuckt er frech mit seinen buschigen Augenbrauen.

»*Ausgesprochen*«, wiederholt er Rosas Worte – die daraufhin genervt mit den Augen rollt, – und tut dies ein weiteres Mal, bis ich verstehe, was er da gerade anzudeuten versucht. »Na ja, ich lasse euch beide mal in Ruhe. Wer weiß, da gibt es ja wahrscheinlich noch so einiges mehr zu *besprechen*«, lacht er mit einem Zwinkern und verschwindet im Wohnzimmer, wo er sich wie ein Sack Kartoffeln auf der Couch niederlässt.

Still beobachten wir ihn für einige Sekunden, bis ich mit einem Blinzeln das Austrocknen meiner Augen verhindere und aus dem Tagtraum ausbreche.

»Das tut mir so leid. Ich dachte, er würde nach dem Termin mit seinem Anwalt bei seinen Eltern übernachten«, flüstert mir Rosa zu, während sie meine Hüfte loslässt, und ich presse die Lippen fest zusammen.

Im Hintergrund höre ich ein Klingeln. »Und wer ist das jetzt noch?«, murmelt sie völlig überfordert. »Sebastian, machst du mal schnell auf?«, ruft sie ihm zu, und jetzt bin ich mir ziemlich sicher, dass die beiden auf jeden Fall ein anderes Verhältnis zueinander haben als Rosa zu Damien.

»Jup«, hören wir ihn aus der Ferne antworten, bevor er mit beeindruckender Energie vom Sofa aufspringt und sich mit einem Pfeifen dem Schalter neben dem Fahrstuhl nähert. Dort leuchtet ein Knopf, welchen er betätigt.

»Spiel bitte einfach mit, okay? Niemand darf wissen, dass du, *Birdie,* hier warst. Dann bist du heute eben mal Daisy«, versucht sie zu scherzen, merkt aber selbst, wie unangebracht es ist, weil wir beide noch etwas verunsichert sind. Mir wäre es schon lieber, wenn Damiens Bruder nicht wüsste, dass ich Birdie bin. Er scheint sich nicht mehr an den Abend in der Bar zu erinnern, und Rosa hat ihm wohl auch nicht erzählt, wie Daisy aussieht. Ich fühle mich immer noch so, als stünde ich in Rosas Schuld und hätte einiges wiedergutzumachen. Wenn ich ihr damit helfen kann, dann spiel ich eben mit.

»Na gut.«

»Du hast was gut bei mir«, sagt sie, aber ich versuche sie vom Gegenteil zu überzeugen – sie soll es eher als ein Dankeschön meinerseits sehen. »Lass uns etwas frühstücken. Du hast sicherlich Hunger.« Ich nicke, fühle mich aber seltsam dabei, mich erneut an Damiens Kühlschrank zu bedienen.

»Machst du wieder diese leckeren Pfannkuchen, Rosa?«, fragt Sebastian, der sich mit seinem Smartphone abermals auf die Couch geschmissen hat. Er ist wirklich das komplette Gegenteil von Damien, aber dass er Rosas Pfannkuchen genauso verehrt wie ich, macht ihn mir auf Anhieb sympathisch. Auch wenn er sich nicht an den Abend in der Bar erinnert, frage ich mich, ob er auch die Begegnung vor wenigen Wochen, als mir seine Mutter den Regenschirm schenkte, vergessen hat. Nun erfüllt Rosas Notlüge vielleicht doch einen Sinn – zumindest für Sebastian. Sollte er sich tatsächlich daran erinnern, wie ich damals vor *Hamilton & Sons Inc.* verweint den Regenschirm seiner Mutter entgegennahm, dann geht er wahrscheinlich davon aus, dass ich wegen eines Streits mit Rosa so aufgebracht war. Beziehungsweise, dass *Daisy* deswegen so aufgebracht war. Zurzeit sieht es aber nicht danach aus, dass er sich überhaupt an mein Gesicht erinnert.

Ich setze mich auf den Barhocker, und Rosa sucht nach einer Pfanne, obwohl sie die Küche in- und auswendig kennt. Die Nervosität spiegelt sich in ihren Bewegungen wider. Nachdem ich sie frage, ob ich ihr irgendwie helfen kann und sie dies dankend ablehnt, lehne ich mich vor, um ihr bei der Zubereitung zuzusehen.

Das Klingeln des Fahrstuhls erschreckt uns alle. Es ist lauter, als ich es in Erinnerung hatte.

Die schweren Türen gehen auf, und ich kann meinen Augen nicht trauen. Als ich zu Rosa herübersehe, bemerke ich dieselbe Panik in ihren verkrampften Gesichtszügen, die sich auch bei mir ausbreitet. Nur Sebastian hat keine Ahnung, wer dort gerade mit blutunterlaufenen Augen vor ihm steht.

Es ist Daisy – nur diesmal die *richtige* Daisy, die sich hektisch im Raum umsieht, bevor ihr Blick auf eine verzweifelte Rosa fällt.

Kapitel 7

Während sich Rosa und Daisy sprachlos anstarren, sehe ich zu Sebastian hinüber, der die Szene mit einem verwunderten Stirnrunzeln und einem zögerlichen Kauen, welches mir vorkommt, als würde es in Zeitlupe passieren, beobachtet.

»Und ... wer ist das jetzt?« Sebastian setzt sich so um, dass seine Beine über die Armlehne der Couch baumeln.

Bevor Rosa Daisy davon abhalten kann, sich vorzustellen, ist es auch schon passiert.

»Warte ... und wer bist dann du?« Sebastian versteht die Welt nicht mehr. Er schüttelt nur den Kopf und starrt abwechselnd mich und Rosa fragend an, wobei auch Daisy einigen fragenden Blicken nicht entkommen kann. Doch dann scheint ihm auf einmal ein Licht aufzugehen. *»Du* bist also ... *Birdie?«* Dann lächelt er und lässt eine winzige Kaugummiblase zwischen seinen schmalen Lippen zerplatzen. »Du bist also der tragische Grund, warum die erste Priorität meines Bruders zur Freude meines Vaters nun wieder seine Arbeit ist?« Bei seinen Worten stockt mir der Atem. »Und nicht zu vergessen, warum Rosa unbedingt die Mandelmilch vom Biomarkt auf der *anderen Seite* der Stadt besorgen sollte und *nicht* beim Supermarkt um die Ecke.«

Er mag sich zwar nicht mehr an die Bar oder den Regenschirm erinnern, aber sein Gedächtnis scheint alles andere als vergesslich zu sein. Ob Rosa ihm erzählt hat, dass ich auf der Straße lebe? Ich beobachte, wie seine Gesichtszüge sich zu einem immer breiter werdenden Grinsen formen und er ein belustigtes Schmunzeln von sich gibt.

Ich mustere Daisy, die offensichtlich Probleme damit hat, eins und eins zusammenzuzählen, aber ich möchte nicht diejenige sein, die ihr auf die Sprünge hilft. Wegen mir oder irgendeinem ausgedachten Schauspiel steht sie jetzt nicht in dem Apartment von dem Chef ihrer Freundin.

Sebastian springt abermals vom Sofa auf, wobei er zu unserer Erleichterung die drückende Stille im Raum durchbricht, und reicht Daisy in einer raschen, aber selbstsicheren Bewegung die Hand. »Nett, dich kennenzulernen, Daisy. Ich bin Sebastian«, sagt er und überrumpelt sie damit völlig. »Wir lassen euch mal allein«, führt er die einseitige Unterhaltung fort und nähert sich mir, um mich bei der Hand zu nehmen. Wenn auch verwirrt, blicke ich schulterzuckend und mit gehobenen Brauen Rosa an, die mir nur ein zuversichtliches, dankbares Nicken als Antwort gibt.

Im Flur lässt Sebastian meine Hand wieder los.

»Wow! Du musst mich über einiges aufklären, würd ich jetzt mal einfach so in den Raum werfen.«

Er führt mich in Damiens helles Arbeitszimmer. Wir setzen uns auf die weiße Couch. Der Satin der glatten Schlafanzughose ist plötzlich kalt auf meiner Haut, doch das mag eher an der Aufregung liegen, und möglicherweise ist es nichts als Einbildung.

Gemütlich lehnt Sebastian seinen Oberkörper gegen die Couchlehne und stützt seinen Kopf auf seiner Handfläche ab. »Also, schieß los.«

Meine Unterlippe verschwindet zwischen meinen Zähnen, und ich höre, wie mein Herz gegen meinen Brustkorb hämmert. »Ich weiß nicht ... was möchtest du denn überhaupt wissen?«, frage ich ihn, während ich mir ausmale, wie viel er überhaupt schon wissen mag. Wenn Rosa alles mit ihm besprochen hat, dann wäre ich ihr auf gar keinen Fall böse. So wie ich bei ihr um Rat frage, ist die erste Person, mit der Rosa über Gott und die Welt spricht vielleicht Sebastian gewesen. Zumal jetzt, wo sie und Daisy nicht gut aufeinander zu sprechen waren. Gehen wir also nun davon aus, dass er wirklich alles weiß, dann kennt er doch sicherlich den Teil, in dem Damien mich hat gehen lassen. Mehr gibt es da wohl nicht zu erzählen.

»Hm ... also bevor wir ins Detail über dich und meinen Big Bro gehen, können wir ja bei den einfacheren Dingen beginnen, was meinst du?«

Normalerweise würde ich es belächeln, dass Sebastian seinem großen Bruder diesen eigenartigen Spitznamen verpasst. Doch in diesem Fall ist es viel amüsanter, wie er dies auf eine derartig trockene Art und Weise macht, dass man ihn für einen Amateurkomiker halten könnte. Zumal sein amerikanischer Akzent unüberhörbar ist.

Er grinst mit zusammengepressten Lippen, aber es ist mehr ein höfliches als ein herzliches Grinsen, welches seine Augen nicht erreicht. Zögernd nicke ich also.

»Na gut, Birdie, was machst du denn so beruflich? Welches Auto fährst du? Deine Lieblingsteesorte?«

Er rattert die Fragen herunter, als hätte er diese in Dauerschleife vorher geprobt, und mir bleibt die Spucke im Hals stecken. Es sind Fragen, die ich entweder ehrlich beantworten könnte, was mich wahrscheinlich aber nicht gerade gut vor dem jüngsten Erben des Hamilton-

Clans dastehen lassen würde, oder mit Lügen, die ich wohl dann irgendwann aufdecken müsste. Ich entschließe mich dazu, die hundertprozentige Wahrheit zu umgehen, jedoch auch nicht einfach nur zu lügen.

»Hm … ich mag Kakao lieber als Tee, aber wenn es Tee sein soll, dann roten Früchtetee …«, beginne ich mit der Antwort, welche mir am leichtesten fällt.

»Wow! Genau wie ich.« Er nickt lächelnd, und diesmal erreicht das Lächeln seine strahlenden Augen. »Na ja, bis auf das mit dem Früchtetee. Da trinke ich schon fast lieber einfach nur ein Glas Wasser.«

Damien hat den Nachschub an Kakao also doch für seinen kleinen Bruder gekauft.

»Hast du denn schon mal den roten Früchtetee probiert?«, will ich wissen, und mir wird bewusst, dass Sebastian und ich uns wahrscheinlich eine Eigenschaft teilen – unsere enorme Neugierde.

Sebastians weiße Zähne blitzen hervor. Es ist ein frisches, freches Grinsen. Dann schüttelt er den Kopf.

»Ich kann dich wohl nicht dazu zwingen, aber als persönliche Empfehlung: Der rote Früchtetee ist der beste von allen.«

»Vielleicht ist das so, aber außer Kakao trinke ich keine warmen Drinks. Warme Getränke verursachen mir einen Würgereiz, und das solltest du nicht auf die leichte Schulter nehmen, das meine ich ernst.« Er macht ein traumatisiertes Gesicht mit weiten, zuckenden Augen, und mir entweicht ein gespielt entsetztes Lachen.

»Nun zum Thema Autos und Job …«, will ich seine restlichen Fragen beantworten, aber Sebastian unterbricht mich.

»Hey, die Fragen waren eigentlich nur Spaß. Wollte mir ein wenig Respekt verschaffen und wie einer dieser Geheimagenten in den Hollywoodfilmen wirken. Habe das mit der Tee-Frage aber wohl nicht konkret überdacht.« Ich lege meine Stirn in Falten, und er zuckt mit den Schultern, bevor er wieder grinst. »Was ich damit sagen wollte: Mich interessiert es nicht, als was du arbeitest oder welches Auto du fährst. Aber in unseren Kreisen werden diese Fragen doch ständig gestellt.«

»Du arbeitest also nicht mehr in der Bar als Kellner?«, hake ich nach.

»Warte ... Ich wusste doch, dass ich dich irgendwo schon mal gesehen habe!« Sebastian verschränkt die Arme vor der Brust. »Stimmt ... Du warst mit Rosa und der echten Daisy in der Bar. Warst du nicht auch diejenige, der meine Mutter ihren Regenschirm gegeben hat?« Er zeigt nachdenklich mit dem Finger auf mich. »Hätte ich damals in der Bar gewusst, wer ihr seid, hätten wir uns heute wohl das ziemliche Durcheinander ersparen können, und ich hätte 'ne Runde aufs Haus für euch geschmissen ... Obwohl ich doch ziemlich enttäuscht bin, dass ihr mich eben wohl hopsnehmen wolltet.« Jetzt spielt er mir ein trauriges Gesicht vor. Ich hätte nie erwartet, dass ein Gespräch mit Sebastian so locker und zwanglos verlaufen würde.

»Tut mir leid, ich wollte dich echt nicht verwirren. Ich hätte es bloß lieber, wenn Damien nichts von meinem Besuch erfahren würde«, gebe ich zu und befeuchte danach meine trockenen Lippen. »Versprichst du mir, ihm nichts zu verraten? Ich wollte bloß für Rosa da sein ... Du weißt ja, sie macht gerade eine schwierige Zeit durch.« Mein Körper entspannt sich mit einem

Mal, und ich fühle mich ungewöhnlich wohl in seiner Gegenwart.

Sebastian zuckt abermals mit den Schultern. »Klar. Das verstehe ich. Ich werde nichts sagen, aber nimm mir nicht alles vorweg! Eigentlich waren wir doch noch nicht bei diesem Thema. Eins nach dem anderen.«

Ich muss wieder lachen und wundere mich bloß, wie jemand wie er aus seinem Wohnheim geschmissen werden konnte.

»Aber um deine Frage zu beantworten ... Ich arbeite nicht mehr in der Bar, da ich mir das Wohnheim sowieso nicht mehr leisten kann.« Seine Gesichtszüge werden etwas unentschlossener, und die Aufmerksamkeit seiner Augen richtet sich auf die Handgelenke seiner immer noch verschränkten Arme. »Das ist eine lange Geschichte, weißt du. Werd ich dir irgendwann anders mal erzählen ... Jedenfalls wohne ich jetzt erst einmal bei meinem Big Bro.«

Jedes Mal, wenn ich die Bezeichnung *Big Bro* aus Sebastians Mund höre, muss ich schmunzeln. Was Damien wohl dazu sagt, dass sein kleiner Bruder ihn so bezeichnet? Ich kann mir sein genervtes Gesicht nur zu gut vorstellen.

»Aber jetzt kommen wir zum *hot Topic* des Tages. Wie hast du es geschafft, das Herz meines Bruders, das für jede andere Frau wie ein Piratenschatz in *Uncharted* irgendwo versteckt auf einer unentdeckten Insel gelegen hat, so schnell in deinen Bann zu ziehen? Hut ab. Ehrlich, Hut ab! Bist du eine Art Schatzjägerin oder so?«

Uncharted? Ich verstehe nur Bahnhof, fühle mich aber trotzdem geschmeichelt von dem, was ich aus seinen Worten herausfiltern konnte.

»Von jemandem wie dir kann man nur lernen. Also los, verrat mir deine Geheimtricks. Vielleicht kann ich die selbst irgendwann mal brauchen.« Er zwinkert mir zu.

Ich denke nicht, dass jemand mit so einem offenen Wesen jemals Probleme dabei haben könnte, sich anderen Menschen anzunähern. Zudem gibt es von mir nichts zu lernen – nichts, was mir auf Anhieb einfallen würde. Schließlich habe ich mir keinen Plan vorher gemacht, wie ich Damien hätte erobern können. Es ist einfach passiert.

»I-Ich, also im Grunde weiß ich nicht so recht, was das überhaupt war. Ich habe mich eigentlich damit abgefunden, dass unsere Wege nicht dafür bestimmt waren, sich wieder zu kreuzen. Keine Ahnung, was du daraus lernen könntest.« Ich fühle mich nicht unwohl, beiße jedoch auf die Innenseiten meiner Wangen. Doch es schleicht sich ein Gedanke in meinen Kopf. Ihre dunkel umrandeten Augen tauchen vor mir auf, und ich denke wieder daran, wer wohl das Bild von Kyra, das im Flur hängt, geknipst haben mag. Sie war auch Sebastians kleine Schwester. Könnte er das Foto gemacht haben? Mir wird auf einmal bewusst, warum Rosa ihm nicht erzählt hat, dass ich obdachlos bin. Rosa wollte ihn bestimmt nicht an Kyras Schicksal erinnern. Vor allem nicht, weil das gerade mal zwei Jahre her ist. »Wenn du es genau wissen willst, dann glaube ich, dass ich einfach in einer Zeit für ihn da war, in der er jemanden brauchte ... und als er niemanden mehr brauchte, war ich ... überflüssig.« Meine eigenen Worte schockieren mich, denn sie könnten die Situation aus meiner Sicht nicht besser beschreiben.

Sebastians Gesichtszüge werden mit einem Mal härter und bestimmter. Auch wenn er um einige Jahre jünger ist als ich, fühle ich mich nun doch etwas unwohl.

»Ich denke, dass er dich nicht nur damals gebraucht hat. Ich denke, dass er das immer noch tut, es nur einfach nicht zeigen kann. Das ist mein Bruder. Besser könnte man ihn wohl nicht beschreiben. Aus welchem Grund auch immer, stellt er sich bei so was recht unbeholfen an«, erklärt er mir, und ich muss kräftig schlucken. Meint Sebastian wirklich, dass Damien mich immer noch in seinem Leben haben will? Die ganze Aktion mit Rosa sagt mir etwas anderes.

Aber um darüber nachzudenken, fehlt mir die Zeit, als uns im nächsten Moment das Klingeln des Fahrstuhls zusammenzucken lässt, gefolgt von Damiens tiefer, aufgewühlter Stimme, welche durch den Flur hallt und mich mit sofortiger Wirkung erstarren lässt.

Kapitel 8

Damien

Mein *Tesla Model X* ist eines der leisesten Autos, und doch kommt es mir so vor, als wäre nach dem Ausschalten des Wagens der Übergang zur vollkommenen Stille eine dramatische Wendung. Die fünf verpassten Anrufe meines Vaters auf meinem Smartphone machen es alles andere als leichter. Da ist man kaum in London gelandet, und ohne eine Verschnaufpause wird man schon gleich wieder terrorisiert. Ich hatte mir erhofft, dass die Geschäftsreise für meinen Termin in den Niederlanden eine kleine Auszeit für mich hätte werden können, doch dieser Wunschgedanke ist vor meinen Augen verpufft, nachdem ich erfahren habe, warum ich dorthin bestellt wurde. Das Gespräch mit dem Anwalt hätte ich lieber über Facetime oder ein Telefonat geführt, doch der zweitbeste Anwalt meines Vaters wollte all die vertraulichen Informationen nicht einfach so übers Telefon mit mir klären. Es handelt sich um laufende Ermittlungen, und momentan sind alle Augen der Welt auf uns gerichtet. Mit einem Wischen des Daumens entferne ich jeden einzelnen Anruf von meinem Bildschirm, bis dieser leer ist. Ich habe das Hintergrundbild zu einem dunkelgrauen Ton geändert, weil ich etwas Schlichtes haben wollte, was mich nicht ablenken würde. Doch während ich auf diese Dunkelheit starre, fallen mir zahlreiche Dinge ein, die ich in dieses Grau hineininterpretieren könnte.

Ein tiefer Atemzug verleitet mich dazu, mich gegen das weiche Polster meines Sitzes fallen zu lassen, sodass ich meinen Kopf in den Nacken lege und durch das Infinity-Fenster direkt auf eine andere graue Wand – die meiner Tiefgarage – blicke. Wahrscheinlich fehlt etwas Farbe in meinem Leben …

Ich starre also auf die Wand und überdenke für einen Moment, ob ich sie streichen sollte. Möglich wäre ein helles Blau, wie der Himmel über dem zur Abwechslung zurzeit sonnigen London. Oder ein tiefes Dunkelrot.

Ich werde aus meinen Fantasien gerissen, als mich mein Vater zum wiederholten Mal zu erreichen versucht. Ich kann nicht anders, als diesmal seinen Anruf entgegenzunehmen. Das wird sonst niemals aufhören.

»Hallo …«, begrüße ich ihn mit trockener Stimme.

Mein Vater lässt mich selbst diese kurze Begrüßung kaum zu Ende führen, bevor er mich unterbricht.

»Damien, wie ist das Gespräch mit Herrn Bardot verlaufen? Hat er schon einen Kostenvoranschlag gemacht? Wenn ja, gebe ich meinem Finanzberater heute noch Bescheid, dass er sich drum kümmern soll.« Ich nehme einen weiteren tiefen Atemzug, der einige bedeutende Sekunden länger anhält, als es meinem Vater recht ist, sodass er sichergehen muss, ob ich überhaupt noch am Hörer bin.

»Du hättest mir vorher sagen können, um was es sich bei dieser Geschäftsreise handelt, dann hätte ich mich darauf vorbereiten können«, rechtfertige ich mich vor ihm, obwohl er nicht einmal versteht, was ich damit meine.

»Mein Sohn, ich habe gleich ein Meeting, bitte beantworte mir die Frage, damit ich heute noch die E-Mail rausschicken kann.«

Nun schließe ich meine Augen.

»Damien ...«

Diesmal unterbreche ich ihn. »Nein. Ich verstehe nicht, warum du mir die gesamte Verantwortung für diesen Fall gibst, während du dich lediglich um Sebastians Angelegenheit sorgst. Du weißt ganz genau, wie mich das ...« Dann verstumme ich. Es hat keinen Sinn, einem zu Stein gewordenen Mann Emotionen erklären zu wollen. In seinen Augen bin ich in erster Linie ein verantwortungsvoller Geschäftsmann, und die Tatsache, dass ich sein Sohn bin, folgt eher irgendwo weiter unten auf seiner Liste. Mich würde es nicht einmal wundern, wenn er mich damit bestrafen will, dass er den Fall an mich weiterreicht, weil Mutter mir in den vergangenen Jahren schon oft das Gefühl gegeben hat, ich sei an allem schuld. Wenn man sich also selbst die Schuld gibt, die eigene Mutter einen ebenfalls verurteilt und der Vater einen mit der Verantwortung allein zurücklässt, dann wird es wirklich schwierig.

»Damien, deine Schwester wurde ermordet. Nicht mit einem Messer oder einer Kugel, sondern mit einer Überdosis an Pillen. Sie lag ganze drei Tage unter der Brücke, und das ist zwei Jahre her. Ich muss mich um die Firma und Sebastians Missgeschick kümmern und kann mich jetzt nicht auch noch mit dem anderen Fall beschäftigen. Das ist in meiner Position unmöglich, ich ...«

Ich blende seine Worte aus, als ich realisiere, dass er Kyra einfach nur wie einen weiteren »Fall« behandelt. Dann lege ich auf und verschwinde erneut in der Dunkelheit. Ich brauche einen Wein. Gerade kann ich an nichts anderes denken, was mich beruhigen könnte.

Die Fahrertür öffnet sich mit einer Berührung, und ich steige aus dem Wagen. Bevor ich den Flur zum Fahrstuhl betrete, hole ich meinen kleinen schwarzen Koffer aus dem Kofferraum. Während der Fahrt im Fahrstuhl wird der Druck im Kopf von Stockwerk zu Stockwerk schmerzhafter, bis ich spüre, wie sich die Kopfschmerzen in den Vordergrund drängen. Das Klingeln der Türen fühlt sich demnach so an, als würde man mir einmal rundherum Schrauben in den Kopf bohren.

»Ich brauche definitiv ein Glas«, murmle ich.

Mit schmerzverzerrtem Gesicht betrete ich mein Apartment, bleibe jedoch augenblicklich stehen, als ich zwei Schatten am Esstisch sehe. Ich erkenne Rosa auf Anhieb. Doch sie ist nicht allein.

Kapitel 9

Birdie

»Ich kann da jetzt nicht rausgehen«, murmle ich und weigere mich, Damiens Arbeitszimmer zu verlassen, als Sebastian versucht, mich zu überreden, ihm zu folgen. »Bitte, ich kann das nicht!« Mein Herz schlägt mir bis zum Hals hinauf. In meinen Gedanken spielt sich ein einziges Chaos ab.

Ich will ihn wiedersehen. Ich will ihn nicht sehen. Ich bin neugierig. Ich habe Angst.

»Komm schon, Birdie. Das Erste, was er tun wird, ist in sein Arbeitszimmer zu gehen, um seine Akten loszuwerden. Und du kannst dich nicht stundenlang hinter dieser Couch verstecken.«

Sebastian rollt mit den Augen, und ich atme immer hektischer, während ich neugierig hinter die Couch gucke, um zu sehen, ob es vielleicht doch möglich wäre, es sich dort für einige Stunden gemütlich zu machen.

»Du spielst doch nicht ernsthaft mit dem Gedanken, das durchzuziehen, oder?« Mit einem fassungslosen, genervten Ausdruck schaut er mich an. Ich weiß, dass ich mich albern benehme, aber ich weiß auch, dass Damien nicht gerade Freudensprünge machen wird, wenn er mich ohne jegliche Einladung in seinem Apartment zu sehen bekommt.

»Aber Rosa meinte doch, er wäre noch auf Geschäftsreise?!« Meine Stimme ist leise und zittrig. Ich komme mir wie ein Vollidiot vor.

»Das dachte ich ehrlich gesagt auch, aber wahrscheinlich ist wieder mal irgendetwas nicht so gelaufen, wie es mein Bruder gern gehabt hätte.« Sebastian zuckt mit den Schultern und dann nachdenklich mit den Brauen, als seine Lippen eine schmale Linie bilden. »Komm, Birdie, entweder gehst du dort jetzt raus und stellst dich dem ganzen Theater, oder du lässt dich dabei erwischen, wie du dich in *seinem* Apartment vor *ihm* zu verstecken versuchst.«

Verdammt, warum sind es immer die kleinen Brüder, die einen in solchen Situationen mit weisen Worten auf den Boden der Tatsachen zurückholen. Ich kann es nicht leugnen, Sebastian hat recht. Außerdem wäre es ziemlich unangenehm, in seinem Arbeitszimmer erwischt zu werden ... auch wenn ich mich doch lieber verstecken würde, als durch diese Tür zu gehen.

Das kann doch nicht gut gehen. Es war schon peinlich genug, dass ich ihm vorgestern seine Bestellung bei Meredith ruiniert habe. Ich erinnere mich daran, wie er meinen Namen hauchte und ich ihm nicht einmal antworten konnte. Wie er mich angestarrt hat. Wie wird er mich dann wohl heute ansehen?

»Na gut.« Ich kann kaum glauben, dass ich mir das hier gerade selbst antue. Wäre ich doch niemals in Rosas Auto gestiegen ...

Wir verlassen das Arbeitszimmer und gehen den Flur hinunter, an dem Bild von Kyra vorbei und geradewegs auf den Eingangsbereich zu. Auf dem Weg sehe ich von Weitem Damiens kleinen schwarzen Koffer auf dem

Marmorboden liegen, als hätte er ihn beim Betreten des Apartments durch den Raum geworfen.

Plötzlich erspähe ich einen Schatten und dann Daisy, wie sie die zwei kleinen Stufen aus dem Wohnbereich hinaufstolpert, um so schnell wie möglich zum Fahrstuhl zu gelangen. Augenblicklich bleibe ich stehen. Er wird mich auf dieselbe Art rausschmeißen, nicht wahr? Ganz sicher wird er das.

»Mr Hamilton, ich kann das erklären!«, höre ich das Echo von Rosas Stimme durch den Raum hallen.

Sebastian muss mich weiterziehen, damit ich vorankomme und nicht für den Rest des Tages wie angewurzelt im Flur stehen bleibe. Daisy wirkt so ängstlich, als hätte sie ein Gespenst gesehen, so zerbrechlich, als könnte Damien sie mit nur einem weiteren Blick in tausend Stücke zerfetzen. Ihre Bewegungen sind so schnell, dass ihre rotblonden Haare hektisch hin und her wehen, als sie immer wieder hinter sich blickt.

Wenn ich Daisy wäre, würde ich wahrscheinlich auch lieber davonlaufen. Denn wenn Damien sie gerade mit seinen hellblauen Augen durchbohrt hat, dann wird es kein angenehmer Blick gewesen sein. Aber ich bin nicht Daisy. Und wenn Damien mich sieht, dann bin ich mir fast sicher, wird es noch viel schlimmer enden. Sebastians Hand legt sich um meine Schulter und gibt mir einen klitzekleinen Funken von Sicherheit. Dann höre ich Rosa flehend Daisys Namen rufen, während sich die schweren Fahrstuhltüren schließen. Aber es folgt keine Antwort.

Die Sonnenstrahlen, die sich auf dem Boden ausbreiten, betonen den Umriss seiner großen Statur. Rosa steht dicht bei ihm, doch ihr Schatten ist deutlich kleiner. Wir gehen um die Ecke, an der Küche vorbei, und als sie uns sieht, bemerke ich die Panik in ihren Augen. Ihr Mund steht offen, als wollte sie mit ihrer Rede fortfahren, aber sie bekommt kein Wort mehr heraus. Sebastians Überredungskünste haben mich so sehr abgelenkt, dass ich gar nicht daran gedacht habe, welche Folgen es für Rosa haben würde. Ich habe nur an mich gedacht. *Wie selbstsüchtig von dir, Birdie! Wie hole ich uns aus dieser ganzen Sache bloß wieder heraus?*

Damien steht mit dem Rücken zu uns und starrt hinaus auf das erwachende London. Er wirkt überraschend gelassen. Ich verfolge den langen grauen Stoff bis zum schwarzen Gürtel seiner Anzughose, in die das eng anliegende weiße Hemd verschwindet ... bis zu seinem Kopf mit den verwuschelten, dunkelbraunen Haaren, als wäre er mehrmals mit seinen Fingern durchgefahren. Sein graues Jackett liegt einige Meter vom Reisekoffer entfernt auf dem Boden.

Als eine erdrückende Stille ausbricht, dreht er sich schließlich zu uns um. Das Erste, was seine Augen erfassen, bin ich. Es ist, als könnte er ihnen nicht trauen. Aber alles, was ich sehe, ist das eindringliche Hellblau in ihnen und das für mich offensichtliche Chaos, welches er mit einer gefälschten Ruhe zu überspielen versucht. Er kann mich jedoch nicht täuschen. Sein Starren hält eine gefühlte Ewigkeit an, während sein Gesicht einfach nur ausdruckslos verweilt. Doch seine Augen enthüllen mir alles. Damien spricht kein einziges Wort, und ich weiß nicht, was ... oder ob ich überhaupt etwas sagen soll.

»Hey, Big Bro! Du bist also zurück?«

Ich atme kaum merklich erleichtert auf, als Sebastian die Initiative ergreift und die Stimmung etwas aufzulockern versucht. Aber sein großer Bruder spielt nicht mit. Selbst als Sebastian auf ihn zugeht, um ihn auf die Schulter zu klopfen, und ich mich unauffällig zu Rosa stellen will, nimmt er nicht seine Augen von mir. Nun stehe ich zwar nahe bei ihm, aber ich habe Rosa bei mir, bei der ich mich in diesem Moment am wohlsten fühle. Er achtet auf jeden Schritt, den ich gehe, jede Bewegung, die mein Körper macht, und versucht, meinen Blick um jeden Preis mit seinem einzufangen. Ich versuche ebenfalls, die Nervosität in mir zu überspielen, doch er bemerkt das schnelle Heben und Senken meiner Brust, als ich hektisch nach Luft schnappe.

Vielleicht sollte ich wie Daisy einfach davonrennen. Um ehrlich zu sein, scheint mir dieser Gedanke gar nicht mal so abwegig. Aber ich bin dennoch wie festgewachsen. Außerdem kann ich Rosa nach alldem nicht allein lassen. Sie stellt sich schützend vor mich, hebt ihre Hände und setzt zu einer Erklärung der Situation an, aber Damien unterbricht sie.

»Was machst …?« Er bricht kurze ab und überlegt, was er als Nächstes sagen soll. »Was macht … *sie* hier.« Nach wie vor schaut er in meine Richtung. Niemals hätte ich gedacht, dass es sich so falsch anfühlen würde, wenn er mich nicht mal beim Namen nennen kann.

Und da stehe ich nun: Mit Rosas Schlafanzug im Wohnzimmer des Mannes, den ich als meinen Helden bezeichnet habe und der mich nun mit diesem Blick durchbohrt, als würde er all dies zutiefst bereuen. Rosa versucht wieder, einen Satz zu beginnen, aber Damien unterbricht sie abermals. »Ich will, dass ihr auf der Stelle das Apartment verlasst!«

Autsch! Auch mein trockenes Schlucken bemerkt er, bevor ich zögerlich nicke. Rosa wird mir meine Anziehsachen bestimmt irgendwie in den Flur bringen können, damit ich mich im Bad umziehen kann. Hoffentlich gibt er mir wenigstens dafür die Zeit. Ich drehe mich um und mache Anstalten davonzugehen.

»Nein. Du nicht, Birdie …«, haucht Damiens tiefe Stimme, die in der Mitte des Satzes beinahe unmerklich bricht.

Ich vermag kaum meinen Ohren zu trauen.

»Ich möchte, dass du bleibst.«

In diesem Moment bleibt mein Herz stehen.

Kapitel 10

Die schweren Fahrstuhltüren schließen sich, und Rosa und Sebastian sind verschwunden. Nun stehen nur noch Damien und ich wie die zwei letzten Spielfiguren eines Brettspiels da. Das Schicksal ist ein unfairer Spielmeister. Ich fühle mich hintergangen.

Unauffällig wandern meine Augen über jeden Zentimeter seines Körpers, und ich wage es nicht, auch nur ein einziges Mal dabei zu blinzeln. Ab diesem Moment möchte ich keine einzige Bewegung verpassen, die er machen könnte.

Die Stille zwängt uns ein, sodass man eine Stecknadel auf den Marmorboden fallen hören könnte. Die hellblauen Augen mustern mich eine Weile, bevor Damien mit einem Blinzeln den Augenkontakt unterbricht und sich zu meiner Überraschung schließlich mit ein paar großen Schritten auf sein Jackett am Boden zubewegt, um es aufzuheben und sich über die Schultern zu werfen. Er murmelt etwas vor sich hin, bevor er sich mit der Hand durch die Haare fährt und mit einem Stirnrunzeln die Augen schließt. Selbst wenn er zu mir hinsieht, kommt es mir so vor, als würde er in Wirklichkeit an mir vorbeischauen. Dann setzt er sich auf die Couch und faltet seine Hände, die er mit einem nachdenklichen Blick betrachtet, bevor er schließlich wieder seinen Kopf hebt. Damien steht völlig neben sich.

Ich öffne meinen Mund und schnappe nach Luft. Er möchte, dass ich mich zu ihm setze. Auf die große Couch. Das Aroma des *English Breakfasts,* welches er mir damals gezaubert hatte, bevor ich es der obdachlosen Mutter gab, macht sich auf meiner Zunge breit, als könnte ich die Zeit zurückdrehen. Oder als er mir von seiner Schwester erzählt hatte und wir gemeinsam, Arm in Arm einschliefen. Diese Couch scheint unabsichtlich zu unserem Ort der ernsten Gespräche geworden zu sein.

Ich gehe einen Schritt auf ihn zu, dann bleibe ich stehen. Rosas Schlafanzug ist mir etwas zu groß. Meine nackten Füße sind beinahe nicht zu erkennen, und ich muss mich vorsehen, dass ich nicht auf dem glatten Boden ausrutsche. Damien senkt seinen Blick wieder. Er wird wohl nicht mit mir reden, bis ich mich zu ihm auf das Sofa gesetzt habe.

Als sich die Couch senkt, merke ich, wie er kurz zusammenzuckt, sich aber nicht dazu überwinden kann, mich anzusehen. Der Abstand zwischen uns ist groß genug, dass noch jemand zwischen uns sitzen könnte. Seine Atmung wechselt von flach und ruhig zu unregelmäßig und unsicher.

Ich werde dieses Gespräch nicht beginnen, weil ich nicht danach verlangt habe. Auch wenn ich geblieben bin, bedeutet es nicht, dass ich ihn zum Reden bringen will. Es war sein Vorschlag, und nun bekommt er kein einziges Wort heraus. *Nun sag bitte was!*

Nach einigen weiteren endlosen Sekunden der Stille nehme ich den Blick von ihm und lenke mich mit Londons Skyline ab.

Die Sonne wird gerade von einer dicken grauen Wolke bedeckt. Wahrscheinlich fängt es später zu regnen an. Ich hasse Regen. Es erinnert mich an den Tag, an dem ich in meiner unfassbar teuren Bluse Mrs Hamilton begegnet bin und sie mir allein wegen der Designerkleidung, die Damien mir gekauft hatte, ihren Regenschirm schenkte. Wenn sie nur wüsste, was an diesem Tag wirklich geschehen war. Wer ich wirklich bin. Was ich an diesem Tag wirklich gebraucht hätte. Eines kann ich sagen, es war auf gar keinen Fall ein Regenschirm.

»Er hat mich angerufen.« Damiens plötzlicher Versuch, eine richtige Unterhaltung mit mir zu führen, überrumpelt mich. Ich war so sehr in meinen Gedanken gefangen, dass ich fast vergessen habe, dass wir uns ja anscheinend in einer Unterhaltung befinden. *Wer hat ihn angerufen?* Unsere Blicken auf das bedeckte London gerichtet, sitzen wir weiterhin auf unseren Plätzen – keiner traut sich, den Blickkontakt wieder aufzunehmen, während uns London eine Ausrede gibt, dies auch nicht weiter unnötig zu versuchen.

»Wer hat dich angerufen?«, frage ich trocken.

»Der Anwalt der Familie.«

Ich muss schlucken. *Will er mir von Sebastian erzählen?*

»Na ja, *mein* Anwalt hat mich angerufen«, korrigiert er sich.

»Warum?«

»Sie haben Kyras Ex-Freund ausfindig machen können. Er hat zugegeben, ihr etwas untergemischt zu haben. Und er meint, sie hätte es so gewollt.« Die Art, wie er mir diese Neuigkeit überbringt, jagt mir eine Gänsehaut den Rücken hinunter. Sofort schaue ich zu ihm, aber er kann meinen Blick nicht erwidern.

»Es war ... *Mord?«* Ich bekomme das Wort beinahe nicht über die Lippen.

Er nickt abwesend, und ich presse meine Lippen zusammen. Das hübsche junge Mädchen auf dem Bild in Damiens Flur wurde ermordet. Die verwirrende Mischung aus Wut, Verzweiflung, Mitleid und Trauer schnürt mir die Luft ab. Ich kannte Kyra nicht, doch ich weiß, wie viel sie Damien bedeutet hat. Meine Fingernägel vergraben sich in dem weichen Stoff von Rosas Schlafanzug. Ich möchte etwas sagen, aber ich weiß nicht was.

»Damals, als ich den Jogger beauftragt hatte, dir das Geld in den Pappbecher zu legen und dir eine neue Decke mit meinem Geld zu kaufen, war das ein trauriger Versuch, mich von der Tatsache abzulenken, dass diese Welt grausam sein kann ... Ich hatte versucht zu helfen. Ich hatte versucht, die Welt ein kleines Stückchen besser zu machen, indem ich dir helfe.«

All diese Informationen bilden sich zu einem unangenehmen Kloß in meinem Hals, den ich herunterzuschlucken versuche. Doch ich wusste es. Ich wusste, dass es Damien war. Ich hatte schon lange mit dem Gedanken gespielt, ihn aber immer wieder verworfen. Ich würde mich am liebsten dafür bei ihm bedanken, aber ich möchte ihn unbedingt ausreden lassen.

»Für eine Weile konnte ich deine Welt schöner aussehen lassen ... Aber es kommt nicht darauf an, ob ich dein Held bin oder nicht. Denn es wird mich bis zur letzten Sekunde meines Lebens verfolgen, dass ich nicht *ihr* Held sein konnte.«

Ich muss abermals schlucken, als die Tränen mir aus den Augen zu rinnen drohen. *Birdie, du wolltest stark bleiben*, erinnere ich mich.

»Verstehst du, Birdie, egal, was ich mache, ich werde mir immer die Schuld an ihrem Tod geben.«

Ich spüre die heißen Tränen über meine Wange kullern, als der Kloß meinen Rachen hinaufwandert.

Damien atmet tief ein und aus und starrt wieder aus dem großen Fenster seines Wohnzimmers. »Doch als ich gehört habe, dass der Typ gefunden wurde, der meiner Schwester das Leben genommen hat … da wurde mir bewusst, dass nicht ich allein an dem schuld bin, was ihr zugestoßen ist. Dieser Typ verdient es, sich so zu fühlen, wie ich es mein Leben lang tun werde. Er verdient es zu leiden. So wie ich.«

Meine Wangen werden von salzigen Tränen überflutet. Ich kann sie nicht zurückhalten. Ich kann diese Worte, dieses Geständnis, nicht aus seinem Mund hören. Mein Herz blutet. Ich weiß, wie er sich fühlen muss. Diesen Schmerz verstehe ich bis auf die letzte Ader in meinem Körper.

»Aber werde ich mich jemals besser fühlen? Selbst wenn er dasselbe durchleben würde wie ich? Ginge es mir besser? Sag es mir, Birdie, ginge es mir dann besser?«

Er wendet sich nun endlich mir zu, und als er sieht, in welcher Gefühlslage ich mich gerade befinde, ist er sofort wieder still und schaut mich an, als würde er einen Geist betrachten. Dann kommt er ins Stottern, als würden auch ihm gerade tausend Gedanken durch den Kopf gehen.

»I-Ich, nein, es tut mir leid«, stottert er verzweifelt und fährt sich wieder mit der Hand durch die Haare.

»Damien, ich würde dir gern helfen, aber …«, beginne ich, höre dann aber mitten im Satz auf. Er sieht mich einfach nur an, und ich spüre, wie sich mein Magen zusammenzieht. So als hätte ich tagelang nichts Richtiges zu Essen gehabt. Ich sehe ihn an, und sofort pocht mein

Herz wie wild. Er öffnet sich mir, und augenblicklich reagiert mein Körper auf ihn. Egal, wie sehr ich mich dagegen sträube, ich komme nicht dagegen an. Damien löst so viele verwirrende Gefühle in mir aus. So viel Freude, so viel Schmerz.

»Alles«, haucht Damien, der mir nun so nahe kommt, dass ich seinen Atem auf meiner Wange spüre.

Was meint er damit? Ich schaue zu ihm auf. Wie sehr habe ich es vermisst, dieses einmalige Gesicht aus unmittelbarer Nähe zu mustern.

»Alles tut mir so unfassbar leid.«

Mit diesen Worten ist er mir nun so nahe, dass unsere Nasenspitzen sich fast berühren. Ich kneife meine Augen schmerzvoll zusammen.

»Ich hätte dich niemals gehen lassen sollen, Birdie.«

Mir entwischt eine weitere Träne, und ich schließe die Augen.

»Niemals.«

Dann öffne ich meine Augen und weiche ein klein wenig zurück.

Als ich seinen schmerzerfüllten Gesichtsausdruck durch meine eigenen Tränen hindurch erkennen kann, meldet sich abermals mein armes Herz. *Ich sollte auf mein Herz hören, nicht wahr? Das soll man doch, oder nicht?*

»Ich habe es wegen meiner Mutter getan«, würgt Damien hervor, und ich lenke meinen Blick auf meine verkrampfte Hand, deren Knöchel sich weiß gefärbt haben.

»Was meinst du?« Meine Stimme ist gebrochen und leise.

»Ich habe dich gehen lassen, weil meine Mutter mit Sebastian aus Amerika nachgereist kam. Sie hatte angekündigt, dass sie mich jeden Tag besuchen wolle, und ich hatte Angst, dass sie … dass sie dich sieht und alles wieder von vorn beginnen würde, so wie sie es damals bei Kyra war.«

Ich erinnere mich sehr gut an den Brief seiner Mutter, den Rosa mir vorgelesen hatte. Kurz bevor ich sein Apartment verließ, hatte sie ihren Besuch angekündigt. Als ich zu Damien aufsehe, schließt er gerade seine Augen, um sie kurz darauf wieder zu öffnen und mich anzuschauen.

»Ich weiß, es ist zu viel verlangt, dich zu fragen, ob du mir verzeihen könntest. A-Aber ich würde dich gern darum bitten, mir eine zweite Chance zu geben«, fleht er mich an. »Du bist der einzige Mensch in meinem Leben, mit dem ich meine Gefühle teilen kann und der mich dafür nie verurteilt hat.« Verzweifelt versucht er, in meinem Blick eine Reaktion zu finden, doch ich wische mir nur die Tränen von meinen Wangen. Seine Worte überfordern mich. »Birdie, ich brauche dich.«

Birdie, ich brauche dich. Mein Herz macht einen Satz.

»Ich brauche dich«, wiederholt er – diesmal eindeutig erleichtert, als hätte es ihn viel Überwindung gekostet, ihn über seine Lippen zu bringen.

»Warum hast du dann versucht, Rosa von mir fernzuhalten?«

Meine Frage scheint ihn zu überraschen. Nach mehrfachem Blinzeln greift er vorsichtig nach meiner Hand, aber das ist mir zu viel. Als würde seine Berührung eine Million Stromschläge durch meinen Körper jagen. Das ist zu viel.

Er atmet tief aus. »Du weißt, warum«, sagt er, aber dank seiner Antwort bin ich nun noch mehr verwirrt. »Du wirst mir wahrscheinlich nicht glauben, aber ich konnte nicht aufhören, an dich zu denken. Glaubst du, wenn Rosa dich in einem Gespräch mit mir erwähnt hätte oder allein der Gedanke daran, dass sie dich sehen darf und ich nicht, hätte die Situation für mich leichter gemacht? Vor ein paar Tagen in der Oxford Street, da wolltest du mich auch nicht sehen. Erinnerst du dich daran? Erinnerst du dich an dieses Gefühl?«

Sehr wohl erinnere ich mich an das Gefühl. Ich erinnere mich an all die Momente, in denen ich verzweifelt versucht habe, Damien zu vergessen. An jeden einzelnen.

»Daran bist aber allein du selbst schuld.« Mich überrascht jede meiner Antworten ein Stückchen mehr. Wenn ich eines gelernt habe, dann ist es, dass die Treue zu mir selbst das Wichtigste auf Erden ist. Auch als Damien mich gehen ließ, hatte ich nur mich allein. Oder als Leo und Fynn der Platz in der Unterkunft zugesagt wurde, blieb ich allein zurück. Nichts wurde mir deutlicher, als dass ich selbst immer bei mir sein werde und ich mich für mich selbst einsetzen muss, wenn es hart auf hart kommt. In guten und in schlechten Zeiten.

»Ich weiß ... und es war die dümmste Entscheidung meines Lebens«, gibt er zu, und ich nicke nur. »Aber ... bitte gib mir eine zweite Chance.«

»Handelst du gerade nur aus dem Affekt heraus, oder hättest du mich das auch gefragt, wenn ich nicht in deinem Apartment aufgetaucht wäre?« Dies ist tatsächlich die Frage, die mir am meisten auf der Zunge gebrannt hat. Ich muss einfach wissen, ob er es ernst mit mir meint. Er will seine Hand auf meinen Oberschenkel legen, hält sich aber gerade noch davon ab, bevor ich es getan hätte. Sobald er mich berühren würde, könnte ich auf gar keinen Fall mehr klar denken, und das muss ich um jeden Preis vermeiden.

»Ich war in der Oxford Street, bevor ich zum Flughafen gefahren wurde und den Anruf meines Anwalts entgegengenommen habe. Ich wollte dich sehen. Ich wollte dich fragen. Mit dir reden.«

Ich bin noch nicht dazu bereit, ihm zu verzeihen, aber ich würde trotzdem gern noch einmal darüber nachdenken, ihm vielleicht doch eine zweite Chance zu geben. Auch ich konnte nicht aufhören, an ihn zu denken, aber das kann ich ihm nicht einfach so sagen.

»Woher wusstest du, dass ich bei dem Supermarkt untergekommen war, zu dem Rosa normalerweise einkaufen gegangen ist?«

»Das war bloß eine Vermutung«, antwortet er rasch, und ich zweifle einen Moment daran, ob seine Antwort diesmal wirklich der Wahrheit entspricht. »Birdie, ich bin selbstsüchtig und egoistisch. Es tut mir leid, aber so bin ich nun mal. Das bedeutet aber nicht, dass ich mir Fehler nicht eingestehen kann. Das war der größte Fehler meines Lebens. Ich will dich bei mir haben.« Er fährt sich durch seine Haare und greift fest zu. Dann sieht er zur Zimmerdecke und verzerrt sein Gesicht, als könnte er selbst kaum glauben, dass die nächsten Worte aus seinem Mund kommen. »Ich habe mal gehört, dass Helden immer jemanden brauchen, den sie beschützen können. Wen soll ich nun noch beschützen können? Ich will nur dich beschützen können.« Ich weiß, dass es keinen Unterschied machen würde, ob ich ihn als meinen Helden akzeptiere oder nicht, er wird trotzdem davon überzeugt sein, dass er für seine Schwester nicht da sein konnte. Er hat es selbst gesagt, es wird ihn bis zum Ende seiner Tage verfolgen. Wird es ihn also wirklich von dem Gedanken abbringen, was mit seiner Schwester passiert ist, wenn ich einwillige? Ich würde nichts mehr wollen, als sein Herz wieder zusammenzuflicken … aber steht das überhaupt in meiner Macht?

Mit einem tiefen Atemzug stehe ich von der Couch auf. »Ich werde darüber nachdenken«, sage ich ihm, aber als ich auf ihn herabsehe und die Angst in seinen eisblauen Augen bemerke, überfährt mich ein Schauer. Mein Kopf sagt mir, dass ich gehen sollte, doch mein Herz bringt mich dazu, mich vor ihn zu knien, sodass wir uns auf derselben Höhe in die Augen schauen können. »Das ist kein Nein«, flüstere ich in sein Ohr, doch dies scheint ihn nicht zu beruhigen. Ich schenke ihm ein kleines Lächeln, bevor ich mich der Küchentheke nähere. Dort hat Rosa den Stapel mit meinen Klamotten hinterlassen, welche sie für mich gewaschen hatte. Wenn ich mich umgezogen habe, werde ich gehen. Doch ob ich wiederkommen werde, das kann ich noch nicht sagen. Es war kein Nein, aber es war auch kein Ja.

Kapitel 11

Die funkelnden Sterne spiegeln sich in der Fensterfront von *Hamilton & Sons Inc.* Ich lehne mich zurück, beiße auf die Innenseiten meiner Wangen und fange an, jeden einzelnen zu zählen. Warum ich zu dieser Zeit an diesen Ort zurückgekehrt bin, kann ich nicht genau sagen. Vielleicht, weil hier alles begann? Zwischen den Sternen sehe ich seine strahlenden Augen. Sie mustern mich mit einem Funkeln, welches mühelos mit den hellen Sternen mithalten kann.

Damals, als ich ihn zum ersten Mal gesehen hatte, hätte ich es mir niemals ausmalen können, dass es einmal so weit kommen würde. Dass wir uns in einem Moment so nahe sind und plötzlich ferner denn je. Er hat meine Gefühle verletzt. Und das alles nur, um mir Wochen später zu versichern, dass es der größte Fehler seines Lebens war.

Während die warme Brise der Sommernacht über mein Gesicht fegt und die feinen Härchen meine Stirn kitzeln, lehne ich mich gegen die Mauer der kleinen Nische. Es riecht noch nach dem Regen vom Vormittag, aber es ist warm. Dennoch spüre ich eine eisige Kälte, während ich mir eine entscheidende Frage stelle: Wenn ich Damien wirklich eine zweite Chance geben kann, warum dann nicht auch mir selbst? Seit ich denken kann, lebe ich auf der Straße. Meine Mutter hat meinen

Bruder und mich zwischen alten Tankstellen und Einkaufswagen großgezogen. Wenn ich Damien eine zweite Chance gebe, dann gebe ich damit vielleicht auch meinem Leben eine zweite Chance.

Ich weiß, dass meine Mutter nur das Beste für mich gewollt hätte. Ich habe lange nicht mehr so intensiv an sie gedacht, und es tut mir in der Seele weh, dass ich sie so aus meinem Gedächtnis verdrängt habe. Das Erste, was man vergisst, ist die Stimme, sagt man. Und die meiner Mutter habe ich längst vergessen. Egal, wie viel ich an sie denke ... ich kann mich nicht mehr an den Klang ihrer Stimme erinnern.

Ich senke meinen Kopf. Damien wäre in ihren Augen der typische Geschäftsmann gewesen, den sie bis aufs Blut verachtet hätte. Aber auf der anderen Seite hätte er sie sicher mit seinen starken Gefühlen für seine kleine Schwester und seiner Ehrlichkeit mir gegenüber überrascht.

Die leichte Brise wird zu einem kühlen Sommernachtswind. Die Temperaturen sinken um wenige Grade, als sich eine Gänsehaut auf meinen Unterarmen bildet. Auch wenn ich viel dafür getan habe, mich von der Abhängigkeit meiner Mum zu lösen, wünschte ich mir, dass sie Damien hätte kennenlernen können. Verdammt, ich wünschte mir wirklich nichts mehr als ihren Segen.

Ich höre sich nähernde Schritte und mache mich klein. Als sich daraufhin jemand neben mich auf den Boden niedersetzt, zucke ich zusammen. Unsere Schultern streifen sich, während die Gestalt ihre langen Beine übereinanderlegt. Vorsichtig hebe ich meinen Blick wieder, und das Eisblau, welches sich nicht einmal im Schatten der Nacht verbergen kann, trifft mich unerwartet. Ich atme sein würziges Aftershave ein, als er das graue Jackett auszieht und es mir vorsichtig über meine Schultern legt.

Damien schaut zu mir herunter. Dabei sieht er mich mit einem sanften, beinahe schüchternen Halbgrinsen an, und sein Blick sagt mehr, als Worte jemals sagen könnten.

»Ich bin nicht hier, um dich nach deiner Entscheidung zu fragen«, haucht er, derweil krempelt er die Ärmel des glatten schwarzen Hemdes bis zu seinen Ellenbogen hoch. *Habe ich ihn jemals in einem schwarzen Hemd gesehen?* Zumindest kann ich mich nicht an eines erinnern. »Ich wollte dich bloß sehen. Sonst nichts.« Dann schnappt er nach der frischen Luft. »Na ja, und sichergehen, dass es dir gut geht.« Er lehnt sich nun vollkommen gegen die Backsteinmauer der Nische, sodass sich unsere Schultern nicht nur streifen, sondern wir uns an dieser Stelle ununterbrochen berühren. Die Wärme der Berührung und sein großer Oberarm, welcher sich gegen meinen presst, fühlen sich auf eine angenehme Art und Weise beruhigend an. »Dir geht es doch gut, oder?«

Ich weiß nicht, ob es mein Unterbewusstsein ist oder pure Intention, doch irgendwie bekomme ich meine Finger dazu, sich zu bewegen, bis meine Hand seine findet. Ich spüre das Pochen in meiner Brust und die Gänsehaut, die sich nun auf meinem ganzen Körper ausbreitet. »Ich würde dir wirklich immer und immer wieder sagen, dass ich damals einen großen Fehler begangen habe, aber ich glaube, dass ich dich irgendwann nur noch damit nerven würde«, gibt er zu, doch meine Antwort scheint uns beide zu überraschen. Mein Kopf lehnt sich sanft gegen seine Schulter, und ich schließe meine

Augen. Umgeben von seiner Wärme und seinem Duft, welcher nach meinem ersten wirklichen Zuhause riecht, genieße ich einfach nur diesen einmaligen Moment. Es fühlt sich beinahe erleichternd an, zu wissen, dass Lucas und Mum gerade auf uns herabschauen und sie uns so sehen können.

»Um ehrlich zu sein, finde ich das gar nicht mal so schlimm.«

Ich lasse seinen Daumen über meinen Handrücken streichen. Immer und immer wieder, während wir gemeinsam unsere Finger bei ihrem kleinen Tanz beobachten. Ich nehme einen tiefen Atemzug.

»Ich glaube an eine zweite Chance«, wispere ich mit geschlossenen Augen. Ich höre, wie sich sein Mund öffnet, und spähe augenblicklich zu ihm auf.

»Du gibst mir eine zweite Chance?« Sein hoffnungsvoller Blick geht mir unter die Haut.

»Ich meine, wenn du schon deine feine Anzughose hier für mich ruinierst«, scherze ich.

Damien grinst mich verschmitzt an, lehnt sich zu mir vor und gibt mir einen Kuss auf die Stirn. Dann fühle ich, wie seine Hand meine leicht drückt und er erleichtert aufatmet.

»Ich muss mir wohl eine neue aus der Kollektion kaufen«, antwortet er. »Ich meine, für meinen Termin morgen werde ich mir wohl eine neue kaufen müssen«, erklärt er mir. »Das ist nämlich meine ... also, ich denke, man könnte es Lieblingshose nennen? Sie hat mir bisher bei wichtigen Entscheidungen immer Glück gebracht.«

Je mehr ich über seine Worte nachdenke, umso weniger möchte ich, dass er diese Hose einfach so wegwirft.

Wenn sie wie ein Glücksbringer für ihn ist, dann sollte man sie doch behalten, oder?

»Und ich bin mir sicher, dass kein Meeting der Welt mich je so nervös machen könnte wie das hier. Es war eine gute Entscheidung, dass ich sie heute angezogen habe. Ich hoffe, dass es das letzte Mal ist, dass ich sie brauchen werde.« Er klopft sich mit der flachen Hand auf den linken Oberschenkel. Der Stoff der Hose weist Spuren des Asphalts auf, welche sich darauf verewigt haben und ein interessantes, unruhiges Muster bilden.

Für einen Augenblick halte ich inne und lasse meine Augen wieder zum Himmel wandern. Ich möchte nichts bereuen.

Kapitel 12

Die Autofahrt ist still. Beinahe zu still. Die Fahrerin ist eine junge Frau, was mich zugegebenermaßen überrascht. Ihr roter Lippenstift auf dem breiten Mund glänzt im Licht der Straßenlaternen, an denen wir vorbeifahren. Ich beobachte sie aufmerksam im Spiegel. Mir wäre es lieber gewesen, wenn Damien allein gekommen wäre. Aber es scheint ein Firmenwagen zu sein. Und er warnte mich bereits auf dem Weg zum Auto, dass er etwas Wein getrunken habe und selbst lieber nicht hinterm Steuer sitzen sollte. Das Auto war nur wenige Meter von der Eisdiele, in der Einfahrt zur Tiefgarage des Gebäudes von *Hamilton & Sons Inc.* geparkt.

Ihr neugieriger Blick in den Rückspiegel macht mich nervös. Dann spüre ich Damiens lange Finger, wie sie nach meinen greifen. Ich schaue zu ihm rüber und grinse verlegen.

Im nächsten Licht einer Straßenlaterne blitzt sein Gesicht hell auf, und mir fällt als Erstes sein fixierter, musternder Blick auf, welcher auf mich gerichtet ist. Er muss mich schon etwas länger beobachtet haben. Mein Herz rast.

Doch auf einmal schnürt mir der Gurt die Luft ab. Mit einem heftigen Ruck werden wir beinahe aus unseren Sitzen geschleudert, als das Auto einen abrupten Halt macht. Damiens Finger schließen sich fest um meine. Ich reiße meinen Mund beim Schmerz, den der Gurt verursacht, auf und weite erschrocken die Augen. Als ich zurück in den Sitz falle, hebe ich meinen Kopf.

Die Fahrerin hat eine rote Ampel übersehen.

»Geht es Ihnen noch gut? Achten Sie gefälligst auf die Straße, verdammt!« Damiens zischender Kommentar lässt mich vor Schreck zusammenzucken. Normalerweise mag ich es nicht, wenn er so mit anderen Menschen redet, aber diesmal verstehe ich seine Wut.

»Es tut mir leid, Mr Hamilton.« In ihrer Stimme versteckt sich ein nervöser Unterton.

Das Adrenalin vom Schock des Beinahe-Unfalls von eben schießt immer noch durch meine Adern. Damiens Berührung kann mich nur begrenzt beruhigen, während wir weiter die beleuchteten Straßen von London entlangfahren. Erneut puste ich die angestaute Luft aus meinen Lungen und atme langsam ein und wieder aus. Damien fragt mich, ob es mir gut gehe, und ich nicke ihm zu. Auch wenn ich wahrscheinlich ein paar blaue Flecken von dem Gurt bekommen werde, ist das Schlimmste eigentlich der Schreck gewesen.

»Wo ist Rosa?«, frage ich neugierig, nachdem wir das Apartment betreten haben und ich sie nirgendwo finden kann. Als ich zu Damien sehe, geht er gerade durch die hohen Säulen hindurch zur Couch, während er immer noch murmelnd darüber grübelt, wie nachlässig die Fahrerin doch gewesen sei. Er rechnete wohl damit, dass ich ihm augenblicklich folgen würde, und ich sehe die Enttäuschung in seinen Augen, als er bemerkt, dass ich dies nicht tue. Auch meine Frage scheint ihn zu verwirren.

»Ich habe ihr für die Woche freigegeben. Sie und Daisy haben einiges zu klären.«

Mit einem Nicken gehe ich die zwei Stufen in den Wohnbereich hinab und folge Damien schließlich zur Couch.

»Außerdem musste ich den Klempner erneut rufen, der eigentlich schon längst da sein wollte. In ihrem Bad gibt es nämlich seit einiger Zeit einen Wasserschaden, der immer wieder Probleme verursacht.«

Verdammt, das habe ich total vergessen!

»Sag mal, warum duzt du eigentlich Rosa, wenn sie dich nur siezen darf?«, frage ich und setze mich dicht neben ihn hin. Zu dicht. Das war so nicht gewollt. Aber ich will jetzt auch nicht mehr wegrücken. Die Wärme, welche er ausstrahlt, verleiht mir eine Geborgenheit, die ich nicht einfach so wegwerfen will.

Damien erstarrt. Unsere Gesichter sind sich so nah, dass ich jede einzelne Wimper um seine blauen Augen zählen könnte. Dann zuckt er kaum merklich mit den Schultern und weicht meinem Blick aus. »Sie hatte es mir damals angeboten.«

»Und du nicht?«

Er schüttelt den Kopf. »Ich bin immer noch ihr Chef.«

Vor meinen Augen sehe ich wieder den frisch geduschten Damien, der mir nur mit einem Handtuch bekleidet das Angebot macht, ihn beim Vornamen zu nennen. Rosa war an diesem Tag nicht im Apartment. Genau wie jetzt in diesem Moment.

»Aber mir hast du es doch auch angeboten ...« Ich kann nicht aufhören, sein Gesicht zu betrachten. Mein Herz macht bei jedem Blinzeln einen kleinen Satz. Ich fühle mich verloren, sobald ich das klare Blau nicht mehr richtig sehen kann.

Plötzlich schmunzelt er lüstern. »Das letzte Mal, als ich in meinen Verträgen nachgesehen habe, stand da nirgendwo, dass ich dein Chef bin.« Das Lächeln auf seinen Lippen irritiert mich. Ich mustere ihn durch schmale Schlitze, muss aber mittendrin kichern. »Ich bin auch der festen Überzeugung, dass du niemals einen Vertrag mit mir unterschrieben hättest.«

Ich schubse ihn leicht an der Schulter, und er fällt auf dramatische Weise zurück gegen die Couchlehne. Plötzlich sehe ich ein Stückchen Sebastian in ihm. Vielleicht irre ich mich auch, und sein kleiner Bruder hat seinen Humor von seinem *Big Bro* adaptiert.

»Ist Sebastian denn wieder da?«, lautet meine nächste Frage, aber Damien schüttelt den Kopf.

»Er kommt wahrscheinlich später betrunken wieder.«

»Ist er auf einer Party?«

»Ja. Einer seiner neuen Kumpel schmeißt wohl eine Hausparty.« Damien wirkt unbeeindruckt, als würde es ihn nicht wirklich interessieren, was sein Bruder heute Abend so alles vorhat. Wahrscheinlich ist er es schon gewohnt, dass Sebastian sich gern auf Partys herumtreibt. Um ehrlich zu sein, überrascht es mich nicht. Er wirkt wie eine Person, die auf jeder ach so lahmen Feier für Stimmung sorgen könnte. Nicht dass ich in dieser Hinsicht schon viel Erfahrungen gesammelt hätte, aber so stelle ich es mir zumindest vor.

»Warum ist er überhaupt bei dir?«

Er verdreht die Augen und atmet laut aus. »Das erzähle ich dir morgen in aller Ruhe, okay?« Dann sieht er mich an, und ich bin wieder gefangen in diesem so faszinierenden Hellblau seiner Augen. »Ich weiß, dass du wahrscheinlich viele Fragen hast, und die will ich dir auch beantworten. In aller Ruhe und mit meiner vollen Aufmerksamkeit.« Als er seinen Arm auf der Rückenlehne der Couch platziert, ist es offensichtlich eine Einladung, dass ich es mir dort gemütlich machen soll, aber ich bleibe an meinem Platz sitzen. Es ist schon spät.

»Wo kann ich dann schlafen?«, frage ich vorsichtig und beiße auf die Innenseiten meiner Wangen.

Damien blickt erschrocken zu mir. Seine Augen wandern panisch zwischen meinen hin und her. »Ich … also …« Er muss schlucken. »Ich hatte gehofft, du würdest bei mir übernachten?« Seine Stimme ist nur ein leises Hauchen.

»Mir wäre es lieber, wenn ich dann hier auf der Couch oder vielleicht in Rosas Zimmer übernachten dürfte.« Ich spüre seine Enttäuschung. Sein Kopf senkt sich, die Lippen bilden eine schmale Linie, während der Atem ruhiger wird und er es nicht schafft, mich dabei anzusehen.

»Also in Rosas Zimmer kann erst einmal niemand übernachten. Die Toilette ist defekt, und der Klempner kommt frühestens am Mittwoch, um sie zu reparieren. Deswegen meinte ich ja auch, dass Rosa freibekommen hat.« Doch mit seiner Rechtfertigung kommt auch ein neuer Vorschlag seinerseits. »Ich werde auf der Couch schlafen, du kannst dann bei mir im Schlafzimmer übernachten.«

Augenblicklich lehne ich dieses Angebot ab. »Mir wäre es lieber, die Dinge langsamer angehen zu lassen, Damien. Ich glaube, die erste Nacht in deinem Schlafzimmer – mit dir oder ohne dich – zu verbringen, ist nicht gerade die beste Lösung.« Ich gebe ihm zwar eine zweite Chance, aber ich darf nichts überstürzen.

Er verweilt für einen Moment in einem unsicheren Zögern. Doch dann merkt er, wie sicher ich mir mit meiner Entscheidung bin, und gibt schließlich nach. »Okay ... Ich werde dir gleich eine Decke und ein Kopfkissen bringen. Du kannst dich ja schon mal im Bad fertig machen.« Mit einer kurzen Bewegung steht er von seinem Platz auf, doch er bleibt stehen, dreht sich zu mir um und schaut mich an, ohne dabei zu blinzeln.

»Ich bin so froh, dass du wieder hier bist, Birdie.« Seine tiefe Stimme wandert von meinen Ohren über meine Haut und trifft mich dort, wo ich am empfindlichsten auf sie reagiere, als mein Herz abermals einen Satz macht.

Kapitel 13

Ich schrecke aus dem Halbschlaf auf und bemerke, dass die türkise Decke, die mir Damien gegeben hatte, auf dem Marmorboden liegt. Das Zischen des Windes zieht an der hohen Fensterfront des Apartments vorbei, und der Regen hämmert gegen die Scheiben. Ich bin fasziniert von der Gewalt der Natur und starre in den dunklen Himmel, bevor dieser für einen kurzen Moment von einem Blitz erhellt wird. Meine Augen weiten sich, aber ich fühle mich magisch vom Sturm angezogen. Vorsichtig stehe ich auf. Meine Füße berühren die warmen Fliesen, und Schritt für Schritt nähere ich mich dem Unwetter. Ich sollte mich zurück auf die Couch legen und versuchen zu schlafen. Aber ich weiß ganz genau, dass ich das nicht könnte. Nicht bei diesem Krach.

Ich sehe mich selbst in der Fensterscheibe. Meine Haare sind zerzaust. Dann blitzt es erneut, gefolgt von einem lauten Donnern. Ich schrecke zusammen, blicke in die Ferne. Nur die Glasscheibe trennt mich von diesem Chaos dort draußen. Es fasziniert mich, wie eine dünne Scheibe mir einen derartigen Schutz bieten kann, während ich die Regentropfen, die sich vor meinen Augen ihren Weg nach unten bahnen, verfolge. Irgendwann sind es zu viele, sodass ich den Überblick verliere. Eigentlich bin ich richtig müde und sollte trotzdem versuchen, mich auszuruhen …

Als sich plötzlich das gelbe Licht im Flur in der Scheibe spiegelt, drehe ich mich neugierig um. Hinter einer der Säulen tritt Damien in einem seiner grauen Designer-T-Shirts und einer eng anliegenden Boxershort hervor. Seine Haare sind genauso zerzaust wie meine, wenn nicht sogar noch schlimmer – als hätte sich der Wirbelsturm in ihnen verfangen.

Ich schenke ihm ein unsicheres Lächeln, als er mich fragt, ob ich auch nicht schlafen könne. Dann drehe ich mich wieder um und verschränke meine Arme vor der Brust. Meine Finger sind so kalt, dass ich deswegen erschaudere.

In der Scheibe sehe ich, wie Damien in die Küche geht und sich Mineralwasser aus dem Kühlschrank holt. Aufmerksam beobachte ich ihn beim Einschenken in ein Glas. Seinen kurzen, raschen Bewegungen kann man jedoch kaum folgen. Er dreht sich zu mir um, und ich blicke wieder in den stürmischen Nachthimmel. Ein weiterer Blitz durchleuchtet für einen Moment sein Apartment. Damien setzt sich auf die Couch hinter mir, während ich an der Fensterfront stehen bleibe.

»Also, ich finde Gewitter ja eigentlich ziemlich faszinierend«, höre ich ihn murmeln, und es hätte auch aus meinem Mund kommen können.

Ich sage nichts und verfolge zwei Regentropfen, die sich auf halbem Wege kreuzen und zu einem größeren Tropfen werden. Aus irgendeinem Grund muss ich bei dieser Beobachtung erstaunt grinsen. »Ich bewundere es jedes Mal, wie schnell und einfach sich die Natur ihre Erde zurückerzwingen kann. Wir Menschen breiten uns aus, aber am Ende hat die Natur das letzte Wort.«

Damien nimmt einen Schluck von seinem Wasser, und ich nicke, bevor ich mich ihm – wenn auch vorsichtig – wieder zuwende und mich ebenfalls auf der Couch niederlasse. Als ich sehe, dass er auch mir ein Glas Wasser hingestellt hat, schaue ich zu ihm auf.

»Danke«, sage ich und nehme einen großen Schluck.

Der Blitz blendet uns, und ich kneife meine Augen zusammen.

»Wenn ich durstig war, und sowohl meine Trinkflasche als auch meine Geldbörse leer waren, dann habe ich in Nächten wie dieser meinen Pappbecher raus in den Regen gestellt und gehofft, er würde sich zumindest bis zum nächsten Morgen füllen.« Aus dem Augenwinkel bemerke ich, wie sein Blick an mir haftet, und ich greife nach der Decke, um sie vom Boden aufzuheben. Dann entwischt mir ein erschöpftes Gähnen.

»Gab es denn keine öffentlichen Toiletten?«

Verwirrt mustere ich ihn.

»Jede Toilette, die ich kannte, war um diese Uhrzeit schon verriegelt.«

Damien formt ein kleines O mit seinen schmalen Lippen, als er begreift, dass ich eben keine andere Wahl hatte.

»Du hast schon viel durchmachen müssen, habe ich recht?« Seine Stimme ist tief, aber diesmal weich wie Butter. Ich zucke mit den Schultern, wüsste jedoch gar nicht, wo ich anfangen sollte. »Wenn du nicht darüber reden möchtest, dann kann ich das verstehen. Erzähl es mir einfach, wenn du bereit dazu bist.«

Mein Schlucken schmerzt im Hals, aber bei seinen einfühlsamen Worten schenke ich ihm ein kleines Lächeln, auch wenn ich in diesem Moment an all das denke, was mich hätte zerstören können. Dass ich meine Familie auf der Straße verloren habe, das weiß er bereits. Nur von meinem Leben, bevor sich der Tod in meinen Alltag geschlichen hatte, hat er noch nicht allzu viel erfahren. Aber ich weiß nicht, ob ich dafür schon bereit bin, ohne ein Chaos in mir auszulösen.

Damien legt seinen Arm auf die Kopflehne hinter mir, und ich lehne mich zurück, sodass seine heiße Haut die meines Nackens berührt. Die Hitze schießt durch meinen ganzen Körper, und meine Wangen beginnen zu glühen.

»Ich finde es übrigens auch faszinierend, wie viel die Natur anrichten kann ... auch wenn ich das Gefühl habe, dass wir Menschen weitaus Schlimmeres tun können«, gebe ich zu und blicke zu ihm auf.

Zwischen uns ist ein Spalt, der gerade mal groß genug ist, sodass sich unsere Oberschenkel noch nicht berühren. Damien wirkt unsicher und unentschlossen zugleich. Er kaut ungeduldig auf seiner Unterlippe. »Darf ich dich etwas fragen?«

Das Adrenalin breitet sich in meinen Adern aus, und plötzlich schlägt mir das Herz bis zum Hals. Doch als Antwort gebe ich ihm ein eindeutiges Nicken.

»Darf ich dich in den Arm nehmen?«

Ich hätte mit jeglicher Frage zu meiner Vergangenheit, meiner Familie oder sogar dem Wetter gerechnet, doch nicht damit. Obwohl ich es langsam angehen will, kann ich ein weiteres Nicken nicht verhindern, selbst wenn dieses kaum merklich ist. Damien bemerkt es jedoch sofort, und diese kleine Geste löst bei ihm eine derartige Erleichterung aus, dass sein Lächeln ansteckend ist. Der Arm hinter mir schlängelt sich um meine Schultern, um mich sanft zu sich zu ziehen. Ich lege meinen Kopf auf seine Brust und lausche dem erst rasanten, aber kurz darauf immer ruhiger werdenden Herzschlag, welcher vermischt mit den prasselnden Regentropfen an der Scheibe ein Lied erzeugt, das es mir erlaubt, mich für einen Moment zu entspannen.

Erneut gähne ich erschöpft, und ich halte mir wieder die mittlerweile warmen Finger vor den Mund. Doch als ich sie wegnehme, greift seine Hand nach meiner, und unsere Finger umschließen sich. Ich schließe meine Augen, während mich seine Wärme umgibt.

»Ich glaube, jetzt kann ich endlich schlafen«, höre ich ihn murmeln, aber ich bin zu erschöpft, um ihm zu antworten, zu müde, um zu verstehen, was er mir damit sagen möchte, als ich in einen tiefen Schlaf falle, umgeben von vielen kleinen Regentropfen und Damiens beruhigendem Herzschlag.

Kapitel 14

Ich wache von dem Brutzeln des Fettes in der Pfanne und dem Geruch von Rührei und Speck auf. Die Couch neben mir ist kalt, und ich liege quer auf dem Möbelstück, sodass man meinen könnte, es sei beinahe kein Platz mehr für eine zweite Person übrig. Damien muss wohl schon lange zur Arbeit gegangen sein, und mein Hunger scheint so groß zu sein, dass ich schon vom Essen träume.

Ich denke an letzte Nacht und blicke aus dem Fenster. London wirkt heute trübe. Ich höre das Klirren der Teller und reibe meine Augen. *Es war also doch kein Traum?* Vielleicht macht Rosa Frühstück. Ich sollte mich zu ihr gesellen und fragen, ob sie bei irgendetwas Hilfe benötigt. Jedoch hatte mir Damien erzählt, dass er ihr freigegeben hat. Ist Sebastian zurück?

Ich richte mich auf und schaue über die Kopflehne zur Küche. Als ich Damien mit dem Rücken zu mir stehen sehe, verschlägt es mir die Sprache. Mit ihm hätte ich nicht gerechnet.

»Damien?«, rutscht es mir raus, und ich stehe von der Couch auf, um daraufhin nach vielen kleinen Schritten die Kücheninsel zu umwandern.

»Aus deinen Träumen erwacht?«, fragt er mich, und ich muss verlegen schmunzeln.

»Konntest du nicht schlafen?« Besorgt lehne ich mich gegen die Theke und beobachte, wie er das Rührei aus der Pfanne auf zwei Teller verteilt.

Er blickt zu mir rüber, während er die leere Pfanne zum Abwasch stellt. »Oh doch, sogar sehr gut.« Er grinst breit.

»Warum bist du dann schon wach?« Ich lege meine Stirn in Falten, während sich meine Arme vor der Brust verschränken und ich abermals meine Augen reibe.

»Kennst du denn nicht das Sprichwort *Der frühe Vogel fängt den Wurm.*« Damien schaut verschmitzt zu mir hinunter.

Ich erinnere mich daran, wie meine Mutter diesen Spruch immer gesagt hatte, bevor sie mich und meinen Bruder morgens allein ließ, um Geld schnorren zu gehen. An diesen Tagen nahm sie fast das Doppelte ein – doch damit Lucas beruhigt weiterschlafen konnte, musste ich schon früh wach sein. Und auch wenn es mal länger dauern würde, war ich diejenige, die nach ihm einschlafen durfte. Aber für meinen Bruder hätte ich alles getan.

»Hast du schon mal auf die Uhr geschaut?«

Ich schrecke aus meinen Gedanken auf.

O nein! Hektisch sehe ich mich nach einer Uhr um, bevor Damien mit dem Finger auf die Anzeige neben dem Herd zeigt.

15:20 Uhr.

»Wie lange bist du denn schon wach?«, frage ich ihn vorsichtig, während meine Augen ihn erschrocken anstarren. Ich frage mich, ob Sebastian schon wach ist, und spähe zum Gästezimmer mit verschlossener Tür. Wenn er auf einer Party war, wird er sicherlich länger geschlafen haben als ich, oder?

»Der hat noch nie in seinem Leben einen Wurm gefangen«, lacht Damien, als er meinen Blick zu Sebastians Zimmertür bemerkt, und ich kann nicht anders, als mit einzustimmen. Daraufhin frage ich mich jedoch, ob auch Damien als ältester Sohn mit vielen Verantwortungen zu kämpfen hatte, welche er jedoch, ohne zu zögern, immer wieder auf sich nehmen würde. Überraschen würde es mich zumindest nicht. »Aber heute hatte ich auch kein Glück«, beichtet er mir und dreht sich mit den Tellern zu mir um, bevor ich ihm zum Bartresen folge.

»Sieht wirklich sehr lecker aus«, sage ich und stürze mich auf den saftigen Speck. Damiens Schmunzeln entgeht mir dabei nicht. »Musst du denn heute nicht arbeiten?«

Damien verstummt, nachdem er die leere Gabel wieder aus seinem Mund hat gleiten lassen. Er schüttelt den Kopf und erklärt mir in kurzen Worten, dass er sich freigenommen habe, und ich nicke daraufhin. Er scheint nicht gern über die Arbeit reden zu wollen, und das respektiere ich. Vielleicht hat es aber auch mit der ganzen Anwaltsgeschichte zu tun, weshalb er sich eine Auszeit von der Arbeit nehmen möchte. Auch wenn ich noch nie etwas mit einem Anwalt zu tun hatte, kann ich mir vorstellen, dass es momentan sehr viel für ihn sein muss. Sein Bruder muss vor Gericht, während Damien sich um den ... Mörder seiner Schwester kümmern muss – womit wir wieder bei dem Thema von der Verantwortung des ältesten Kindes wären. Ohne Zweifel trägt auch Damien diese Verantwortung stets mit sich herum. Manchmal, da kann es einem zu viel werden, aber man kennt es nicht anders, und irgendwie möchte man es auch nicht anders haben.

»Warum wird hier gefrühstückt, ohne mir Bescheid zu geben?« Ich drehe mich erschrocken um. Sebastian steht in der Tür zum Gästezimmer, und seine kratzige, heisere Stimme hallt durch das Apartment.

Nun wendet auch Damien seinem kleinen Bruder den Blick zu. »Frühstück? Weißt du, wie spät es ist?«

Sebastians Haare sind so zerzaust, dass ein Vogel in ihnen nisten könnte. Die Schatten unter seinen Augen sind der Beweis für seine schlaflosen Partynächte. Ich frage mich, was er so die ganze Zeit anstellt. Wenn ich nicht selbst erst vor wenigen Minuten aus den Träumen erwacht wäre, dann würde ich wahrscheinlich über Damiens Frage lachen. Aber ich bin noch zu sehr damit beschäftigt, mir den Schlaf aus den Augen zu reiben.

»Na ja, dein *Darling* ist doch auch – nach einer gemeinsamen Nacht auf der ultrabequemen Couch – gerade erst wieder aufgewacht. Ihr zwei könnt mich nicht verarschen.«

Ein arroganter Ton schwingt in seiner Stimme mit, und mit diesem Ton die reine Ironie. Ich werde rot, muss jedoch über seinen überzogenen englischen Akzent schmunzeln, den er sich schon recht gut von den Briten abgeschaut haben muss. Besonders der Londoner Dialekt ist beinahe perfekt wiedergegeben.

»Good Morning, Birdie.« Er zwinkert mir zu, und ich wünsche ihm ebenfalls einen guten Morgen. Für einen Moment überlege ich, den amerikanischen Akzent zu imitieren, traue mich jedoch nicht. Das würde nur peinlich enden.

»Halt den Mund, Bastian, und hol dir einen Teller. Du kannst ein Ei von mir abbekommen.« Damien schaut zu mir rüber und grinst mich entschuldigend an. »Ich habe sowieso keinen großen Hunger …«, flüstert er mir zu, auch wenn ich weiß, dass dies eine Lüge sein muss. Aber für seinen Bruder würde er wohl alles tun.

Kapitel 15

Ich helfe Damien beim Abwasch, als Sebastian aus dem Gästezimmer barfuß ins Badezimmer geht, um sich für den Tag fertig zu machen. Damien lächelt, und als seine Augen auf meine treffen, ist das Funkeln in ihnen nicht zu leugnen.

»Ich werde ihn gleich zu meinen Eltern fahren, danach beantworte ich dir alle Fragen, okay?«

Ich nicke. Er hatte mir versprochen, mich aufzuklären, und ich bin froh, dass er es nicht vergessen hat. Nachdem er jedoch gestern so viel Einsicht gezeigt hat, fühle ich mich fast schon schlecht, dass ich nach wie vor Antworten von ihm verlange. Es wirkt jedoch so, als ob auch er ein Gespräch kaum erwarten könnte.

»Was hältst du von einem Spaziergang im Vauxhall Park?«, schlage ich vor, und Damien willigt ohne Widerrede ein.

Mir liegt ein bittersüßer Beigeschmack auf der Zunge, als ich daran denke, dass der Vauxhall Park beinahe wieder mein Zuhause gewesen wäre. Der Park ist wunderschön und idyllisch – mit Abstand der schönste Ort, an dem ich mich aufhalten mag. Doch die Holzeisenbahn ist sehr hart, und ich muss früh aufstehen, sobald die ersten Kinder kommen, um darin zu spielen. Im Sommer geht es mit der Kälte, doch wenn es viel regnet, kann es auch in der Eisenbahn ziemlich unangenehm werden.

Damien überrascht mich mit einem zärtlichen Hauch eines Kusses auf die Stirn, kurz bevor Sebastian nach wenigen Minuten wieder aus dem Bad kommt. Doch dann hält er für einen Moment inne. »Tut mir leid«, lauten seine Worte, und er nimmt Abstand. »Ich hätte um Erlaubnis fragen sollen, ich ...«

Doch ich schüttle beruhigend den Kopf. Der Kuss hat mich zwar erschreckt, aber keinesfalls verschreckt. Im Gegenteil, es fühlte sich so vertraut an, und ein Teil in mir würde wollen, dass er seine Geste wiederholt, doch ich erinnere mich immer wieder daran, dass wir es langsam angehen sollten.

»Bereit?«, fragt er seinen kleinen Bruder, der mit einem genervten Blick und einem kurzen Nicken antwortet.

»Ich hasse es, herumgefahren zu werden, als wäre ich ein Teenager«, murmelt er angewidert.

»Bist du das denn nicht auch?«, neckt ihn Damien, und ich finde die Brüder-Dynamik der Hamilton-Söhne recht amüsant. Besonders als Damiens Hand in einer raschen Bewegung den kaum zu bändigenden Haarschopf von Sebastian zerrauft und sein kleiner Bruder ihn spielerisch von sich stößt.

»Dad hat dir den Führerschein weggenommen, also muss ich dich fahren. Glaub mir, mir macht das alles auch keinen Spaß.«

Sebastian schnaubt wütend, zieht seinen kleinen Bruder jedoch an der Schulter zu sich, um gemeinsam zum Fahrstuhl zu laufen.

»Willst du dir nicht etwas anderes anziehen?«, frage ich Damien, der sich daraufhin abrupt umdreht und mich überrascht mustert. Er trägt Hausschuhe, eine lässige Jogginghose und eines seiner grauen T-Shirts. So habe ich ihn noch nie auf die Straße gehen sehen. »Und solltet ihr nicht einen Regenschirm mitnehmen?« Besorgt schaue ich aus dem Fenster.

»Ich werde nur im Auto sitzen. Dafür brauche ich keinen Anzug und auch keinen Regenschirm. Wir sind ja nicht aus Zucker.«

Ich sehe ihn nervös lachen, beinahe als hätte ihn mein Kommentar verunsichert.

»Okay, fahrt vorsichtig«, sage ich und lasse es dabei bewenden, zumindest fürs Erste. Ich glaube nicht, dass seine Mutter eine Person ist, die ihren Sohn gern in diesem Outfit begrüßen würde. Den Eindruck hat sie bisher bei mir hinterlassen. Doch auch Sebastian trägt nur einen lockeren Hoodie mit einer hellen Jeans. Wenn Damien aber sagt, er wird sein Auto nicht verlassen, dann bedeutet das wohl, dass er Sebastian wirklich nur beim Haus ihrer Eltern abliefert und seinen Eltern wohl gar nicht über den Weg laufen wird. Ich schüttle meinen Kopf und bemerke, wie ich mir über Szenarien den Kopf zerbreche, die mich weder etwas angehen noch für mich relevant sind. Eigentlich finde ich es sogar ziemlich erfrischend, Damien dabei zu beobachten, wie er sich von einer ganz anderen Seite zeigt.

Er schaut noch ein letztes Mal über seine Schulter zu mir, bevor der Fahrstuhl sich schließt und ich allein in seinem Apartment zurückbleibe. Augenblicklich bin ich wieder von der einsamen Stille umgeben. Wie habe ich es bloß so lange ohne Bezugspersonen ausgehalten? Nachdem Lucas mich verlassen hatte, habe ich kaum jemanden gehabt, dem ich auch nur ansatzweise vertrauen konnte. Und die erste Person, der ich mein Vertrauen geschenkt habe, nutzte dies eiskalt aus. *Meredith.* Dass sie nun tatsächlich Arbeit gefunden hat, wundert mich nach wie vor. Sei es ihr gegönnt – vielleicht muss sie nun niemanden mehr beklauen. Auch wenn ich mich allein gefühlt habe, war es auf den Straßen Londons nie still. Selbst wenn keine Menschen in Sicht waren, hörte man die Vögel zwitschern oder den Wind durch die Gassen heulen. In der Natur ist es niemals still. Hier schon.

Ich gehe zu dem kleinen Fenster neben dem Gästezimmer. Soweit ich weiß, ist es das einzige Fenster, welches sich per Hand öffnen lässt. Es ist nicht allzu klein, aber auch nicht so riesig wie die Fensterfront bei der großen Couch. Als meine Hand das Glas berührt, fegt mir eine Gänsehaut über den Körper. Es ist kühl, aber nicht so kalt wie der Asphalt im Winter. Unter mir befindet sich das nasse London, und die Stadt glänzt, während die Sonne in den Gebäuden reflektiert wird, sobald sich ihre warmen Strahlen durch die dichten Wolken kämpfen. An der Seite des Fensterrahmens ist ein Knopf. »Open/Close« steht darauf, und neugierig betätige ich ihn.

Mit einem kaum merklichen Summen fährt die Scheibe bis zur Hälfte des Rahmens hinauf, sodass das Fenster so weit geöffnet ist, dass ich mit meinen ausgestreckten Armen das Glas nicht mehr berühren könnte. Beim Anblick der Stadt unter mir wird mir nun etwas schummrig. Ich bin froh, dass ein Geländer mich davor schützt, aus Versehen in den Abgrund zu stürzen. Doch als der erfrischende Geruch des Sommerregens an mir vorbeizieht, atme ich tief ein und schließe meine Augen, während ich dem Straßenlärm und den zwitschernden Vögeln lausche, die sich ganz in der Nähe von diesem Fenster eingenistet haben müssen. Ich genieße den Moment, welcher meiner Art von Stille nahe genug kommt, dass es sich vertraut anfühlt. Allein zu sein kann schön sein. Aber allein in der Stille zu verweilen ist bedrückend.

Als ich aus dem Bad komme, habe ich ein großes Handtuch um meinen Körper und ein weiteres um meinen Kopf gewickelt, und ich laufe vorsichtig über den warmen, jedoch gefährlich glatten Marmorboden.

Ich blicke in die schwarz umrandeten Augen von Kyra. Sie starrt mich an, bevor ich mich zwinge wegzuschauen. Das Bild löst gemischte Gefühle in mir aus. Aber Trauer und Verwirrung überwiegen.

Mir fällt ein, dass Rosas Zimmer ja noch überflutet ist, und ich nicht weiß, wo Rosa meine Kleidung verstaut hat, da ja nun Sebastian im Gästezimmer untergekommen ist. Im selben Moment, in dem ich mein Handtuch richte, um wieder zurück ins Badezimmer zu gehen und meine getragene Kleidung von gestern zu suchen, öffnen sich die Fahrstuhltüren wieder.

Bestürzt betritt Damien sein Apartment, schaut sich hektisch um – doch ziemlich schnell widmet er sich dem Fenster, vor dem ich vor einer knappen halben Stunde noch gestanden habe.

»Ist alles in Ordnung?«, frage ich ihn verwundert und neige meinen Kopf, als könnte mir dies dabei helfen, ihn besser lesen zu können. Doch als er meine Stimme hört, dreht er sich augenblicklich zu mir um.

»Birdie!« Es ist beinahe nur ein Flüstern, doch er scheint erleichtert aufzuatmen. »Dir geht es gut!« Seine

Worte hallen durch meine Gedanken, während meine Augen ahnungslos durch den Raum wandern.

»Ich denke schon?«, antworte ich mit einem verwirrten Lachen. »Was ist denn passiert?«

»Mein Security-System hat Alarm geschlagen, dass sich eines meiner Fenster geöffnet haben soll. Mein Tesla wollte mir die Überwachungskameras live übertragen, aber die Verbindung ist ständig abgebrochen.« Er geht auf mich zu, und seine Hände greifen fest nach meinen bloßen Schultern. Es tut nicht weh – im Gegenteil, seine großen Hände geben mir Halt, und er schaut mir tief in die Augen, als er sichergehen möchte, dass es mir gut geht. Jedoch überrascht mich das Gefühl seiner Finger auf meiner nackten Haut. Ich senke meinen Blick und schaue hinab auf seine warme Berührung, bevor ich erneut zu ihm aufsehe. Es dauert nicht lange, bis er mich wieder loslässt, und ich verfolge, wie er sich beinahe verlegen an die Stirn fasst.

»Mir geht es gut«, versichere ich ihm und stelle mich auf Zehenspitzen. »Ich brauchte nur etwas Lärm und frische Luft.« Vorsichtig lege ich meine Hand auf seine, als mein Daumen sanft über seine linke Augenbraue fährt, welche er durch seine Berührung verwüstet hat. Anstatt erleichtert zu sein, scheint er sich dabei jedoch anzuspannen und mich interessiert zu mustern. Keine einzige Bewegung von mir kann seinen hellblauen Augen entkommen.

»Lärm?«, ist alles, was er hervorbringen kann.

Ich nicke.

»Ja, Lärm … meine Art der Stille«, bestätige ich.

»Ist es dir zu ruhig? Soll ich dir zeigen, wie man den Fernseher bedient?« Ich lege meine Stirn in Falten. »So mache ich das immer, wenn es zu ruhig um mich herum wird. In der Firma kann es schnell hektisch werden, also liebe ich die Stille. Aber alles kann einem auch mal zu viel werden«, erklärt er mit einer warmen, beruhigenden Stimme. »Wenn dies der Fall ist, schaue ich mir gern Dokumentationen an. Meistens sind es Kriegsdokumentationen, wie ich sie immer bei meinem Großvater geschaut habe.« Seine Hände gleiten in die Taschen der lockeren Jogginghose. »Ich weiß, dass sich das nicht gerade wie etwas anhört, was die Seele besänftigen könnte, aber eines ist garantiert: Es ist niemals still.« Sein Blick weicht von mir ab. »Und es erinnert mich an die guten alten Zeiten mit meinem Großvater.« Dann atmet er langsam aus, während es den Anschein hat, dass seine Gedanken in tiefer Nostalgie verweilen. Als er jedoch verschmitzt schmunzelt, ziehe ich meine Augenbrauen hoch und grinse fragend. »Aber genug von diesem Thema. Warum bist du ohne mich baden gegangen?« Dabei zieht er eine seiner Brauen hoch. Ich öffne meinen Mund, will ihm sagen, dass ich nur duschen war, aber es kommt nichts aus mir heraus. »Das war nur ein Scherz, keine Sorge. Ich sollte mich jedoch auch noch mal frisch machen, bevor wir gemeinsam in den Park fahren.«

Mein Räuspern lässt mich der Stimme in meinem Kopf entkommen, welche mich daran erinnert, wie es war, mit Damien eine Badewanne zu teilen. Dieser Erinnerung ist verlockend, aber gerade nicht wirklich hilfreich.

»Ja ... zu diesem Thema. Wo du es gerade ansprichst.« Ich achte auf alles andere, bloß nicht auf Damien und presse das Handtuch fest gegen meine Haut. »Ich weiß nicht, ob ich die Sachen von gestern anziehen soll … oder ob du noch die …« Ich verstumme und hoffe, dass meine Zeichen eindeutig genug waren.

Das warme Lächeln, welches sein Gesicht ziert, beruhigt mich. »Die Kleidung, die dir Rosa gekauft hatte? Ich glaube, Rosa hat sie bei sich untergebracht«, versichert er mir. »Ich hatte sie darum gebeten.« Wieder wirkt er dabei verlegen, fängt sich jedoch schnell wieder. »Wollen wir mal gucken, ob wir sie im Schwimmbad finden?«, schlägt er grinsend vor und geht an mir vorbei, als sich unsere Hände kurz berühren. Mein stummes Nicken ist die Zustimmung, auf die er gewartet hat, und wir begeben uns in den Flur. Ich schaue noch einmal flüchtig auf Kyra herab, bevor wir in das Nebenzimmer abbiegen.

Ich frage ihn, wann der Klempner noch mal kommen wollte und er meint, dass sich der Termin verschoben habe und er das Zimmer wohl ohnehin komplett renovieren lassen müsse. Ob dies jedoch nur ein Scherz war, kann ich nicht wirklich von seinem Gesicht ablesen.

Im Flur zu Rosas Zimmer haben sich bereits kleine Pfützen gebildet. Als wir an ihrer Tür ankommen, bleibe ich mit dem Handtuch an der Ecke der Kommode hängen. *Mist!* Augenblicklich greife ich nach dem Handtuch und wickle es wieder um meinen Körper. Zum Glück hat Damien davon nichts mitbekommen. Er bahnt sich seinen Weg durch das Zimmer, während ich ihm neugierig dabei zusehe. Es dauert nicht lange, bis er eine graue Kiste findet, auf der mein Name steht. Wahrscheinlich hat Rosa ihn dort draufgeschrieben. Es sieht ihrer Schrift verdächtig ähnlich. Nachdem er noch einige Schubladen geöffnet hat, um einzelne Kleidungsstücke in die Kiste zu befördern, kommt er schließlich wieder bei mir an. Als ich den schwarzen Spitzen-BH aus der Kiste hängen sehe, erröte ich. Der wird mir viel zu groß sein. Aber zur Not habe ich ja noch den Sport-BH, den ich die letzten Wochen getragen hatte. Ich kenne mich damit zwar nicht sehr gut aus, aber Rosa hat viel mehr … also eine viel größere Oberweite als ich.

Ich bedanke mich bei Damien, und er bietet mir an, dass ich mich in seinem Schlafzimmer umziehen könne, damit ich nicht so weit gehen brauche, aber ich lehne das Angebot ab – zumal er sich selbst ja noch umziehen muss und wir viel Zeit sparen würden, wenn er sich in der Zeit, wo ich mich im Bad umziehe, selbst etwas zum Anziehen heraussuchen würde. Ich werde mich ganz sicher nicht mit ihm im selben Raum umziehen. Ich meine es immer noch ernst, was die Geschwindigkeit der Dinge angeht. Das ist besser so – für uns beide …

»Dann hole ich dich in zehn Minuten am Badezimmer ab, würde ich sagen.« Er kann sich sein aufgeregtes Lächeln nicht verkneifen, und ich tue mich auch schwer damit, nicht zu grinsen.

»Auf ein Wiedersehen.«

Kapitel 16

Die Jeans ist mir etwas zu weit geworden, aber die graue Satin-Bluse fühlt sich sehr angenehm auf meiner Haut an. Meine Haare sind schon fast per Luft getrocknet, aber ich greife trotzdem noch einmal nach dem Föhn, während ich mir durch die Haare wuschle, sodass ich leichte Wellen bekomme. Ich sehe zwar noch nicht wieder fit aus, aber auf jeden Fall besser als noch vor einer Woche.

Ob Leo und Fynn mir jemals den Regenschirm zurückgebracht haben? Ich bezweifle es. Es wäre nicht so schlimm wie der Klau der dunkelroten Decke durch Meredith damals, aber enttäuschen würde es mich schon. Meredith hat mittlerweile einen Job, und Leo und Fynn haben doch tatsächlich einen Heimplatz ergattern können. Als ich an sie denke, taucht auch mein alter Freund Alfie in meinen Gedanken auf. Ich sollte ihn bald wieder in der Rehaklinik besuchen und schauen, wie es ihm geht.

Als ich die Tür öffne, steht Damien bereits vor mir. Er trägt ein lässiges hellblaues Shirt mit einem luftig dünnen Jackett und eine beige Stoffhose, die ihm bis kurz über die Knöchel geht, wo er sie hochgerollt hat. Die Farbe an ihm verwirrt mich. Es scheint mir so, als würde der Sommer seine bisherigen Regentage mit Damiens Outfit wiedergutmachen wollen, denn normalerweise ist er es, der in nichts als Grau das Haus verlässt. Überrascht blicke ich an ihm auf und wieder ab.

»Das steht dir gut«, kommentiere ich seine für ihn gewagte Kleiderwahl.

»Danke, du siehst auch umwerfend aus.« Er streckt die Hand zu mir aus, und ich verharre für einen kurzen Moment, bevor ich meine in seine lege. »Dann wollen wir mal los. Auf in den Vauxhall Park.« Damien grinst auf mich herab. Seine Augen sind warm und mustern mich voller Vorfreude.

Er führt mich zum Fahrstuhl, und wir fahren hinunter in die Tiefgarage. Dann bleibt er stehen. »Welchen würdest du gern fahren?«, fragt er mich. Ich zucke mit den Schultern. Das ist mir eigentlich ziemlich egal. Ich kenne mich ja sowieso nicht wirklich gut mit Autos aus. »Du hast die freie Wahl.« Ich beiße auf die Innenseiten meiner Wangen und wandere mit meinem unentschlossenen Blick über die glänzenden Autos, bis er auf ein kleines Modell – eines wie das von Rosa – fällt. Es kann nicht Rosas sein, da sie die Woche freibekommen hat und wahrscheinlich bei Daisy ist, also muss es Damien gehören.

»Der da gefällt mir!«, sage ich und zeige darauf.

Damien zieht die Augenbrauen hoch, während seine Lippen eine schmale Linie bilden.

»Ich hatte eigentlich gehofft, dich mit meinem *Lambo* zu beeindrucken.« Er schmunzelt. Doch sein Schmunzeln wirkt eher bewundernd als belächelnd. Und was ist denn bitte ein *Lambo*?

»Du weißt, dass ich mit alldem nichts anfangen kann«, antworte ich und schätze, dass der genannte Wagen wohl oder übel sehr viel wert ist.

»Ich weiß, Birdie. Aber der hätte wenigstens ein Schiebedach.« Damien verzieht den Mund zu einem leichten Schmollen – eines wie das eines Kindes, welches gerade gesagt bekommen hat, dass seine Lieblingseissorte ausverkauft sei. Doch dann lacht er und führt mich schließlich zu dem kleineren Wagen in der Ecke. »Der *Tesla* ist aber auch okay.«

»Das ist also ein *Tesla*?« Ich schaue auf die Marke vorn am Auto. »Wie heißt die Marke mit den vielen Ringen?«, frage ich ihn neugierig. Jetzt, wo er mit Automarken um sich wirft, werde ich diese Gelegenheit nutzen.

»Das ist die Marke *Audi,* aber ich bevorzuge *Mercedes,* um ehrlich zu sein.« Während er mir antwortet, öffnen sich die Autotüren wie die Flügel eines Vogels. Ich muss zur Seite treten, um nicht von einem von ihnen getroffen zu werden.

»Ich glaube, ich möchte gar nicht wissen, wie viel so ein *Tesla* kostet.« Ich muss schlucken. So etwas habe ich noch nie gesehen. So ungern ich es auch zugebe, fasziniert mich der Anblick. Damien setzt sich in den Wagen, und ich höre sein Lachen, bevor auch ich einsteige.

»Du hast dir dieses Auto ausgesucht, also nenne ich dir lieber nicht den Preis.«

Nun habe ich tatsächlich Angst, hier etwas mit meiner bloßen Existenz kaputtzumachen. Von innen sieht es auf gar keinen Fall aus wie Rosas. Der Start ist leise und ruhig. Ich bekomme ihn kaum mit. Es ist definitiv nicht so aufregend wie an dem Tag, als er mich und Alfie ins Krankenhaus gefahren hat und man den Motor am ganzen Körper spüren konnte.

»Erzähl mir mehr über Autos«, bitte ich ihn, nachdem wir aus der Garage auf die Straße gefahren sind.

Während ich die vorbeiziehenden Straßen Londons durch das Fenster beobachte, verrät Damien mir die Geschichte von seinem ersten eigenen Wagen. Laut ihm war es ein *Mercedes.* Sein Großvater habe ihn ihm damals zum Schulabschluss gekauft, und seitdem ist ihm die Marke sehr ans Herz gewachsen. Ich stelle ihm die Frage, warum er dann einen *Tesla,* einen *Audi* und einen *Lambo* hat, wenn er *Mercedes* so liebt, wie er sagt. Daraufhin antwortet er, dass einige Autos Geschenke seiner Familie und alter Freunde gewesen seien und andere nur als eine Art Spielzeug oder Sammlerstück dienen würden. Auch wenn ich es nicht befürworte, mehrere Hunderttausend für etwas auszugeben, was man dann vielleicht nur einmal im Jahr nach Lust und Laune fährt, höre ich ihm trotzdem weiter zu. Er hat für sein Geld gearbeitet, also darf er damit wohl machen, was er will. Wenn ich jedoch an seiner Stelle wäre, würde ich mein Geld anderweitig investieren. Trotzdem ist es interessant, seine Begeisterung zu sehen, wenn er über Autos spricht. Seine Augen funkeln dabei, und seine gesamte Körperhaltung strahlt förmlich vor Aufregung, mir alles zu erzählen, was es zu wissen gibt. Er scheint es zu genießen, wenn ich ihn ausfrage.

Die *Audis* dienen laut Damien nur als Firmenwagen, weswegen er auch Rosa einen *Audi*-Kleinwagen gekauft habe. Es sei wohl die Lieblingsmarke seines Vaters. Sebastian komme jedoch ganz nach seinem großen Bruder und fahre ebenfalls einen *Mercedes,* den er aber momentan nicht benutzen könne, weil sein Vater ihm Führerschein und Autoschlüssel abgenommen habe.

»Euer Großvater hat Sebastian also auch einen *Mercedes* gekauft?«

Damien schüttelt den Kopf. »Nein.« Er hält einen Moment inne, und ich sehe, wie sein Adamsapfel sich in einer Bewegung nervös auf und ab bewegt. »Unser Großvater ist vor vielen Jahren verstorben. Noch vor Kyras Tod.«

Mist ... Damien hatte mir bis eben voller Begeisterung von Autos und allem Drumherum erzählt, und ich habe jetzt mit nur einer einzigen Frage die Stimmung zerstört. Statt ihm nun irgendwelche Worte des Beileids auszusprechen, verlässt meine Hand meinen Oberschenkel, bis meine Fingerspitzen vorsichtig seine Stoffhose berühren. Ich sehe, wie sich seine Hände fester um das Lenkrad schmiegen, als er spürt, wie ich meine gesamte Handfläche auf seinen Oberschenkel lege. Daraufhin nimmt er einen tiefen Atemzug.

»Ich habe ihm den *Mercedes* gekauft.« Für einen kurzen Augenblick sieht er lächelnd zu mir herüber. »Traditionen müssen weitergeführt werden, nicht wahr?« Für den Bruchteil einer Sekunde legt er seine Hand auf meine, bevor er sie zurück ans Lenkrad führt.

Und ich merke, dass er diesen Worten viel mehr Bedeutung beimisst, als er zugeben mag.

Kapitel 17

»Wo genau hast du hier eigentlich übernachtet, ohne dabei erwischt zu werden?«

Wir kommen an einer Bank vorbei. Ich nehme Platz und warte, dass auch Damien sich setzt. Das Wetter ist genau richtig. Es ist warm, aber der leichte Wind kühl. Zum Glück hat uns der Sommerregen eine Pause gegönnt. Und die Bank ist trocken, nachdem die Mittagssonne mit ihren warmen Strahlen alles verdunsten ließ.

»Dort drüben.« Ich zeige mit dem Finger zur roten Lokomotive. »Mein Bruder liebte Lokomotiven, als er noch ein Kind war.« Ich denke an Lucas und wie sehr er sich freute, wenn er irgendwo eine Spielzeuglokomotive in einem Schaufenster entdeckte. »Auch wenn es oft zu hart für unsere Rücken war, ist es so ziemlich das Highlight seines Tages gewesen, abends in den Vauxhall Park zu schleichen und sich in der Lokomotive zu verstecken.«

»Hat euch denn nie jemand dabei erwischt?«, fragt Damien, während ich mit meinen Fingern spiele.

Ich erinnere mich an den Abend, wo zwei kleine Kinder, ich glaube, sie waren Brüder, sich nicht von der Lokomotive verabschieden wollten. Bis auf die letzte Minute vor Sonnenuntergang, bevor der Park schloss, blieben sie bei der Holzattraktion und spielten Feuer, Wasser, Eis. Ihre Eltern riefen schließlich nach ihnen, drohten sogar mit Hausarrest. Die Jungen wollten aber nicht kommen. Ich versteckte mich hinter einem Busch und beobachtete das Geschehen, während Lucas Ausschau nach Parkpersonal hielt. Aber wir beide dachten nur daran, dass wir kurz davor waren, keinen Schlafplatz für die Nacht zu bekommen. Hätte uns der Parkwächter so spät erwischt, dann hätte er uns rausgeschmissen. Lucas war mittlerweile kein Kind mehr, und ich war fast achtzehn. Die Lokomotive wurde zur Tradition und der Park zu unserem Lieblingsort. Und an diesem Abend hatten wir Glück. Der Park schloss verspätet seine Tore, und irgendwann holte der Vater brüllend seine Söhne persönlich von der Lokomotive ab, sodass mein Bruder und ich uns kurz darauf in ihr verstecken konnten.

»Ein einziges Mal wurden wir beinahe erwischt, aber wir hatten Glück. Irgendwie hatten wir immer ... Glück«, antworte ich, und meine Gedanken wandern zu dem letzten Tag, an dem ich meinen Bruder lebend gesehen habe.

Damien merkt, dass ich nicht länger darüber reden möchte. Ich höre, wie er die Luft in einem langen Atemzug in seine Lungen strömen lässt. »Ich habe damals auf Bastian und Kyra aufgepasst, wenn meine Eltern arbeiten waren. Wir hätten uns Hunderte Nannys leisten können, aber ich wollte nicht, dass es ihnen so wie mir ergeht. Es ist nicht dasselbe, wenn dich eine Fremde ins Bett bringt, die dir in nur wenigen Tagen nähersteht als deine eigenen Eltern. Ich habe mir oft gewünscht, einen älteren Bruder zu haben, der mit mir Videospiele vor der Drei-Meter-Fernsehwand in unserem Hobbyzimmer spielen könnte ... und egal wie sehr ich mich anstrengen würde, ich müsste trotzdem unweigerlich gegen ihn verlieren. Jemanden, der mich in Schutz nimmt, wenn mein von der Arbeit gestresster Vater nach Hause kommt und mir für den geplatzten Business-Deal die Schuld gibt.« Damien lehnt sich zurück gegen die harte Parkbank. »Aber so jemanden hatte ich nicht. Ein Grund mehr, warum ich dieser Jemand für meine kleinen Geschwister sein wollte.« Damiens Worte fesseln mich. Er schaut umher, dann wieder auf seine Hände. Er wirkt wie der kleine Junge, der er damals war, und erscheint nun plötzlich irgendwie verloren. Ich lege meine Hand abermals auf seinen Oberschenkel und spüre, wie sich seine Muskeln unter meiner Berührung anspannen. Doch wieder bedeckt er mit seiner großen Hand meine. »Jedenfalls haben Kyra und Sebastian die Welt anders kennengelernt, als ich es tat. Sie haben zuerst ein anderes Bild der Familie bekommen, sind anders aufgewachsen als ich. Ich kann mich noch gut daran erinnern, als mir meine Eltern mitteilten, sie würden ein Mädchen nur ein Jahr nach Sebastians Geburt adoptieren. Meine Mutter wünschte sich nichts mehr als eine Tochter. Und ich kann kaum in Worte fassen, wie sehr ich sie damals dafür gehasst habe ... Nicht weil ich eine Schwester bekommen würde, sondern weil ich wusste, dass ich mehr für sie da sein würde als ihre neuen Eltern.«

»Wie alt war Kyra bei der Adoption?«

Damien hält meine Hand nun fest zwischen seinen langen Fingern und streift mit dem Daumen über meinen Handrücken. Ich genieße diese kleine Berührung, welche so viel in mir auslöst.

Er erzählt mir, dass Kyra nur wenige Monate alt war. Sie kam aus schlechten Verhältnissen. Ihre leibliche Mutter wohnte auf der Straße und wurde täglich von neuen Männern belästigt, bis sie schließlich mit Kyra schwanger wurde. Er meinte, er hätte dies heimlich herausgefunden, als er unerlaubterweise in den Unterlagen seines Vaters schnüffelte und dabei auf die Adoptionspapiere stieß. Bei diesen Informationen muss ich schwer schlucken. Als ich höre, was Kyras Mum über sich ergehen lassen musste, wird mir schlecht, während ein kalter, unangenehmer Schauer über meine Wirbelsäule zieht. Ich bemerke kaum, dass sich meine Finger bei seinen Worten immer fester um seine krallen. Mein erhöhter Puls warnt mich vor der Wut, welche in mir brodelt, bevor ich angewidert meinen Kopf zur Seite drehe. Daraufhin setzt sich der Satz in meinem Kopf fest: »Die Männer konnten weder identifiziert noch gerecht bestraft werden.«

Für einen Augenblick sitzen wir einfach nur still da. Ich schaue zur verlassenen Lokomotive, dann in den strahlenden Himmel. Kyra kam wegen eines unvermeidbaren Vergehens auf diese Welt und verließ diese auf ähnlich schreckliche Art und Weise.

Ich frage Damien, wer Kyra ihren Namen gegeben habe, worauf er antwortet, dass er es selbst war. »Ich schätze, meine Eltern wussten zu diesem Zeitpunkt, dass sie mir etwas schuldeten. Ich hatte mich ja bereits ein ganzes Jahr um Sebastian gekümmert, wusste besser, wie man die Windeln wechselt als alle anderen im Hause Hamilton.« Die abfällige Tonlage, als er seinen Familiennamen ausspricht, entgeht mir dabei nicht. »Oder sie wollten sich keine große Mühe machen, selbst auf einen Namen zu kommen.«

»Sie hätten gar keinen schöneren Namen finden können«, gestehe ich und lehne mich ebenfalls zurück gegen die Lehne der Bank.

Während Damien mir von seiner Vergangenheit erzählt, wird mir bewusst, wie ähnlich wir uns doch sind. Bereits als Kinder trugen wir viel Verantwortung und mussten für unsere Eltern einspringen, um unseren kleineren Geschwistern das beste Leben zu ermöglichen. Ich erinnere mich nur zu gut daran, wie meine Mutter mir mehrmals am Tag Lucas überließ, während sie betteln ging oder von dem eingenommenen Geld Essen für uns kaufte. Mit nur sieben Jahren habe ich Lucas gewickelt. Und ich wusste, dass meine Mutter diese Windeln geklaut hatte. Sie wollte auf die Spenden des Obdachlosenheims nicht zurückgreifen, und Windeln waren viel zu teuer.

»Sebastian und Kyra haben viel gestritten. Aufgrund ihres Alters hatten sie aber auch viel gemeinsam, sodass *ich* zu diesem großen Bruder wurde, der sie in Videospielen schlagen würde und der sie vor den Eltern in Schutz nehmen würde, wenn man sie zu Unrecht beschuldigte. Deswegen habe ich auch Sebastian bei mir aufgenommen, nachdem sich das Chaos mit der Sache in seiner Studentenunterkunft ausbreitete.« Damien richtet seinen Blick auf mich. Ich schaue in seine hellblauen Augen, die mich gespannt mustern. Er ist sich noch unsicher, ob er mich in diese Informationen einweihen sollte.

»Du glaubst also, Sebastian ist unschuldig?«, lautet meine nächste Frage.

»Unschuldig ist ein großes Wort. Ich glaube, irgendwo sind wir alle nicht unschuldig an den Ereignissen, die in unserem Leben schiefgehen.« Er schaut auf unsere Hände, und ich folge seinem Blick. »Aber ich glaube zumindest, dass ich dasselbe getan hätte, wenn ich in Sebastians Lage gewesen wäre.«

Ich lege meine Stirn in Falten und frage ihn, was genau er damit meint.

»Ich meine, dass wenn man sich vor meinen Augen über meine verstorbene Schwester lustig machen würde, weil mich ein angeblicher Freund hintergangen hat, dann hätte ich mit Sicherheit auch jedes dieser Weicheier dazu gebracht, dass es sich nie wieder trauen würde, den Namen meiner Schwester in den Mund zu nehmen.« Damiens Kiefer ist angespannt, als ich zu ihm aufsehe. Er rührt sich nicht, doch seine Augen beginnen ununterbrochen zu blinzeln.

»Was ist das denn bitte für ein Freund, der solch vertrauliche Informationen einfach so herumerzählt?« Ich kann es nicht fassen, wie rücksichtslos dieses Verhalten ist. Würde sich jemand über Lucas lustig machen, obwohl dieser Jemand wüsste, dass Lucas tot ist und nichts zu seiner Verteidigung sagen kann, dann könnte ich auch für nichts garantieren. Ich weiß nicht einmal, wie weit ich gehen würde.

»Genau deswegen tue ich mich schwer damit, Menschen zu vertrauen ... Sebastian war in diesen Dingen schon immer offener als ich – aber um ehrlich zu sein, ist dieser Freund nicht das eigentliche Problem. Wie sich die anderen Studenten über Kyra äußerten, das ist es, was mich wirklich wütend macht. Es ist nichts als Neid. Sie wissen, dass meine Eltern viel Geld besitzen und Sebastian finanziell abgesichert ist. Sie wollten ihn kleinkriegen und die Konkurrenz ausschalten. Anders kann ich mir das nicht erklären.« Ich nicke nachdenklich. Das ist wirklich ein ganz anderes Level von Missgunst. Mehr als einfach nur respektlos. Ich kann mir gut vorstellen, wie sich Sebastian in dieser Situation gefühlt haben muss. Eigentlich würde ich Damien jetzt fragen, was die anderen Studenten über Kyra gesagt hätten, aber ich traue mich nicht, weil ich ahne, dass es mich nur noch mehr in Rage bringen würde.

»Was hat Sebastian daraufhin gemacht?«, frage ich ihn stattdessen, woraufhin er antwortet: »Er hat sie blutig geschlagen, zwei von ihnen laufen jetzt mit einer gebrochenen Nase über den Campus und eines der Gesichter ziert nun ein violettes Veilchen.«

Ich ziehe scharf die Luft ein. Damien hätte dasselbe getan, wenn er in diesem Moment Sebastian gewesen wäre, und auch ich habe mich bereits mit dem Gedanken abgefunden, dass ich selbst nicht wissen würde, was ich an seiner Stelle getan hätte, wenn man so über meinen Lucas scherzen würde. Nun verstehe ich, was Damien vorhin meinte, als er sagte, *unschuldig* sei ein komplexes Wort. Ist man wirklich der Bösewicht, wenn man aus Emotionen heraus seine Familie verteidigt? Schwer zu sagen ... Ich fürchte, man ist in diesem Fall weder schuldig noch unschuldig.

Damien streicht mir immer noch ab und zu über den Handrücken. Er schaut mich jedoch seither nicht mehr an.

»Ich hätte wahrscheinlich dasselbe getan«, flüstere ich und schaue erneut auf zum strahlend blauen Himmel. Im Augenwinkel erkenne ich, wie Damien mich schließlich mustert. Als ich mich zu ihm drehe, sehe ich, wie eine einzelne Träne über seine Wange kullert.

»Dass du das verstehen würdest, habe ich mir schon gedacht.« Als hätte ich es nicht schon bemerkt, wischt er sich hektisch die Träne von seinem Gesicht. »Wahrscheinlich hätte jeder so gehandelt, der sich mit der Vergangenheit von Sebastian identifizieren kann. Aber Sebastian macht momentan eine schwere Zeit durch.«

Er verstummt und lehnt sich vor. Dabei finden seine Ellenbogen ihren Platz auf seinen Knien, während er meine Hand fest in seinen hält. »Mein Vater hingegen kann es nicht verstehen, warum er so gehandelt hat, weswegen Bastian jetzt bei uns wohnt.« Er ist so von seinen Gedanken gefesselt, dass es ihm wahrscheinlich gar nicht aufgefallen ist, dass er *uns* anstatt *mir* gesagt hat. Bei der Vorstellung, dass Damien sein Apartment mit mir in Verbindung bringt, muss ich verlegen lächeln. Es war jedoch bestimmt nur ein kleines Versehen. Oder vielleicht habe ich mich auch verhört. »Das Einzige, um das sich mein Vater sorgt, ist unser Image. Es wäre der Skandal des Jahres, wenn Bastian endgültig von der Universität fliegen würde und die Presse davon Wind bekäme. Besonders wenn die Informationen in die Staaten gelangen würden. Das würde sich sofort auf die Firma auswirken.«

Damiens Vater wird mir von Tag zu Tag unsympathischer. Ich erinnere mich nur zu gut an seine glänzende Uhr, als er damals Damien in ihr Imperium hineinbegleitete, oder die harten Worte, die er mir an den Kopf warf, als ich Mrs Hamilton wortwörtlich in der Oxford Street über den Weg gelaufen war. Durch und durch hinterlässt er den Eindruck eines verbitterten, selbstsüchtigen »Anzugträgers«. Kaum zu glauben, dass ich dieses Label zuerst Damien geben wollte. Wie sehr ich mich doch getäuscht habe.

Der Himmel verfärbt sich von Blau zu Orange und schließlich zu Rot. Damien und ich haben die Bank seit Stunden nicht verlassen, und das Gespräch über Sebastians Verfahren haben wir vorerst ruhen lassen. Ich weiß erst einmal alles, was ich wissen muss, und viel mehr gibt es auch bestimmt nicht zu erzählen.

Ich lehne mit dem Kopf an Damiens Schulter, habe die Beine angewinkelt auf der Bank liegen. Eine Hand ist von Damiens Händen umschlungen, die andere liegt auf seinem warmen Handrücken.

»Der Park macht gleich zu ... Wir sollten uns besser auf den Weg machen«, flüstere ich und setze zum Aufstehen an, doch Damien zieht mich sanft zu sich zurück.

»Noch einen kleinen Moment länger ... *bitte.*«

Kapitel 18

Das Desinfektionsmittel brennt in meiner Nase, sodass meine Augen zu tränen beginnen. Die Besuchszeiten sind längst vorüber, aber für Damien Hamilton wird eine Ausnahme gemacht. *Es ist gute Presse für das Heim,* meinte er zu mir. Nachdem ich im Park an Alfie denken musste, habe ich Damien darum gebeten, ob wir ihn spontan besuchen könnten. Das Heim riecht wie das Krankenhaus, in dem Alfie letzten Winter operiert wurde. Am Zimmer *304* machen wir halt. Die nette Pflegerin grinst zu uns auf, bevor die kleine blonde Frau vorsichtig an die Tür klopft. Man kann die wenigen grauen Haare in ihrem Zopf kaum erkennen, und auch sonst fällt es mir schwer, sie einer Altersgruppe zuzuordnen. Damiens Hand drückt leicht meine, während sie uns ins Zimmer begleitet.

Alfies verträumte Augen spicken durch kleine Schlitze hindurch zu Damien und mir hinauf, bis sie zu unseren Händen wandern. Er zieht seine rechte, buschige Augenbraue hoch und blinzelt mehrmals hintereinander.

Die Pflegerin lässt uns nun endlich mit ihm allein, nachdem sie Alfies Kopflehne am Bett aufgerichtet hat. Damien geht selbstbewusst auf Alfie zu, um höflich seine Hand zu schütteln und sich daraufhin auf einen der zwei Stühle in der Ecke des Zimmers zu setzen. Ich umarme Alfie vorsichtig und freue mich, dass es ihm hier gut zu gehen scheint. So lange habe ich ihn nicht mehr gesehen.

»Es ist so schön, dich wiederzusehen«, begrüßt er mich und grinst dabei breit.

»Ich hoffe, wir haben dich nicht allzu sehr überrascht«, schmunzle ich und stelle mich an das Bettende.

Alfie schüttelt den Kopf. »Nein, nein! Du weißt, wie gern ich Besuch habe. Und dass ihr es seid, das ist mir eine Ehre.« Nun lacht er. Über ein halbes Jahr ist es her, dass wir ihn in Damiens Firmenwagen zum Londoner Krankenhaus gefahren haben. »Wann findet denn die Hochzeit statt?« Ich lege meine Stirn in Falten. *Welche Hochzeit?* Doch dann wird mir klar, was Alfie meint, als sein Blick zwischen mir und Damien hin- und herschweift.

Ich erröte und spähe zu Damien, der leicht schmunzelt. »Ich mach doch nur Spaß. Aber wenn es so weit sein sollte, dann denkt bitte daran, dass ihr einen Rolliplatz für mich freihaltet.«

Ich stoße die angestaute Luft mit einem unsicheren Lachen aus meinen Lungen, aber Alfie zwinkert mir zu. Als mein Blick durch den Raum gleitet, bemerke ich, wie gemütlich er es hier hat. Es ist warm, das Bett wirkt weich, und er bekommt genügend Verpflegung. Die vielen Medikamente auf seinem Nachttisch bereiten mir jedoch Bauchschmerzen. Auch wenn mir die verwirrenden Namen auf den Pillendosen nichts sagen, sind es ziemlich viele Packungen.

»Wie könnten wir Sie vergessen«, höre ich Damiens Worte.

Überrascht schaue ich abermals zu Damien, dessen Wangen zu meiner Überraschung ein wenig mehr Farbe als sonst ziert. Seine blauen Augen sind jedoch klar und ernst. Wegen Alfie hatten wir unsere erste richtige Begegnung – und nichts passiert im Leben ohne Grund. Ich erinnere mich nur ungern an den Tag, doch gleichermaßen bin ich froh, dass nun beide Männer Teil meines Lebens geworden sind.

Aber als Damien ihm mit dieser Ernsthaftigkeit verspricht, dass man ihn bei unserer Hochzeit niemals vergessen würde, merke ich, wie mir das Blut bedeutend rasanter durch die Adern gepumpt wird.

»Wie geht es dir?«

Alfie erzählt mir daraufhin in deutlich zurückhaltenderer Tonlage, dass der Wechsel vom Krankenhaus ins Heim nicht so einfach gewesen wäre. Aber er verspricht mir auch, dass es ihm besser als je zuvor ergehen würde. Er hat ein Zuhause, genug Essen, ein warmes Bett, und dass er mehr auch gar nicht brauchen würde – genau die Dinge, die mir auch als Allererstes aufgefallen sind. Und das kann mich erst einmal beruhigen. Alfie fragt auch Damien und mich, wie es uns ergangen ist.

»Alles bestens.«

Doch ich weiß, dass Damien lügt.

»Ich werde im Lesen und Schreiben immer besser. Ein Profi bin ich aber lange noch nicht.«

»Birdie lernt sehr schnell«, lobt mich Damien. »Heute habe ich ihr einiges über Autos beigebracht.«

Alfie scheint begeistert zu sein. Ich setze mich auf den zweiten Stuhl im Raum, während die Männer sich daraufhin über Autos unterhalten. Damien hat Alfie und mir damals die erste Autofahrt ermöglicht, aber Alfie scheint trotzdem viel über Autos zu wissen. Gerade als Damien ihm alles über seinen ersten *Mercedes* erzählt, entdecke ich auf dem Tisch neben mir einen kleinen Blumenstrauß mit einem dünnen, cremefarbenen Zettel. Die beiden sind so sehr in ihr Gespräch vertieft, dass ich mir neugierig durchlesen kann, was auf dem Zettel geschrieben steht … und ich vermag meinen Augen kaum zu trauen.

Alfie,

es tut mir unglaublich leid, dass ich dich damals zurückgelassen habe. Nichts kann das, was ich verursacht habe, je wiedergutmachen.

Dein Kumpel Leo

Kapitel 19

Damien schaut mich mit misstrauischen Augen an. Ich weiche seinem Blick aus. »Hast du keinen Hunger?«, fragt er mich. Den Kakao habe ich leer getrunken, aber ich bekomme das Spiegelei nicht hinunter. Mir ist unwohl.

»Möchtest du das essen?«

Er legt sein Besteck auf den Tellerrand, als ich ihm diese Frage stelle, und faltet seine Hände unterm Kinn zusammen, während er die Ellenbogen auf der Tischplatte absetzt. Wenige Augenblicke später schiebt er seinen Stuhl nach hinten, steht auf und kommt zu mir rüber. Damien setzt sich auf den Stuhl neben mich und durchbohrt mich mit seinen Blicken.

»Was ist denn bloß los ...?«, möchte er wissen, und ich bemerke, wie er seine Hand auf meinen Unterarm legt und vorsichtig mit dem Daumen über meine Haut streicht.

Ich atme tief ein und schließe beim Ausatmen meine Augen. Als ich sie wieder aufmache, blicke ich in das verwirrte Hellblau, welches mich fokussiert.

»Ich hatte gehofft, du hattest einen schönen Tag.« Die Enttäuschung in seiner Stimme ist nicht zu überhören, und sie löst einen tiefen Schmerz in meiner Brust aus. Er kann doch nichts dafür. Ich will nicht, dass er denkt, er sei an meiner Unruhe schuld, denn das ist nicht wahr. Also lege ich meine freie Hand auf Damiens und beiße mir nervös auf die Innenseiten meiner Wangen.

»Das ist es nicht«, beruhige ich ihn. »Nachdem ich damals dein Apartment verlassen hatte …« Ich merke, wie er unter meiner Hand leicht zusammenzuckt, aber ich beende meinen Satz trotzdem: »… habe ich eine Zeit lang mit zwei Typen auf der Straße gewohnt. Fynn und Leo – so hießen sie. Rosa und ich hatten sie wenige Wochen zuvor das erste Mal vor dem Supermarkt kennengelernt.« Ich erzähle Damien von den vielen Tagen und Wochen, in denen wir uns zu dritt Gesellschaft geleistet hatten – bis beide ihren Platz im Heim fanden. Aufmerksam hört er mir zu und mich erleichtert seine Geduld. Als meine Stimme jedoch nachdenklicher und unsicherer wird, bemerke ich, wie sich die Adern auf der Haut seines Unterarms abzeichnen.

»Was haben sie dir angetan?« Nun höre ich den Ansatz von Wut in seiner Stimme.

Ich versuche, ihn zu beruhigen, indem ich ihn an den Tag erinnere, an dem ich Alfie vor *Hamilton & Sons Inc.* vorgefunden hatte.

»Ich habe es dir nie erzählt, aber Alfie wurde damals von einem Mann namens Leonard … Leo im Stich gelassen, nachdem sie hundert Mäuse gefunden hatten und Leo ihm versprach, dass er Decken und Trinken für seinen Kumpel kaufen gehen würde.« Als ich dies ausspreche, fügen sich in meinem Kopf alle Puzzleteile zusammen. »Und vorhin … bei Alfie, da war dieser Zettel im Blumenstrauß. Eine Entschuldigung, unterzeichnet von einem Leo.«

»Die Blumen waren von diesem Leo?«

Ich nicke.

»Ich hätte es mir schon zu dem Zeitpunkt denken können, an dem Leo auch mich im Stich gelassen hatte. Ich wurde krank, und mir ging es miserabel … und er hatte nichts Besseres zu tun, als Fynn bei der Hand zu nehmen und wie ein Feigling abzuhauen. Dass er es überhaupt wagt, Alfie eine Karte zu schreiben, indem er sich bei ihm für das entschuldigt, wofür man sich niemals im Leben entschuldigen könnte … Ich meine, Alfie ist im Rollstuhl, und dieser blöde Feigling rennt mit zwei gesunden Beinen durch die Straßen …« Ich schüttle angewidert meinen Kopf, während Damien meine Hand umschließt.

»Jeder wird früher oder später seine gerechte Strafe bekommen …«, murmelt er und senkt seinen Blick.

»So wie Miss Meredith, die jetzt einen Job in der Eisdiele gegenüber von deiner Firma hat?« Ich muss Damien mit meiner Aussage verwirrt haben, denn er legt seine Stirn in Falten, und die sanften Streicheleinheiten seiner Finger stoppen abrupt. »Sie hat mir damals die dunkelrote Decke geklaut und ist wie Leo einfach feige davongelaufen. Ihr Essen wollte sie auch nicht mit mir teilen. Und nun hat sie als Belohnung für ihre Wohltat einen Job. So langsam glaube ich weder an Schicksal noch an Karma. Entweder man hat Glück … oder man hat es eben nicht.« Ich ziehe die Hand unter seiner hervor und stütze meinen Kopf auf ihr ab.

»Wenn du einen Job willst, kann ich ihn dir besorgen. Wenn du möchtest, dass Meredith gekündigt wird, kann ich dafür ebenfalls sorgen. Selbst wenn du dich bei Leo für seine unverzeihlichen Taten rächen willst, würde ich dir beistehen. Du musst mir nur sagen, was ich tun soll.«

Ich schaue ihn sprachlos an.

»Manchmal, da muss man das Schicksal selbst in die Hand nehmen«, fügt er hinzu. Sosehr mir Damiens Loyalität schmeichelt, lasse ich mir diese Szenarien mehrere Male durch den Kopf gehen.

Ist es wirklich das, was ich will?

Will ich Feuer mit Feuer bekämpfen? Nein. *Will ich nicht,* denke ich und schüttle den Kopf.

»Ich möchte nicht wie sie sein. Ich bin nicht Meredith oder der Feigling namens Leo … aber vor allem möchte ich nichts mehr mit ihnen zu tun haben.« Mein Blick richtet sich auf das Essen auf meinem Teller. Mit dieser Erkenntnis fühle ich mich gleich ein wenig besser, und das Ei sieht doch recht appetitlich aus. Als ich nach meiner Gabel greife, um schließlich doch davon zu essen, ist Damien zuerst still. Ich sehe im Augenwinkel, wie er sich in seinem Stuhl zurücklehnt und mich dabei beobachtet.

»Und dafür liebe ich dich«, murmelt Damien mit tiefer Stimme, und meine Augen schießen zu ihm herüber, während ich mich beinahe am Ei verschlucke.

Eine angenehme Gänsehaut überzieht meinen Körper, und mein Bauch zieht sich zusammen. In dem Hellblau seiner Augen sehe ich die Klarheit seiner Worte … die Ernsthaftigkeit und Ehrlichkeit. Er meint es ernst.

»Du bist ein guter Mensch. Wahrscheinlich der liebenswerteste Mensch, auf den ich je gestoßen bin, und ich möchte, dass du dies niemals für irgendwen oder wegen irgendetwas ablegst.« Er entlockt mir ein schüchternes Grinsen, als ich das restliche Essen herunterschlucke und meine Gabel neben meinen Teller ablege. Damien greift daraufhin wieder nach meiner Hand. »Es mag sich barbarisch anhören, aber wenn Alfie an jenem Tag nicht vor meiner Firma gewesen wäre, hättest du ihn nie kennengelernt ... Und ich weiß, du würdest ihn wahrscheinlich lieber nie kennengelernt haben, als dass er seine Beine verliert, aber ich weiß, wie glücklich er sich schätzen kann, jemanden wie dich in seinem Leben zu haben. Und auch ich bin so selbstsüchtig, dass ich froh bin, dich an jenem Tag kennengelernt zu haben.«

Mit jedem seiner Worte ziehen sich die Muskeln in meinem Bauch noch um ein bedeutendes Stück fester zusammen. Als würden Schmetterlinge in ihm herumschwirren, beginnt mein Bauch plötzlich zu kribbeln.

»Meinst du das alles ernst?«

Er nickt.

»Jedes einzelne Wort.«

Es verschlägt mir die Sprache, während mein Herz gegen meine Brust hämmert. Wir sehen einander an, und er fährt mir mit der Hand durchs Haar. Ich finde es erstaunlich, wie Damien mit seinen Worten einem das Gefühl geben kann, etwas wert zu sein.

Zumindest in seiner Welt.

Kapitel 20

Ich ziehe die seidig weiche Bettdecke bis zum Kinn. Dunkelheit umgibt mich, und ich spüre Damiens Beine, die sich ihren Weg unter meine Decke gesucht haben und so heiß sind, dass ich das Gefühl habe, sie würden meine Haut verbrennen. Es ist das dritte Mal, dass ich aus meinen Träumen wieder aufgewacht bin. Diesmal liegt Damiens Arm fest um mich geschlungen, und sein Atem fächert über meinen Nacken. Ich wollte weiterhin auf der Couch schlafen, und zuerst sah Damien dies auch ein und verschwand in seinem Schlafzimmer, bis er nicht einmal eine halbe Stunde später wieder bei mir an der Couch stand. Während er nun friedlich einschlafen konnte, muss ich die ganze Zeit über Leos Worte an Alfie nachdenken.

Der Gedanke, Leo könnte Alfie erneut im Stich lassen, bereitet mir große Angst. Besonders beschäftigt mich jedoch die Frage, ob Alfie die Entschuldigung von Leo angenommen hat und ihm das Geschehene verzeiht. Gefragt habe ich ihn noch nicht – er wirkte so glücklich, als er sich mit Damien über Autos unterhalten konnte. Ich wollte ihnen nicht die Stimmung verderben. Eigentlich sollte ich mich auch nicht in seine Angelegenheiten einmischen, jedoch kenne ich Leo mittlerweile. Selbst nachdem er die Konsequenzen gesehen hatte, die durch seinen Egoismus ausgelöst worden waren, ließ er letztendlich auch mich noch im Stich. Natürlich handelte es sich bei mir nur um einen bedeutungslosen Regenschirm. Dennoch wird deutlich, dass er nicht dazugelernt hat. Ich bin mir nun sicher, dass er gar nicht erst vorhatte, ihn mir zum Supermarkt zurückzubringen. Ganz sicher war das nur eine seiner weiteren Lügen – so wie die, die er damals Alfie aufgetischt hatte, bevor er ihn vor Damiens Firma in der Kälte zurückließ.

Ob ich ihm an Alfies Stelle verzeihen könnte, kann ich nicht genau sagen. Wahrscheinlich aber nicht. Alfie ist keineswegs blöd, aber ich hoffe, dass er nicht auf Leos kleine Spielchen hereinfällt. Dieses Zusammenreimen von möglichen Szenarien bringt mich zu dem Entschluss, dass ich Alfie demnächst unbedingt noch einmal besuchen muss. Ich muss einfach wissen, wie er zu Leos Entschuldigung steht …

Ich drehe mich auf die andere Seite, sodass ich mit dem Gesicht zu Damien liege. Leise höre ich ihn etwas murmeln.

»Hm … m-kannst du m-nicht schlafen?«, haucht er, während er mir langsam vorsichtig den Unterarm krault. Sein Gesicht kann ich nicht erkennen, aber ich bin davon überzeugt, dass er seine Augen geschlossen hat und nur im Halbschlaf mit mir redet. Ich kann mir das Kichern nicht verkneifen, als ich ihn kurz darauf wieder tief ein- und ausatmen höre und sein Kraulen mitten in der Bewegung gefriert. Seine kleinen Laute sind kein wirkliches Schnarchen, mehr ein sanftes, leises Seufzen, welches die Ankunft in seiner Traumwelt ankündigt.

Vorsichtig ziehe ich meine rechte Hand unter der Bettdecke hervor und lege sie auf Damiens Oberarm, auf dem er seinen Kopf liegen hat, bevor ich ihm einen kleinen Kuss auf den Ellenbogen gebe und wieder meine Augen schließe. Vielleicht schaffe ich es ja diesmal, endlich einzuschlafen …

»Guten Morgen, kleiner Vogel!«

Als ich meine Augen öffne, blicke ich direkt in seine. Jedoch stehen sie auf dem Kopf. Damien schwebt über mir und schaut mich mit hochgezogenen Augenbrauen an. »Ich versuche, dich schon seit zehn Minuten wach zu bekommen.« Dann schmunzelt er.

»Kleiner Vogel?«

Er grinst mich an, nachdem ich den Kosenamen wiederhole.

»Wie einfallslos«, necke ich ihn, gefolgt von einem Grinsen, bevor ich mich strecke und schließlich gähne. »Wie spät ist es?«

»Zu spät«, antwortet Damien, während er sich auf der anderen Seite der Couch niederlässt. »Aber ich habe uns Frühstück gemacht.«

Ich grinse zu ihm auf, denn diese schlaflose Nacht hat mich ziemlich hungrig gemacht. Doch als ich aufstehen will, hält er mich auf und zieht mich zurück auf die Couch. »Hier«, sagt er, und ich folge seinem Finger. Als ich das Tablett mit einem liebevoll hergerichteten Frühstück sehe, wird mein verschlafenes Grinsen noch breiter als zuvor.

»Hat Rosa das gemacht?«, staune ich.

»Hast du mir denn gar nicht zugehört? *Ich* habe dir Frühstück gemacht.« Der defensive Ton in seiner Stimme verrät mir, dass er meine Frage persönlich genommen hat. »Außerdem hat Rosa noch frei«, erinnert er mich, und ich gebe zu, dass ich noch nicht ganz aufnahmefähig bin. Der Geruch von süßen Pfannkuchen, Marmelade und herzhaften Würstchen lässt mir jedoch das Wasser im Mund zusammenlaufen, sodass ich nur wenige Sekunden später hellwach bin. Besonders bei diesem Anblick.

»Womit habe ich das bloß verdient?« Bevor ich es merke, gebe ich Damien einen dankenden Kuss auf die Wange. Während er kaum Zeit hat, auf diese Geste zu reagieren, nehme ich das Tablett auf meinen Schoß und schütte dabei beinahe die Milch für den Kakao über die seidige Decke, jedoch kann ich dieses Chaos gerade noch mal so verhindern.

»Du hast an alles gedacht!«, sage ich begeistert, während ich das Pulver in die Milch gebe und mit dem Löffel umrühre. »Ist die Milch noch warm?«, frage ich neugierig und ungeduldig zugleich. Kakao kann mir jeden Morgen versüßen, und besonders heute ist es genau das Richtige. Damiens Oberschenkel streift meinen, und ich werde daran erinnert, dass er all dies nur für mich gemacht hat. Wieder spüre ich die Schmetterlinge in meinem Bauch tanzen.

»Vor zehn Minuten war sie es noch. Ich weiß nicht, musst du mal probieren«, antwortet er, als er mich dabei beobachtet, wie ich das Glas mit meinen Fingern abtaste. »Du bist wohl so ziemlich der einzige Mensch, den ich kenne, der sich über einen warmen Kakao im Sommer freut.«

Ich stecke mir ein paar süße Weintrauben in den Mund und halte Damien eine Erdbeere hin. »Willst du nichts essen?«, frage ich ihn und hebe meine Augenbrauen. Es wäre egoistisch von mir, wenn ich dieses köstliche Frühstück ganz allein verzehre.

»Ich habe schon vor einer Stunde gefrühstückt. Ich muss heute wegen eines kleinen Notfalls in die Firma, habe dort ein spontanes Meeting …« Er bemerkt die Enttäuschung in meinem Gesicht und beißt sich auf seine schmale Unterlippe. »Aber zu einer Erdbeere kann man nie Nein sagen, schätze ich.« Langsam lehnt er sich vor. Stück für Stück, und ich beobachte, wie seine Lippen sich der Frucht annähern. Unmittelbar bevor er sie berührt, blickt er zu mir auf, und ich schließe augenblicklich meinen Mund, um fest zu schlucken. Dann beißt er vorsichtig die Spitze der Erdbeere ab, während er mich verschmitzt anlächelt.

Irgendetwas verändert sich in mir. Mein Unterleib zieht sich zusammen, und eine Gänsehaut überzieht meinen Körper. Die Schmetterlinge fliegen in den Süden, und ich bin diese Reise nicht gewohnt. Augenblicklich werde ich rot.

Damien setzt sich auf und verlässt die Couch, während ich meine Augen nicht von der Erdbeere nehmen kann. Sein Biss zeichnet sich im Fruchtfleisch ab, und ich befeuchte meine Lippen mit der Zunge. Dann führe ich sie zum eigenen Mund und vernasche den Rest der süßen Frucht.

»Schlicht oder gewagt?«, fragt er mich plötzlich, und ich schrecke auf, als er mir vier Broschen präsentiert. Ich räuspere mich und schlucke ein weiteres Mal.

»Machst du dir mit einer Brosche nicht das Jackett kaputt?«, frage ich ihn verwirrt, doch er lacht nur.

»Das sind nur Manschettenknöpfe, Birdie. Keine Sorge.« Ich schaue von seinen Händen zu ihm auf. »Die trägt man am Handgelenk.« Während er von seinem Handgelenk spricht, fallen mir seine starken Hände auf. Die Adern zieren seinen Handrücken genau wie seinen

Unterarm. Im Gegensatz zu meinem Handgelenk sieht seines nicht danach aus, als würde es bei einem etwas gröberen Umgang gleich brechen. »Und?« Als er bemerkt, dass ich seine Hände anstarre anstatt die Knöpfe, führt er sie zu dem Ärmel seines Hemdes. »Hier«, zeigt er mir.

»Was sagtest du? Schlicht oder elegant?«, frage ich ihn erneut und schaue mit einem verwirrten Lachen auf das schwarze, viereckige Paar und die runden, mit silbernen Knöpfen versehenen Manschettenknöpfe herab. Sein tiefes *Mhm* vibriert auf meiner Haut. »Also für mich sieht das beides sehr schlicht aus«, kichere ich amüsiert. Er bemerkt meine Belustigung und entscheidet sich aus Trotz für das langweilige, viereckige Paar.

Ich trinke meinen kalten Kakao leer und Damien zieht sich fertig an. Das Paar Manschettenknöpfe, welches er nicht benutzt, legt er auf dem Bartresen ab, wo er sein graues Jackett bis eben liegen hatte, welches nun aber seine breiten Schultern betont. Mir wird bewusst, dass ich heute Morgen sehr viel starre. Zu viel, wenn ich ehrlich sein muss. Ich frage mich, was in diesem Kakaopulver untergemischt wurde, denn dieses Verhalten kenne ich von mir gar nicht. Er nimmt den Autoschlüssel seines Firmenwagens – ich erinnere mich, dass es ein Audi war – und holt sein Smartphone vom Couchtisch neben mir.

»Du musst jetzt schon los?«

Er nickt, als er in all seiner Pracht vor mir steht und sich mit einer winzigen Parfümflasche den Hals und die Handgelenke besprüht. Die kleine Flasche stellt er daraufhin neben dem Tablett ab, wo eben noch sein Handy lag. Ein würziger Duft, der mich an das Leder aus seinem Audi, salziges Meerwasser und Zimt erinnert, erfüllt den Raum. Ich könnte ihn den ganzen Tag riechen.

»Fühl dich wie zu Hause«, flüstert Damien, als er sich zu mir hinunterbeugt und ich seinen Duft noch stärker riechen kann. Er gibt mir einen Kuss auf die Stirn, bevor er sich von mir verabschiedet und ich allein in seinem Apartment zurückbleibe.

Kapitel 21

Der Bus hält ruckartig an, bevor sich die Türen mit einem Zischen öffnen. Ich hatte noch ein wenig Kleingeld in meiner alten Hose gefunden, und da mich der Gedanke, dass Alfie erneut von Leo enttäuscht werden könnte, so sehr gepeinigt hat, habe ich mich dazu entschlossen, das letzte Geld, das ich besitze für ein Busticket zu opfern. Es ist das erste Mal, dass ich realisiere, wie frei man sich fühlt, sobald man die Haltestellen lesen kann und tatsächlich weiß, wo man hinmöchte und wann man aussteigen muss.

Ich setze den Fuß auf den Asphalt, und die schwüle Luft umhüllt meine Fußknöchel. Die Sonne steht hoch am Himmel, und ich nehme einen tiefen Atemzug. Ich liebe den Hochsommer. Die Menschen haben gute Laune, und es ist warm. Zum Glück scheinen die Regenschauer endlich vorbei zu sein.

Als ich bei der Rezeption des Heims ankomme, erkennt mich die nette Pflegerin von gestern Abend wieder, die gerade noch in ein Gespräch mit der Rezeptionistin verwickelt ist. Mit einem Grinsen schaue ich durch das kleine Fenster in der Glasscheibe.

»Mrs Hamilton, richtig?«, begrüßt sie mich, und meine Augen weiten sich. Ich bete, dass sie meine Reaktion nicht bemerkt hat, und spüre die Hitze in meinen Wangen. Die Dame an der Rezeption schaut mich verwirrt an.

»Wollen Sie ihren Bekannten besuchen?«, lautet die Frage der Pflegerin nun, und ich nicke einfach. Es wäre nicht klug von mir, wenn ich ihnen sagen würde, dass ich meinen Ausweis vor Jahren verloren habe und mein Nachname nicht Hamilton ist, deswegen werde ich mich für die Geschichte der Pflegerin entscheiden.

»Finden Sie sich zurecht, oder soll ich Sie auf das Zimmer begleiten? Das Mittagessen ist vor einer halben Stunde in sein Zimmer gebracht worden, er sollte damit also fertig sein.«

»Danke, ich komme schon allein zurecht.« Mit einem freundlichen Lächeln gehe ich in den Flur und atme erleichtert aus. Zum Glück haben Sie mich nicht nach meinem Ausweis gefragt, obwohl ich mich irgendwie schlecht fühle, dass ich bei dieser Lüge mitspielen musste.

Eine kleine Rampe und drei Gänge später stehe ich vor Zimmer 304. Während ich noch einen Moment lang zögere, ob ich wirklich das Zimmer betreten sollte, um mich diesem Gespräch zu stellen, höre ich ein lautes Krachen aus seinem Zimmer. Sofort sind jegliche Überlegungen und Zweifel wie verflogen, und ich drücke den Türknauf herunter, um in den Raum zu stürmen. *Alfie muss etwas passiert sein,* denke ich. Doch als ich sein Zimmer betrete, kann ich meinen Augen nicht trauen.

Erschrocken dreht sich die Person, welche gerade die Scherben der Blumenvase aufheben wollte, zu mir um. Wie ertappt bleiben hierbei seine Arme in derselben Position, doch sein Körper dreht sich weiter. Leos Augen finden mich, erstarrt in der Ecke des Zimmers stehend. Mein Körper bewegt sich keinen Zentimeter, aber mein Herz rast vor Wut.

»Birdie?«, haucht er überrascht, und ich beiße fest meine Zähne zusammen.

Alfie liegt wie gewohnt in seinem Bett und schaut uns beide verwirrt an. »Ihr ... ihr kennt euch?«, murmelt er überrascht, und als ich zu ihm herüberschaue, sehe ich, wie er mühevoll in Gedanken versucht, die Puzzleteile aneinanderzulegen. Doch er kennt Leos und meine Vergangenheit nicht. Weiß nicht, dass wir einige Wochen auf der Straße verbracht haben. Und was beide nicht über mich wissen, ist, dass ich weiß, wer an Alfies Situation die Schuld trägt. Alle Haare auf meinem Körper stellen sich vor Abscheu auf, als ich sehe, wie Leo den Mund öffnet, um etwas zu sagen.

Er beginnt irgendetwas zu stottern. Das Wasser aus der Vase läuft ihm an den Fingern herunter und tropft in die riesige Pfütze auf dem Boden. Doch bevor Leo etwas sagen kann, erhebe ich meine Stimme.

»Ich habe Leo damals vor einem Supermarkt kennengelernt, dort habe ich ihm Geld zum Leben gegeben, welches für ihn und Fynn gereicht hat, sodass sie noch am darauffolgenden Tag etwas davon haben würden. Hätte ich damals gewusst, dass er derjenige war, der mit hundert Pfund in der Tasche von dem Ort geflohen war, wo ich dich kennengelernt hatte, dann hätte ich ihm das Geld niemals gegeben, und dann wäre ich wahrscheinlich nicht so überrascht gewesen, dass er eine ähnliche Masche mit mir abziehen würde, als er mich dann ebenfalls im Regen zurückließ.«

Ich werfe Leo einen bitterbösen Blick zu. Alfie schluckt schwer. Das musste einfach raus. Ich bin es satt zu sehen, wie die Menschen vom Leben belohnt werden, die das Leben anderer zerstören. Nun kennt Alfie also Leos und meine Vergangenheit.

»Ich habe gestern seine Karte im Blumenstrauß gelesen und bin genau aus diesem Grund heute hier. Ich wollte dir das alles erzählen.«

Leo traut sich nicht, auch nur irgendein Wort über die Lippen zu bringen. Sein Bart ist länger geworden, als ich es in Erinnerung hatte, und in der anderen Ecke des Zimmers, gegenüber von mir, sehe ich den Regenschirm, den mir damals Mrs Hamilton gegeben hatte, den Leo sich auslieh und mir nie zurückgeben wollte. Meine Hände ballen sich zu Fäusten. Ich glaube, ich war noch nie zuvor so wütend wie in diesem Moment.

»Also, was macht er hier?«, frage ich Alfie, doch auch Alfie ist sprachlos. »Du glaubst ihm doch nicht ernsthaft das, was er in dieser verlogenen Karte geschrieben hat, oder? Alfie?« Meine Rage klingt vielmehr nach einem verzweifelten Flehen. Ich sehe den Schmerz in Alfies Gesichtszügen, und am liebsten würde ich die Worte, die gerade meinen Mund verlassen haben, wieder zurücknehmen. Vielleicht war ich zu hart, zu direkt zu ihm. »Er wird dich wieder enttäuschen«, flüstere ich verzweifelt und schlucke den Kloß in meinem Hals hinunter. Leo beachte ich gar nicht, doch als er sich bückt und sich an einer der Scherben verletzt, lenkt er Alfies und meine Aufmerksamkeit auf sich.

Ich sehe, wie das Blut sich mit dem Wasser der Pfütze vermischt, und dann erkenne ich erst, was sich neben Mrs Hamiltons Regenschirm befindet. Leos Sporttasche mit seinen unzähligen Sachen. Neben seiner Tasche steht eine Flasche Wasser, und neben der Flasche Wasser liegt eine Isomatte. Ich zähle eins und eins zusammen und schließe schmerzerfüllt meine Augen. Wieder hat er zu seinem Vorteil gelogen. Leo hat gar keinen Platz im Heim bekommen, er kommt heimlich bei Alfie unter, was mit Sicherheit der einzige Grund gewesen ist, warum er sich überhaupt bei ihm entschuldigt hat.

»Wissen die Pflegerinnen von diesem Versteckspiel?«

Doch ich erhalte keine Antwort von ihnen. Entsetzt seufze ich und schlage meine Arme vor der Brust übereinander.

Es tut mir im Herzen weh, dass Alfie so naiv zu sein scheint. Leo wird ihn wieder und wieder enttäuschen.

»Du solltest die Wunde reinigen und sie verbinden«, murmle ich zu dem knienden Leo, der daraufhin seine Stirn in Falten legt, während er überfordert mit seiner Hand Druck auf die triefende Wunde ausübt. »Ich komme dich ein anderes Mal wieder besuchen«, richte ich mich schließlich wieder an Alfie. »Pass auf dich auf.«

Dann verlasse ich ohne ein weiteres Wort das Zimmer 304.

Der Bus ist brechend voll, und ich fühle mich wie eine von vielen aneinanderklebenden Sardinen in einer Dose. Als jedoch ein Platz ganz hinten frei wird, quetsche ich mich an den Menschen im Gang vorbei und nehme Platz auf dem bunten Sitz, direkt neben einem alten, mürrisch wirkenden Herrn und einem kleinen, aufgeregten Mädchen mit Haaren, die aussehen wie Daisys. Ein wunderschönes Erdbeerblond. Bis zur City of Westminster, dem Stadtteil, in dem Damiens Apartment steht, sind es noch einige Haltestellen.

Ich hätte Alfie nicht allein mit Leo zurücklassen sollen. Wahrscheinlich hätte ich der Pflegerin oder der Rezeptionistin Bescheid geben müssen. Aber dann hätte ich genau das getan, wogegen ich mich doch letztendlich entschieden habe – ich hätte mich eingemischt. Alfie weiß alles, was er wissen muss, und jetzt hängt alles an ihm. Das muss ich zu akzeptieren lernen.

Doch es beunruhigt mich, dass Leo sich wieder einmal auf Kosten anderer einen Vorteil verschafft. Wäre ich an seiner Stelle, könnte ich niemals wieder ein Auge zubekommen. Nicht nach dem, was Alfie passiert ist.

Mit einer raschen Handbewegung wische ich mir eine winzige Schweißperle von meiner Schläfe. Es ist heute wirklich drückend heiß, und der volle Bus macht es nur noch schlimmer.

Warum hat denn auch noch niemand ein Fenster aufgemacht?

Als ich aufschaue, bemerke ich, dass sich nicht weit von mir der Henkel des Fensters befindet. Mühevoll ziehe ich daran, bis schließlich die schwüle Luft und der Geruch von Abgasen und Sommerluft in mein Gesicht weht. Zufrieden schließe ich meine Augen und lausche dabei dem Londoner Stadtleben.

Zur Ruhe komme ich dabei jedoch kaum. Es ist zu laut, die Luft vom Fenster zu stickig, und im Bus ist es nach wie vor zu eng. Die heiße Schulter vom schlecht gelaunten Herrn neben mir reibt gegen meine, während der unruhige kleine Oberschenkel des rotblonden Mädchens hektisch gegen meinen stößt. Ungeduldig zähle ich die Haltestellen, doch sie werden einfach nicht weniger. Die Rückfahrt kommt mir irgendwie länger vor als die Hinfahrt.

Ob Damien schon von der Firma zurück ist? Dabei fällt mir das Fläschchen ein, mit dem er sich heute Morgen besprüht hatte. Das Parfüm, welches so gut riecht. Meine Hand fährt in meine Hosentasche, und ich ziehe die winzige Sprühflasche hervor. Niemals hätte ich gedacht, dass ich mal heimlich das Parfüm eines Mannes mitgehen lassen würde. Aber die Erinnerung an seinen Duft beruhigt mich. Und besonders jetzt und hier ist es das Einzige, was mir wirklich helfen kann.

Kapitel 22

Es kommt mir vor, als würde ich schon eine ganze Weile lang meine Reflexion anstarren, bevor mich die Türen des Fahrstuhls mit einem abrupten Öffnen aus meinen Gedanken reißen. Hektisch verstaue ich die kleine Sprühflasche mit Damiens Duft wieder in meiner Tasche.

Ein flüchtiger Blick durch das Wohnzimmer des Apartments verrät mir, dass Damien noch nicht von seinem Meeting zurück ist. Nun stellt sich mir jedoch die Frage, wer die Tür für mich bedient haben mag. Ist Rosa schon zurück? Eigentlich sollte sie dies erst in ein paar Tagen wieder sein. Ich habe geklingelt, in der Hoffnung, dass Damien zurück sei, weil ich selbst keinen Schlüssel besitze.

Die leichte Bluse schmiegt sich zart und angenehm an meine Haut, als ich auf die Kücheninsel zusteuere. In der Unbeschwertheit der Bewegung fühlt es sich für einen Moment so an, als würde ich über den Marmorboden schweben. Doch ich zucke vor Schreck zusammen, als die Tür zum Gästezimmer ins Schloss fällt und Sebastian mit seinem Smartphone in der Hand und mit schlurfenden Schritten aus dem Zimmer auf mich zukommt.

»Good Morning, Birdie«, begrüßt er mich mit einer etwas zu lauten Stimme, obwohl wir nur wenige Meter voneinander entfernt sind und es schon spät am Nachmittag ist. Als mir die Alkoholfahne unter die Nase kommt, verziehe ich mein Gesicht.

Sebastian bleibt vor mir stehen, während er sich mit einer raschen Bewegung durch die Haare fährt, jedoch auf halbem Wege in ihnen hängen bleibt. Dabei sieht er ständig auf sein Smartphone. Nun wäre meine Frage, wer mir die Tür geöffnet hat, zumindest geklärt.

Ich hoffe, er weiß, dass ich seine Fahne riechen kann und es ziemlich unangenehm ist. Dennoch wünsche ich ihm mit amüsierter Miene einen guten Morgen.

»Sag mal, hat dir Damien schon geschrieben?«

Ich lege meine Stirn in Falten und frage ihn, was er damit meinen könnte.

»Na, ob dir mein Big Bro eine Nachricht geschickt hat?!« Er muss grinsen, aber ich zucke mit den Schultern.

»Ich habe *so was da* nicht«, gebe ich zu und zeige auf das Gerät in seinen Händen.

Für einen Moment schaut nun auch er mich mit einem Stirnrunzeln an, bevor es zu einem frechen Grinsen übergeht.

»Ah, so läuft der Hase. Du bist also so eine Ökotante?«

Sein Schmunzeln verwirrt mich. Ökotante? Weil ich kein Geld für eines dieser Teile habe? Aber das möchte ich Sebastian nicht beichten. Außerdem geht es ihn auch nichts an.

»Klar, warum nicht«, lüge ich, um einer Diskussion aus dem Weg zu gehen.

»Du bist schon eigenartig«, lacht er und fährt damit fort, dass er nicht glauben kann, dass sein Bruder, der laut seinen eigenen Worten nur über sein Handy kommuniziert, jemanden wie mich kennengelernt hat, der nicht einmal eines besitzt.

»Was ist denn mit deinem Big Bro?«, frage ich ihn schmunzelnd. »Warum soll er mir auf mein imaginäres Smartphone geschrieben haben?«

Sebastian lehnt sich gegen eine der Säulen, wie Damien es immer tut – jedoch ist er nicht so groß wie Damien, und auch seine Haltung wirkt eher unbeholfen als gelassen.

Während ich auf eine Erklärung warte, öffne ich den Kühlschrank, in der Hoffnung, Milch zu finden. Es ist noch eine Mandelmilch übrig, aber ich habe keine Ahnung, wo das Kakaopulver ist, also frage ich Sebastian um Rat, und ob er auch eine Tasse möchte.

»Dazu sage ich niemals nein, Birdie. Rechts unten in der Schublade«, brummt er halbwegs erfreut und gähnt dabei laut, sodass es durch den gesamten Wohnbereich hallt. Bei der Frage, ob er ihn warm oder kalt wolle, überrascht er mich doch tatsächlich mit seiner Antwort. Ich dachte, ich sei die einzige Person, die im Sommer warmen Kakao genießen könnte.

»Unsere Mom hat sich bei mir beschwert, er würde nicht an sein Handy geh...« Doch bevor Sebastian seinen Satz zu Ende bringen kann, klingelt es erneut.

»Das könnte der Klempner für Rosas Zimmer sein, oder?«, erinnere ich mich. Damien sagte mir ja, dass der Termin sich verschoben hätte. »Und du kannst deinen Bruder auch nicht erreichen?«, frage ich ihn, um nicht vom Thema abzuweichen, während er barfuß die paar Meter zu dem kleinen Knopf neben dem Fahrstuhl geht und diesen mit einem flinken High five betätigt.

»Er schreibt gerade ...«

Er schreibt gerade? Wow, diese Dinger sind ja bestens zur pausenlosen Kontrolle geeignet. Es fasziniert und beängstigt mich zugleich. Ich wärme die Mandelmilch in der Mikrowelle auf, wie Rosa es immer macht, wenn es schnell gehen soll, und lehne mich gegen die Theke.

»Ah, er meint, er ist in zehn Minuten zu Hause.«

»Kannst ihm ja schreiben, dass der Klempner da ist«, schlage ich vor, aber als die Türen des Fahrstuhls sich wenige Augenblicke später öffnen, stockt mir der Atem.

Zuerst sehe ich die schwarzen High Heels aus Lack, welche im schnellen Rhythmus über den glänzenden Marmor gleiten. Es wirkt wie ein Wettkampf um das Material, welches das Licht am stärksten reflektiert. Die eleganten Schritte schweben über den Boden, bis sie unmittelbar vor Sebastian haltmachen, der mindestens genauso perplex ausschaut, wie ich es bin. Ihr Outfit ist durch und durch schwarz – einschließlich dem Hemd, welches in ihrem knielangen Rock steckt. Dann hebe ich meinen Blick und schaue der Frau ins Gesicht.

Mrs Hamilton stellt ihre ebenfalls schwarze Tasche neben sich auf den Boden und verschränkt die Arme vor ihrer Brust.

Ob es wohl zu spät ist, sich hinter der Theke zu verstecken?

Das ist das Letzte, was ich jetzt brauchen kann. Nachdem ich all das erfahren habe, was mir Damien im Vauxhall Park erzählt hatte, kann ich nicht garantieren, dass mich dieses Wissen bei einer Begegnung mit seinen Eltern kaltlassen würde. Für eine kurze Zeit denke ich darüber nach, mich tatsächlich hinter der Kücheninsel zu verstecken, doch dann überrascht mich und alle, die sich mit mir im Apartment befinden, das schrille Klingeln der Mikrowelle.

Ich erstarre.

Sebastian und Mrs Hamilton schauen augenblicklich zu mir herüber, und ich laufe purpurrot an, bete, dass sie sich nicht mehr an unsere erste Begegnung in der Oxford Street erinnern kann.

»Ach, sehen Sie mal an. Guten Tag da drüben.« Sie hebt eine Augenbraue an und mustert mich mit ernstem Blick, wobei sich ihre braun geschminkten Lippen spitzen.

Ich nicke ihr höflich zu, drehe mich mit einem Hauch von Lächeln das kleine Stückchen um und nehme die Mandelmilch aus der Mikrowelle, um das Pulver hinzuzugeben und einer weiteren Konversation aus dem Weg zu gehen.

»Hat mein fauler Sohn etwa zwei Hausmädchen eingestellt?«, murmelt sie vor sich hin. »Oder hat er Rosa endlich gekündigt?«

Dass sie es wagt, Damien als faul zu bezeichnen, lässt schon alle Alarmglocken bei mir klingeln – doch als sie Rosas Namen in den Mund nimmt, sträuben sich mir die Nackenhaare auf. Was soll denn bitte *endlich* bedeuten?

»Das ist nicht …« Der Fahrstuhl unterbricht Sebastian ein weiteres Mal, als Damien sein Apartment betritt.

In dem Moment, wo er seine Mutter sieht, bleibt er stehen. Dann brummt er genervt: *»Mutter«,* und geht einfach schnurstracks an ihr vorbei. Mich sieht er erst, als er die Aktentasche auf den Barhocker stellt.

In Damiens Augen blitzt ein kleines Funkeln auf, und er grinst bei dem Anblick, wie ich mich an meiner heißen Tasse Kakao festkralle. Vorsichtig schenke ich ihm ein zurückhaltendes Lächeln, denn auch wenn er glücklich über meine Anwesenheit zu sein scheint, geht seine Anspannung nicht an mir vorbei.

»Ich muss mal duschen«, meldet sich Sebastian zu Wort und ist schneller im Badezimmer verschwunden, als ich ihn hätte an seinen Kakao erinnern können.

Dann bleibt wohl mehr für mich, denke ich mir. Doch ich stelle die Tasse zurück in die Mikrowelle, damit er sie sich später noch einmal aufwärmen kann.

Bevor die Badezimmertür ins Schloss fällt, rollt Damien mit den Augen und haucht ein »Na danke auch, liebster Bruder« in die Luft.

Nun stöckelt auch Mrs Hamilton auf den Tresen zu und stellt ihre Tasche mit voller Wucht vor Damien ab. Hätte er seine Hand dort liegen gehabt, dann wäre sie jetzt wohl ab.

»Und du, du meldest dich nicht bei deiner Mutter?«, schimpft sie mit zusammengebissenen Zähnen. »Dann komme ich zu dir nach Hause und sehe deine neue Reinigungskraft. Wäre Sebastian nicht hier gewesen, hätte ich wahrscheinlich vor Schreck die Polizei gerufen.«

Bei dem Wort *Polizei* rieselt mir ein Schauer den Rücken hinunter. Rosa hatte mir im Supermarkt erzählt, dass Damiens Mum ihn täglich besuchen kommen würde, aber dass es so vonstattengeht, hätte ich nicht erwartet.

Damien schaut entschuldigend zu mir. Ich wünschte, ich wäre direkt in ein anderes Zimmer gegangen – oder besser noch: Sebastian hätte noch etwas länger seinen Rausch ausgeschlafen und mir nie die Tür geöffnet. Dann hätte ich das alles hier nicht erleben müssen.

»Das ist nicht meine neue Reinigungskraft, Mutter.« Damien lässt schließlich die Luft aus seinen Lungen entweichen und stützt sich mit den Händen auf dem Tresen ab. »Das ist Birdie, meine feste Freundin.«

Eine Stille erfüllt den Wohnbereich, aber es stört mich nicht, denn Damien hat mich gerade zum ersten Mal als seine feste Freundin vorgestellt, und ich spüre, wie sich mein Magen in mir umdreht – diesmal jedoch vor Freude.

»Du und … *Freundin*? Dass ich nicht lache! Wann wurdest du denn bitte zu einem richtigen Mann?«

Mein kleiner Glücksmoment verpufft mit einem Mal wie ein Tagtraum einfach so in der Luft. Damiens Mutter ist eine … Furie.

Ein richtiger Mann? Wann war sie denn bitte je eine richtige Mutter? *Faul?* Wer hat sich denn bitte um Damiens Geschwister gekümmert?

Damien muss sich sichtlich zusammenreißen, um nicht auf der Stelle regelrecht zu explodieren. Aber nach weiteren Anschuldigungen und abfälligen Blicken uns gegenüber, wird Mrs Hamilton auf einmal still. Viel zu still.

Nachdenklich mustert sie mich, und als ich dies bemerke, nehme ich einen kräftigen Schluck des süßen Kakaos. Es ist das Einzige, was mich gerade bei Vernunft hält. In der Hoffnung, dass sie mit der großen Tasse vor meinem Gesicht, mich nicht erkennen würde, setze ich sie erst einmal nicht mehr ab. Aber dieser Versuch scheitert kläglich.

»Einen Augenblick … Jetzt weiß ich, wer Sie sind. Ich habe Ihnen vor nicht allzu langer Zeit doch meinen teuren Regenschirm überlassen. Ihre schöne Bluse werde ich nie vergessen, die stand Ihnen ausgezeichnet, viel besser als das da.« Sie zeigt mit dem Finger auf die Rüschenbluse.

Nun muss auch ich mich zusammenreißen, nicht in die Luft zu gehen, obwohl ich selbst nicht einmal weiß, wie ich mich eigentlich fühlen soll, denn Mrs Hamilton erinnert sich an unser erstes Treffen – dieser Tag könnte nicht schlimmer werden. Von diesem Treffen weiß Damien rein gar nichts, und nun musste er es aus ihrem Mund erfahren.

»Du hast … was?« Damiens Gesichtszüge werden weicher. Er dreht seinen Kopf zu seiner Mom, aber die Augen bleiben auf mir haften, bevor sie schließlich nachziehen.

»Ich habe ihr vor der Firma meinen guten Burberry-Schirm gegeben, den du mir zum 50. Geburtstag geschenkt hattest. Du hattest dort unser Firmenlogo draufdrucken lassen, weißt du nicht mehr? Sie war total verweint, wäre ich wohl auch, wenn ich so eine teure Bluse mit einer dünnen, fusseligen Decke hätte beschützen müssen.«

Damien starrt mich fassungslos an. Ich habe keinen Nerv, sauer wegen der Ausdrucksweise seiner Mutter zu sein, denn ich weiß, dass Damien gerade nur eines durch den Kopf geht: Seinetwegen bin ich verweint durch die Oxford Street gelaufen. Und nun werde ich Zeuge des Schmerzes und der bitteren Reue in dem Hellblau seiner Augen. Das nervöse Spielen mit den Fingern erinnert mich daran, dass ich Rückgrat und Selbstbewusstsein ausstrahlen sollte, anstatt zum hilflosen Opfer zu werden.

»Vielen Dank für den Schirm. Ich wünschte, ich hätte ihn noch, aber er wurde mir leider geklaut.« Zur Abwechslung ist dies sogar die Wahrheit. Und auch wenn ich ihn jederzeit von Leo wieder holen könnte, verspüre ich gar keinen Drang dazu. Dass Damien seiner Mum einen Regenschirm mit dem Firmenlogo drauf geschenkt hat, ist Beweis genug für mich, dass es kein Geschenk aus tiefstem Herzen war.

»Ich kann dir einen neuen Schirm kaufen, Mutter, auch gern wieder mit dem Firmenlogo, also hör auf, dich so aufzuregen.« Dann nimmt er ihre Tasche, um sie ihr in die Hände zu drücken. »Bitte geh, ich weiß sowieso nicht, was du heute wieder von mir willst.«

Ich will einen großen, letzten Schluck von meinem warmen Kakao nehmen, bemerke jedoch, dass die Tasse bereits leer ist. Zu diesem Zeitpunkt kann ich nur hoffen, dass Sebastian bald im Bad fertig ist, um die Situation ein wenig aufzulockern.

»Ich wollte meinen Sohn sprechen, darf ich das denn nicht?« Plötzlich verursacht Mrs Hamiltons Aussage ein unangenehmes Stechen in meinem Herzen. Zwar kaufe ich ihr die Worte nicht zu hundert Prozent ab, doch irgendetwas in mir fühlt sich schlecht, dass sie von ihrem eigenen Sohn hinausgeworfen wird.

Vielleicht wollte sie ihn ja wirklich nur besuchen? Vielleicht versucht sie, ihre Fehler der Vergangenheit wiedergutzumachen?

»Aber wenn du deine Mutter heute nicht sehen willst, dann gut, dann werde ich wieder gehen.« Rasch dreht sie sich von uns weg und steuert auf den Fahrstuhl zu. Damien verdreht erneut die Augen. »Aber falls Sie, Birdie, uns mal besuchen kommen wollen, Damien plant ja diese Benefizveranstaltung – wie wär's Damien, wenn wir danach etwas gemeinsam essen gehen?« Dann fügt sie hinzu, dass er ihr einfach schreiben soll, was wir davon halten, bevor sich der Fahrstuhl auch schon wieder schließt und Damien ihr ein »Ja, ja« hinterherruft.

Ich bin beinahe sprachlos.

»Wow!«

»Das kannst du laut sagen.« Damien verdreht genervt seine Augen.

»Du schmeißt eine Benefizveranstaltung?«, frage ich, doch er vergräbt sein Gesicht in den Händen und murmelt, dass dies eigentlich eine Überraschung werden sollte. Ich gehe um den Tresen und setze mich auf den Barhocker neben Damien, der sich nun wieder gegen die Kücheninsel lehnt. Zögernd dreht er sich zu mir und legt die Handflächen auf meinen Oberschenkeln ab. Zuerst bin ich überrascht, aber dann gewöhne ich mich an das Gefühl.

»Hallo erst mal«, grinst er mit halb geschlossenen Augen und kommt mir näher, sodass er mir einen Kuss auf die Stirn geben kann. »Wie war denn dein Tag, bis auf das eben, das vergessen wir jetzt erst einmal?«

Ich hole tief Luft. Nervös drehe ich mich auf dem Barhocker von einer Seite zur anderen, während ich Damien jedes Detail meines Aufenthalts im Pflegeheim erzähle.

Mittlerweile sitzt auch Damien auf einem der Hocker, aber seine Hände berühren mich weiterhin zärtlich und beruhigend. Ich hoffe nur, dass er das kleine Fläschchen in meiner Hosentasche nicht spüren kann.

»Er muss wissen, was er tut. Ich kann dem Pflegeheim jedoch einen Hinweis geben, dass sie Alfies Zimmer genauer überprüfen sollen, wenn du das möchtest.«

Ich verinnerliche Damiens Worte und komme zu dem Entschluss, dass es wohl wirklich Alfies Entscheidung ist, was er mit sich machen lässt oder nicht. Alfie hat ein zu gutes Herz und zu wenig Selbstbewusstsein, um manchmal die richtigen Entscheidungen zu treffen. Aber es sind seine Entscheidungen, und es ist sein Leben.

Ich spüre, wie das laute Hämmern seines Herzens vibriert, als Damien mich in den Arm nimmt.

»Das gefällt mir«, gebe ich zu.

»Was meinst du?«

»Dass ich mich in letzter Zeit immer besser fühle, nachdem ich mit dir geredet habe.« Ich grinse gegen seine Brust, woraufhin er mich nur noch fester in den Arm nimmt.

»Geht mir genauso.«

Ich genieße die kreisenden Bewegungen, die Damien mit seinen Fingerspitzen auf meinem Rücken macht. An das angenehme Kribbeln, welches er dadurch auslöst, werde ich mich wohl nie vollständig gewöhnen.

»Was hältst du davon, wenn ich Rosa den Auftrag gebe, einen Tag mit dir Kleidung shoppen zu gehen? Schließlich hast du ja hauptsächlich Wintersachen.«

Ich denke über seinen Vorschlag nach. Eigentlich möchte ich nicht, dass Damien für mich aufkommen muss, aber irgendwo weiß ich auch – selbst wenn ich es mir lieber nicht eingestehen würde –, dass er dies sowieso schon seit einiger Zeit tut.

»Und du brauchst ja noch ein schönes Kleid für die Benefizveranstaltung.«

Meine Augenbrauen heben sich. Ich habe noch nie ein Kleid getragen – noch nie in meinem ganzen Leben.

»Oder einen Anzug – was dir lieber ist.«

Aber der letzte Satz geht zwischen meinen aufgeregten Gedanken unter. Ein Kleid macht dieses Event natürlich sehr attraktiv, selbst wenn ich danach mit Damiens Eltern essen gehen müsste. Soweit ich weiß, sind

Benefizveranstaltungen für einen guten Zweck, und ich würde zu gern mal dabei sein – besonders weil Damien es geplant hat.

»Warum schauen wir nicht gemeinsam nach Klamotten?«, frage ich ihn.

Dieser Gedanke mit dem Kleid wirft mich zehn Jahre in der Zeit zurück, als ich mir noch die Puppen in dem Schaufenster des Spielzeuggeschäfts in der Nähe des Vauxhall Parks angeschaut hatte. Es waren Prinzessinnen in traumhaften Kleidern. Aber mehr blieb dies auch nicht – nur der Traum eines kleinen naiven Mädchens, sodass ich mich schnell damit abfand, dass es so etwas wie Prinzessinnen in meiner Welt nicht geben würde. Damit kam ich auch immer gut klar, aber den Traum des naiven Mädchens hob ich trotzdem irgendwo tief versteckt im Inneren meines Herzens auf.

»Um was für eine Benefizveranstaltung handelt es sich denn eigentlich?«

Doch Damien schüttelt nur mit dem Kopf. »Ich habe heute für diese Woche noch zu viele Geschäftstermine aufgedrückt bekommen und noch ein, zwei Termine mit dem Anwalt. Warum würdest du mich überhaupt dabeihaben wollen?«

Das zögernde Zucken meiner Schultern verunsichert Damien sichtlich, also füge ich noch »Damit ich weiß, was du an mir magst« hinzu. Seine Lippen bilden wieder eine schmale Linie, als er mich sanft von sich wegdrückt und ich ihm dabei zusehe, wie er mich mustert. Dann holt er tief Luft.

»Ich möchte nicht, dass du dir Kleidung kaufst, die mir gefällt«, betont er. »Du sollst dir Kleidung kaufen, die dir gefällt.« Liebevoll streicht sein Daumen über meine Schläfe, als er eine Strähne aus meinem Gesicht nimmt. »Kleidung, die du gern trägst, in der du dich wohlfühlst.« Dann lächelt er. »Das gefällt mir.«

Bevor ich ihm einen weiteren Kuss gebe, muss ich für einen Moment über seine Antwort staunen. Es sollte selbstverständlich sein, denn je mehr ich darüber nachdenke, umso offensichtlicher ist es. Ich beiße mir auf die Unterlippe und lehne mich vor, um ihn zu küssen. Es fühlt sich richtig an. Auf diese Momente möchte ich nicht einfach so verzichten. Doch es dauert nicht lange, da wird unser kleiner Moment abermals von jemandem gestört …

»Ey! War das nicht mein Kakao?«, beschwert sich Sebastian mit klitschnassem Haar und in einen Bademantel eingewickelt, während er seine Arme in die Hüften stemmt. Bei dem Anblick verschlucke ich mich beinahe an meiner eigenen Zunge. Nass sehen seine Haare beinahe noch chaotischer aus als trocken. »Ich hatte mich so drauf gefreut«, schmollt er, und ich kann mir ein Kichern nicht verkneifen.

»Deine Tasse ist noch in der Mikrowelle«, beruhige ich ihn und erwähne, dass er sie gegebenenfalls wieder aufwärmen muss, da er anscheinend unter der Dusche eingeschlafen ist und der Kakao wohl nun kalt sein muss.

»Apropos, Bastian.« Damien lässt seinen Blick durch sein Apartment wandern und legt seine Stirn dabei in tiefe Falten. »Hast du dich etwa wieder an meiner *Gucci*-Flasche bedient?« Mit einer erhobenen Braue verfolgt Damien die Bewegungen seines Bruders aufmerksam und verurteilend.

»Made to Measure?«, lautet daraufhin die Frage von Sebastian.

Damien antwortet mit einem tiefen, fordernden »Mhm«, aber Sebastian schüttelt den Kopf, während mir das Herz in die Hose rutscht und das Klingeln der Mikrowelle mich ebenso erschreckt. *O verdammt!*

An seinem heißen Kakao schlürfend geht Sebastian an uns vorbei zur Couch. »Viel Glück beim Suchen«, ruft er Damien herausfordernd nach und schaltet den Fernseher ein.

Damiens Kiefer spannt sich vor Wut an, aber ich lege meine Hände auf seine Oberschenkel, was ihn sichtlich aus der Fassung bringt. Überrascht schaut er zu ihnen herunter, als sich sein Kiefer wieder lockert.

»Sei nicht sauer auf ihn«, flüstere ich, bevor ich eine Hand von seinem Schenkel entferne, in meine Hosentasche fahren lasse und ihm sein vermisstes Parfüm zeige. »Ich brauchte einen kleinen Glücksbringer.« Verlegen schaue ich zu ihm auf, woraufhin er entsetzt lacht. In dem Augenblick ehrlich zu sein, ist das Beste, was ich hätte tun können, denn es bereichert mich mit dem schönsten Anblick: Damiens ehrlichem, tiefstem Lachen.

Kapitel 23

Nachdem Sebastian enttäuscht von der Auswahl an Filmen ist, die sein Bruder heruntergeladen hat, teilt er uns mit, dass er sich wieder ins Gästezimmer zurückziehen wird, um an seinem Laptop ein Computerspiel zu zocken. Damien verspricht seinem kleinen Bruder noch, beim nächsten Einkauf mehr Milch für ihn anzufordern, da er sich ganze drei Tassen heißen Kakao reingezogen hat, und das in weniger als fünfzehn Minuten.

»Ich werde Rosa gleich mal eine Nachricht schicken, dass sie dich morgen abholen soll«, kündigt Damien an und zückt sein Smartphone. »Eigentlich hat sie morgen noch frei, aber ich denke nicht, dass sie es überhaupt als Arbeit sehen würde.«

Das stimmt wohl, dennoch hoffe ich, dass ich Rosa nicht dabei störe, wie sie sich gerade wieder Daisy annähert.

»Sebastian hat mich vorhin eine Ökotante genannt, weil ich ihm gesagt habe, dass ich so ein Teil nicht besitze.« Ich forme mit meinen Lippen eine schmale Linie und erhebe meine Augenbrauen. Damien beißt sich auf seine Unterlippe, um das Schmunzeln zu verbergen, aber ich hab ihn bereits dabei ertappt und muss selbst grinsen. Doch mit der Erinnerung an das Gespräch mit Sebastian stellen sich mir wieder unzählige Fragen. Sollte Damiens Familie von meiner Vergangenheit erfahren? Sollten sie wissen, dass Damien mir vor einem halben Jahr das Leben gerettet hat? Ich weiß es nicht so recht.

Wenn man es genauer nimmt, hat Damien bereits zugegeben, dass seine Eltern sich wenig um ihre Kinder gekümmert haben. Wenn man es also so sieht, sollte zumindest seiner Mutter egal sein, wenn sein Sohn mit jemandem wie mir zusammen ist. Sein Vater hingegen würde höchstwahrscheinlich an die Decke gehen.

All diese Unsicherheiten und Sorgen gehen mir unter die Haut. Ich mag es nicht, wenn ich mich für das schäme, was ich bin. Der Einzige aus der Familie, neben Damien, der mich wahrscheinlich so akzeptieren würde, wie ich bin, ist wohl Sebastian. Ich weiß, dass ihm Kyra viel bedeutet hatte, sonst hätte er ihren Namen nicht vor den anderen Studenten auf seiner Uni verteidigt. Mr Hamilton senior bin ich nur zweimal über den Weg gelaufen, und beide Male hat er einen sehr hochnäsigen Eindruck bei mir hinterlassen. Es wäre wohl das Schlimmste für ihn, zu erfahren, dass sein Sohn mit mir zusammen ist.

Ich entschließe mich, das Thema erst einmal aufzuschieben. Wahrscheinlich ist es besser, mich einzig und allein auf Damien zu konzentrieren. Ich sollte ihn noch besser kennenlernen, anstatt mir Gedanken über seine Familie zu machen.

»Also, erzähl mir mehr über die Benefizveranstaltung«, hake ich nach, als ich sehe, dass Damien sein Handy auf den Tresen legt.

Er löst die Manschettenknöpfe an den Ärmeln seines weißen Hemdes, für die ich mich heute Morgen für ihn entschieden hatte. »Die Planung einer Benefizveranstaltung schwebt mir schon lange im Kopf herum«, gibt er zu und lässt sich auf dem Barhocker neben mir nieder. »Du weißt, ich rede immer davon, dass ich Kyra nicht helfen konnte und wie schuldig ich mich für alles fühle. Ich weiß, dass ich mich nie vollkommen von dieser Schuld befreien kann, egal wie oft ich dir oder anderen das Leben retten würde … Aber ich weiß auch, dass ich mein schlechtes Gewissen mit guten Taten zumindest vorübergehend besänftigen könnte.« Ich greife nach seiner Hand, mit der er nervös seinen eigenen Oberschenkel auf und ab streicht. Damiens Augen blicken hinab zu unseren Händen, und auf seinen Lippen erkenne ich ein kleines Lächeln. »Besonders nachdem du mir damals die Verhältnisse, in denen du und viele andere Menschen aufwachsen und leben müssen, deutlich gemacht hast, wurde mir klar, dass jede Hilfe zählt.«

Mein Herz meldet sich zu Wort, dessen Stimme durch meinen Körper schallt. Wenn ich mich an unseren Abschied zurückerinnere, denke ich daran, wie ich versucht hatte, ihm deutlich zu machen, dass er mein Held sei. Doch er hat recht: Egal, was er tun würde, es würde Kyra nicht zu ihm zurückbringen. Aber solange es ihn auch nur etwas besänftigt, wird es das Richtige sein. Und schaden tut er damit auch niemandem.

Wie konnte ich nur damals denken, dass unter dem feinen Hemd, den perfekt sitzenden Haaren und dem eisigen Blick nicht auch ein Herz stecken würde, welches im selben Rhythmus wie meines schlagen könnte …

»Die Spenden werden von *Hamilton & Sons Inc.* für den Bau weiterer Zimmer einer Obdachlosenunterkunft hier in London gesammelt«, erklärt er mir stolz und erzählt mir von den Plänen.

»Eine Unterkunft für Obdachlose?« Ich kann mich nur wenig an das eine Obdachlosenheim erinnern, in welches meine Mum uns einmal gebracht hatte. Es ist, als wäre diese Zeit nie gewesen. »Das hört sich toll an.« Auch wenn ich seit Jahren in keinem Heim mehr war, finde ich die Idee von Damien wunderschön. Vorsichtig streiche ich über seinen Handrücken.

Dann leuchtet sein Smartphone auf, gefolgt von einer Vibration.

Super. Ich freue mich, mit Birdie shoppen zu gehen, lese ich, und zum ersten Mal bekomme ich richtig Vorfreude auf diesen Shoppingtrip mit Rosa.

»Rosa hat geschrieben, dass ...«, beginnt Damien seinen Satz, doch ich unterbreche ihn stolz.

»Ich hab's gelesen.« Mein breites Grinsen überrascht Damien. In seinen Augen erkenne ich tatsächlich eine Art von Bewunderung, und die Stimme meines Herzens verdreifacht sich.

»Na dann, sei morgen um zehn fertig. Ich habe Rosa außerdem geschrieben, ob sie dir für morgen noch einmal etwas zum Anziehen leihen könnte, in dem du nicht schwitzen musst.« Das Handy landet wieder auf dem vorherigen Platz, und Damien dreht seinen Barhocker zu mir.

»Danke«, hauche ich und nehme einen tiefen Atemzug.

»Was hältst du von einem Bad?«

Bei seiner Frage beginnt meine Haut zu prickeln. Ein Bad könnte tatsächlich ganz angenehm sein.

»Hm ... Aber nur, wenn du mir Rosenblätter hinzugibst«, scherze ich und muss an Rosas berühmte Rosenbäder denken, welche sie immer liebevoll für mich hergerichtet hatte.

Doch Damien runzelt nur die Stirn. »Du möchtest allein baden gehen?«, schmunzelt er frech.

Mir stockt der Atem, und augenblicklich zieht sich mein Unterleib fest zusammen. Es wäre nicht das erste Mal, dass wir gemeinsam baden würden. Ich erinnere mich nur zu gut an unser erstes Bad. Es ist ein halbes Jahr her, und ich bin erst seit wenigen Tagen wieder zurück. Mein Körper hat sich verändert. Ich würde sogar sagen, er ist wieder ganz der Alte, bevor dieser unverschämt gut aussehende Mann vor mir in mein Leben getreten war. Damit will ich nicht sagen, dass ich nicht gern eine Badewanne mit ihm teilen würde. Es ist nur schwer für mich, mein miserables Spiegelbild wieder zu Gesicht zu bekommen.

»Nein, wir baden gemeinsam.«

»Die Rosenblüten sind unter dem rechten Waschbecken.« Ich lächle Damien zu, drehe mich um und sehe mein kantiges Gesicht im runden Spiegel. Den Anblick habe ich mir tatsächlich schlimmer vorgestellt.

Das Hinknien fällt mir schwer – da ich doch noch nicht ganz so fit bin, wie ich es mir nach Monaten auf der Straße wünschen würde –, als ich den kleinen Schrank öffne, um nach den Rosenblüten zu schauen. Mit einer Berührung der Ecke, an der das Wort *push* kaum lesbar eingraviert ist, kommt mir die Tür in einer sanften Bewegung entgegen. Schließlich finde ich die Box mit den Rosenblättern in der hintersten Ecke des Schranks.

Als ich mich umdrehe, nimmt der Dampf des heißen Wassers den Raum ein, sodass ich beinahe nicht bemerke, dass Damien bereits sein Hemd ausgezogen hat. Ich muss schlucken und lenke mich mit den Rosenblüten in meiner Hand ab. Das plätschernde Wasser hallt von Wand zu Wand, und mir wird auf einmal unglaublich warm, als mich das Rot der Blätter an das Rot der Erdbeere heute Morgen erinnert. Damiens Blick dabei geht mir nicht mehr aus dem Kopf.

»Möchtest du die nun hier reintun oder nicht?«, scherzt Damien, und ich schaue unschuldig zu ihm auf. Überfordert stammle ich ein »Ja« und begebe mich auf die Badewanne zu, um die weichen Blätter über den sich aufbauschenden, himmlisch duftenden Schaum zu streuen.

»Ich liebe diesen Duft«, gebe ich zu.

Damien sucht uns Handtücher raus. »Ich weiß«, lautet seine Antwort daraufhin, gefolgt von einem Schmunzeln. »Aber hoffentlich nicht so sehr wie meinen.«

Ich hätte nicht gedacht, dass meine Wangen noch heißer glühen könnten, aber als er mich mit dem Fläschchen seines Duftes neckt, beiße ich mir auf die Innenseiten meiner Wangen.

Nachdem ich die Tüte mit den Blütenblättern beiseitegelegt habe, sehe ich im Augenwinkel, wie Damien nun auch seine Anzughose öffnet. Ich drehe mich von ihm weg, auch wenn ich für einen Moment den Drang verspüre, dies nicht zu tun.

Was sind das auf einmal für verwirrende Gedanken?

Vorsichtig öffnen meine Finger die Knöpfe meiner Bluse. Er hat mich schon einmal so gesehen, doch es ist wie ein Reflex. Einen Augenblick später fällt auch die Hose zu Boden, und ich drehe mich zögernd wieder zu ihm um, doch Damien sitzt bereits in der Wanne.

»Hey!«, scherze ich, und er zuckt lächelnd mit seinen Schultern.

»Die Farbe steht dir.« Er deutet auf den BH, und ich muss schlucken.

»Danke«, entgegne ich ihm, und meine Wangen könnten zu diesem Zeitpunkt etwas Eis vertragen. Jedoch zieht mir sein Kompliment etwas die Nervosität aus den Adern, sodass es sich auf einmal nicht mehr so befremdlich anfühlt, wieder halb nackt vor ihm zu stehen.

Damien reicht mir liebevoll seine Hand, nachdem ich mich von all meinen Klamotten befreit habe und zu ihm in die Wanne steige. Langsam lasse ich mich im angenehm warmen Wasser nieder, und unsere Hände trennen sich wieder. Die Rosenblüten und der Schaum steigen vor meiner Brust auf. Ich spiele mit den Blüten, lasse sie zwischen meine Finger gleiten. Meine Beine sind angewinkelt, sodass ich Damien nicht berühre.

»Gibt es schon Neuigkeiten wegen Sebastians Angelegenheit?«, frage ich und schaue zu ihm auf. Es ist, als hätte ich ihn aus tiefen Gedanken geholt, doch er grinst, bevor er erzählt, dass sie sehr gute Anwälte haben, die dafür sorgen werden, dass das Ganze nicht groß in der Presse thematisiert wird. Ich möchte mir gar nicht vorstellen, wie viel den Hamiltons diese Angelegenheit kosten wird, obwohl mir bewusst ist, dass sie wohl genug Geld haben, um mit Tausenden solcher Fälle umzugehen.

»Kommt so was oft vor?«

Damien zuckt mit den Schultern und meint nur, dass so eine große Firma durchaus auch ihre Nachteile haben kann.

»Warst du denn schon mal in der Klatschpresse?«

Damien lacht. »Natürlich. Mehrere Male sogar. Ganz besonders zu Hause in Boston. Es waren immer bedeutungslose Kommentare über mein Privatleben und nichts als Fake News über meine Zukunft in der Firma. Hier in London hatte ich überraschenderweise bisher recht viel Ruhe davor. Wie meine Eltern es vorhergesehen hatten.« Damien lehnt seinen Kopf ein Stück nach hinten, und schließt seine Augen mit einem tiefen Atemzug.

»Wieso interessieren die sich denn für dein Privatleben?«

Daraufhin schüttelt Damien nachdenklich seinen Kopf und richtet sich wieder auf. »Es heißt ja nicht umsonst Klatschpresse. Das meiste sind Lügen.«

Ich nicke, lasse mein Bein langsam entlang der Badewanne gleiten, bis ich Damiens spüre. Dann bemerke ich, wie sich sein Gesichtsausdruck verändert. Es ist eine Mischung aus Anspannung und Sprachlosigkeit, und ich ziehe mein Bein im selben Moment wieder zurück.

Stille breitet sich aus. Ich sehe mich im Spiegel hinter Damiens Kopf und versuche, mich auf etwas anderes zu konzentrieren. Doch meine knallroten Wangen im Spiegel betrachten zu müssen, hilft mir nicht wirklich dabei, mich abzulenken, also beschließe ich etwas Kühnes, was ich niemals von mir gedacht hätte.

Ich drehe mich in der Wanne, sodass ich mit dem Rücken zum Spiegel bin und nähere mich vorsichtig Damien an. Als seine Knie an meiner Hüfte entlanggleiten, läuft mir ein angenehmer, aber nervöser Schauer die Wirbelsäule entlang. Dann umschließen mich seine Oberschenkel. Damien erstarrt vollkommen und gibt keinen Ton von sich.

Ich blicke auf unsere Hände am Badewannenrand. Ich öffne seine Hand, sodass ich meine hineinlegen kann.

Daraufhin spüre ich seine andere Hand an meiner Schulter, als er langsam wieder auftaut. Ich folge ihrer Bewegung und lehne mich zurück gegen Damiens Brust.

Mit geschlossenen Augen nehme ich Damiens Kuss auf meinen Hinterkopf wahr.

Hier und nur hier könnte ich ewig verweilen.

Kapitel 24

»Meine Bluse steht dir gut.« Rosas feste Umarmung fühlt sich gut an. »Ich bin echt froh, dass ich noch ein paar flotte Klamotten bei Daisy hatte.«

»Ihr habt euch also ausgesprochen?«, frage ich neugierig, als wir in den Fahrstuhl steigen und Rosa den Knopf zur Tiefgarage drückt.

Sie nickt zufrieden lächelnd.

»Puh, das erleichtert mich«, gebe ich zu und stoße die Luft aus.

»Ja, wir konnten alles klären, aber wie ich sehe, scheint es zwischen Mr Hamilton und dir ja auch wieder glattzulaufen? Rieche ich da etwa eine zweite Chance für die junge Liebe?«

Ich spüre, wie sich meine Wangen röten, als sie mich an Damien erinnert und ich ihr ebenfalls mit einem zufriedenen Lächeln antworte. »Na, immerhin konnte er sich wieder benehmen. Ich bin aber immer noch wütend auf ihn, dass er nicht wollte, dass wir uns sehen würden.«

Das Rot ihrer Lippen bildet eine schmale Linie, und abermals kommt mir das Bild der Erdbeere in den Kopf. Doch schnell schüttle ich den Gedanken wieder ab. Ich muss einen klaren Kopf bewahren.

»Ich denke ... manchmal, da steigt ihm sein Ego etwas zu Kopf.« Ich verrate ihr so viel, dass sie zumindest versteht, warum Damien so gehandelt hat, aber auch nur so wenig, dass ich nicht seine gesamte Familiensituation verraten muss.

Rosa nickt mehrere Male zustimmend und schnalzt mit der Zunge. »Das will ich mal hoffen, sonst bekommt er wirklich noch ein Problem mit mir.« Sie zwinkert mich an, und ich muss kichern. »Na ja, heute ist Mädelstag!«, jubelt Rosa, und ihre laute Stimme hallt durch die Tiefgarage, sodass mich der schrille Ton kurz erschreckt. Beeindruckt hebe ich meine Augenbrauen und steuere ihrer guten Laune ein amüsiertes Grinsen bei. Während wir den Fahrstuhl verlassen und zu ihrem *Audi* gehen, folge ich ihr still. »Heute wird geshoppt, bis wir tot umfallen!«

Ich steige in den Kleinwagen ein und schrecke abermals zusammen, als mich vom Rücksitz eine Hand an der Schulter berührt. »Hab ich was von Mädelstag gehört?«, kreischt eine weitere, hellere Stimme, bevor ich sie Daisy zuordnen kann.

»Oh, habe ich das etwa vergessen zu erwähnen?«, schmunzelt Rosa, nachdem auch sie im Auto sitzt. Ich nicke hektisch. Dabei weiß ich, dass sie es mir nicht verraten wollte, weil es wohl eine Überraschung werden sollte.

»Mr Hamilton gibt uns allen die Ballkleider für Samstag aus, ist das nicht der Wahnsinn?«

Ich hebe wieder erstaunt meine Augenbrauen.

Damien schenkt Daisy und Rosa ihre Ballkleider? Ein prickelndes Kribbeln läuft über meine Haut, und ich spüre, wie mein Herz auf sich aufmerksam macht – obwohl ich mir nicht sicher bin, ob es noch von dem Schock oder von dem Gedanken an Damien kommt.

Während Rosa ihrer Freundin erklärt, dass wir erst einmal Klamotten für mich kaufen müssen, nehme ich einen tiefen Atemzug und schließe meine Augen.

Dieser Tag ist ein einziger wilder Traum.

»Erde an Birdie?«

Ich schrecke aus meinen Gedanken auf, als wir uns bereits auf der Straße befinden und Rosa meinen Namen mehrfach ruft. Dann lacht sie. »Na, hat da jemand von einem gewissen Mr Hamilton geträumt?«, sagt sie mit verführerischer Stimme und kichert. »Komm, wohin möchtest du gern fahren?«, lautet schließlich ihre Frage.

Ich überlege für einen Moment, und alles, was mir einfällt, ist der Primark in der Oxford Street, woraufhin ich einen schockierten Blick von Rosa einfange.

»Das geht nicht, Liebes.« Ihre Stimme ist sanft, aber die Verwirrung ist nicht zu überhören. »Allein schon wegen Mr Hamiltons Mutter. Sie wird dich nicht mal mit dem Hintern angucken, wenn du was von Primark anhast.«

Meine Hände formen sich zu kleinen Fäusten, als ich daran denke, wie Mrs Hamilton sich zu Rosas Bluse geäußert hatte.

Eigentlich ist es mir egal, was sie von meiner Kleidung hält, und es sollte auch nicht anders sein ... aber ich denke, ich werde auf Rosa hören und ihr vertrauen.

»Was schlägst du dann vor?«, frage ich und zucke mit den Schultern.

Rosa grinst und sagt mir, ich solle mal in ihre Handtasche schauen. Vorsichtig nehme ich die kleine, schwarze Umhängetasche in meine Hände und öffne den Reißverschluss. »Nein, die vordere Tasche, da ist mein Portemonnaie drin.«

Ich nicke.

Schließlich finde ich eine schwarze Karte darin. *Damien Maximilian Hamilton* steht in Silber auf dem Hartplastik. Wenn man mit den Fingern über die Schrift geht, spürt man jeden einzelnen Buchstaben. Der erste Gedanke, der mir durch den Kopf schießt, ist: *Damien hat einen Mittelnamen?* Und dann frage ich mich, warum Rosa seine Kreditkarte in ihrem Geldbeutel hat. *Hatte Damien denn kein Bargeld? Er wird die Karte doch sicherlich selbst brauchen, oder nicht?*

»Mr Hamilton hat mir gesagt, wir können uns Kleider aussuchen, ohne auf den Preis achten zu müssen. Glaub mir, das ist auch ein erstes Mal für Daisy und mich.« Rosa ist so begeistert, wie ich sie noch nie zuvor gesehen habe. »Wir können überall schauen. *Gucci, Prada, Armani, Calvin Klein* ... einfach überall.« All diese Namen sagen mir nichts, bis auf *Gucci,* da ich nun weiß, dass Damiens Parfüm daher stammt. Aber ich finde es dennoch amüsant, wie Rosa so begeistert ist, dass sie voller Freude mehrmals mit ihrer Handfläche auf die Autohupe haut. »Und natürlich müssen wir mal schauen, wo wir uns nach Kleidung für dich umschauen.«

Ich nicke, und Rosa schmeißt das Radio an, woraufhin die Sitze wortwörtlich zu beben beginnen. Die Mädels beginnen mitzusingen, aber ich kenne den Text nicht. Es kostet mich schon einiges an Überwindung, mit dem Oberkörper von einer zur anderen Seite zu wippen, während meine Finger zu schwitzen beginnen. So etwas habe ich noch nie gemacht, aber ich bin froh, dass mich auch niemand zu irgendetwas zwingt. Im Gegenteil, ich finde sogar langsam Gefallen daran, meinen Körper zum Takt zu bewegen und mir entwischt zum ersten Mal ein ungezügeltes, lautes Kichern, welches inmitten der Musik kaum wahrzunehmen ist. Doch ich höre es und spüre es am ganzen Körper.

Und ich genieße es.

In der überwältigenden Shoppingmall betreten wir den Laden namens *Gucci,* den Rosa vorhin im Auto erwähnt hat. Der Wachmann macht uns die Türen von innen auf, als Rosa ihm die schwarze Karte mit Damiens Namen drauf durch die Scheibe präsentiert. Wo auch immer man seine Augen hinwandern lässt, findet man garantiert etwas Goldenes oder einen Blumenprint. Der Laden ist bis auf Klamotten und Mitarbeiter leer. Im Gegensatz zu *Primark* ist hier quasi ... tote Hose. Ein großer Mann mit einem wunderschönen und ebenmäßigen dunklen Hautton begrüßt uns höflich, bevor er uns fragt, nach was wir suchen. Rosa erklärt ihm, dass wir drei Kleider für eine Benefizveranstaltung suchen, und der Mann scheint sofort zu wissen, von welcher Veranstaltung wir reden.

Ich schaue mich um, während der Mitarbeiter uns zu verschiedenen Kleidern führt, die er uns vorstellen möchte. Über den Preis wird nicht geredet, aber ich bin mir sicher, dass ich den auch gar nicht wissen möchte. Vielmehr interessiert mich, ob sie hier auch ein paar ihrer himmlischen Parfüme ausgestellt haben. Bisher konnte ich sie jedoch nicht mit meinen Adleraugen erspähen.

Daisy findet ein schwarzes, wie Rosa es nennt, *Jersey-Stretch-Kleid* mit blauer, roter und weißer Schleife sowie Webstreifen an der Taille und den Rüschenärmeln. Rosa und ich sind noch nicht fündig geworden, und um ehrlich zu sein, gefallen mir die Klamotten in diesem Geschäft nicht wirklich. Von dem wahrscheinlich sündhaft teuren Preis mal abgesehen, denke ich, dass mir keines dieser Kleider stehen würde. Als wir bereits auf dem Weg zur Kasse sind, um Daisys Kleid mit Damiens Kreditkarte zu bezahlen, bleibt Rosa plötzlich stehen.

»Wow …«, stammelt sie und geht schnurstracks auf einen weißen Anzug mit schwarzen Streifen am Kragen zu. Als mir die weiteren Details ins Auge fallen, muss auch ich staunen. Dieser Anzug ist wie für Rosa gemacht. Eine goldene Rose ziert jede Seite des Kragens.

»Den musst du anprobieren«, sage ich ihr, woraufhin wir uns direkt in die Umkleide begeben.

Rosa gibt Daisy einen flüchtigen Kuss, bevor sie hinter dem Vorhang verschwindet.

»Es freut mich, euch so glücklich zu sehen«, gebe ich flüsternd zu. Daisys Augen funkeln, als sie mich ansieht und mit »Ich bin auch froh, dass alles wieder so gut läuft« antwortet. Dann fragt sie mich, wie es zwischen mir und Damien ist, und ich erzähle ihr, dass wir uns ausgesprochen haben und ich ihm eine zweite Chance gegeben habe. Jedoch achte ich darauf, nicht allzu laut zu sprechen, weil es mir unangenehm wäre, wenn einer der Mitarbeiter und Mitarbeiterinnen private Details erfahren würde. Schließlich meinte Damien ja bereits, dass es die Presse diesbezüglich immer mal gern auf ihn abgesehen hat.

»Hat dir Rosa eigentlich erzählt, dass der Kellner aus der Bar vor einem halben Jahr sein kleiner Bruder ist?«, frage ich sie und schlage meine Beine übereinander, etwas, was ich sonst nie tun würde, aber als ich mich im Spiegel ansehe, gefällt mir, wie elegant meine Beine durch diese Position wirken. Ich sehe richtig vornehm aus, obwohl es nach einiger Zeit ein wenig unangenehm ist.

»Ja, Rosa hatte mir davon erzählt, ich war genauso baff wie ihr. Ich habe Mr Hamilton noch nicht allzu oft zu Gesicht bekommen, aber da die beiden viel Ähnlichkeit miteinander haben, hätte ich ihn eigentlich sofort erkennen müssen«, gibt Daisy zu, und ich stimme ihr mit einem Nicken zu. Es gibt wirklich keinerlei Zweifel, dass Sebastian und Damien dieselben Gene teilen.

Mit einem Mal öffnet sich der Samtvorhang wieder, und meine Kinnlade fällt herunter, während ich Rosa in aller Pracht betrachte. Als ich schockiert zu Daisy blicke, sehe ich, wie sie ihre Freundin mit offen stehendem Mund bewundert und völlig sprachlos wirkt.

»Einfach nur ... wow«, stammelt sie und springt von ihrem Platz auf. Ich klatsche in die Hände und ernte ein paar eigenartige Blicke von dem Mitarbeiter, der uns bis eben bedient hat und die ganze Zeit am Ende des Ganges stand, ohne dass ich ihn bemerkt habe.

»Ich denke, meine Entscheidung ist gefallen!«, kreischt sie, und ich bin froh, dass wir die einzigen Kundinnen im Geschäft sind. Dann schaut sie mich an. »Jetzt müssen wir nur noch etwas für dich finden, Birdie!«

Kapitel 25

Mit den Händen voller Tüten aus verschiedenen Läden betreten Rosa, Daisy und ich Damiens Apartment. Rosa geht in Richtung des Flurs, der zu Damiens Schlafzimmer führt. Ich schaue ihr mit verwundertem Blick hinterher.

»Sollten wir die Sachen nicht lieber ins Gästezimmer bringen?«, frage ich und beobachte auch, wie Daisy zögernd stehen bleibt. Rosa hingegen lässt sich nicht davon abbringen, während ihre Stimme durch das Apartment hallt und sie erklärt, dass Mr Hamilton es ihr so befohlen habe, womit sie Daisy überzeugt, ihr zu folgen.

Ich bleibe jedoch stehen, stelle meine Tüten ab und überlege für einen Moment, bis mir einfällt, dass Sebastian momentan ja im Gästezimmer unterkommt. Wenn Damien jedoch meine Kleidung bei sich im Schlafzimmer unterbringen möchte, dann wird er mein Kleid sehen, und ich wollte ihn doch damit am Samstag überraschen.

Entschlossen sortiere ich die Tüten so, dass die, die mein Outfit für Samstag enthalten, auf der ersten Stufe der Marmortreppe des Wohnzimmers stehen, und die mit den Alltagsklamotten auf der zweiten. Dann nehme ich mir die drei wichtigen Tüten heraus und verstaue sie im Gästezimmer, als ich mir sicher bin, dass Sebastian nicht da ist. Damien hatte mir erzählt, sein kleiner Bruder sei heute bei seinen Eltern für einen Termin mit den Anwälten.

Ich bin so unendlich froh, dass wir das Kleid noch gefunden haben, und auch wenn er meinte, dass es ihm nicht gefallen müsse, hoffe ich, dass es genau dies tun wird.

Als ich wieder aus dem Gästezimmer komme, sind Daisy und Rosa noch nicht wieder zurück, also beschließe ich, ihnen hinterherzugehen, um die restlichen Tüten, bis auf die mit den Törtchen, welche Daisy für uns ausgesucht hatte, zu bringen.

In meinen Füßen hat sich ein stechender Schmerz ausgebreitet, der mich ab und zu dazu zwingt, mir auf die Lippe zu beißen, um ihn in eine andere Richtung zu lenken. Es war ein langer Tag, und gegen Shoppengehen ist der Weg vom Vauxhall Park zum Betteln in der Oxford Street ja ein Katzensprung. Dennoch war es heute viel anstrengender als erwartet. Anstrengend, aber schön. *Wie sagt Rosa immer? Wer schön sein will, muss leiden?*

Im Flur zum Schlafzimmer sehe ich meine Tüten an der Treppe stehen. Kurz schaue ich mich um, bevor ich bemerke, wie Rosa und Daisy am Ende des Ganges zu Rosas Zimmer gehen. Der Klempner war heute Morgen da und hat den Wasserschaden behoben. Ihr Zimmer ist also endlich wieder betretbar. Der schmale Türspalt aus dieser Entfernung lässt mich gerade noch Daisys Haarschopf erkennen, dann schaue ich unmittelbar weg und lasse mich inmitten meiner Tüten auf der Treppe nieder.

In der Ferne erkenne ich, wie sich die beiden auf dem Bett niederlassen und Daisy sich rittlings auf Rosas

Schoß setzt, um innig mit ihr zu küssen. Rosas Hände verschwinden dabei in Daisys langen Haaren, und Daisy fährt mit ihren Fingern über Rosas Schlüsselbein bis hin zu ihrem Ausschnitt. Augenblicklich wende ich meinen Blick ab.

Ich frage mich, wie es sich wohl anfühlen mag, jemanden so sehr zu lieben, dass man ihm seinen Körper anvertraut. Obwohl Damien mich schon komplett nackt gesehen hat, wir beide gemeinsam in einer Badewanne saßen und in einem Bett geschlafen haben, bin ich mir nicht sicher, ob ich so intim mit ihm werden könnte. Der Gedanke daran löst jedoch wieder dieses Gefühl in meinem Bauch aus, und ich schlucke fest.

Ob er schon jemals daran gedacht hat?

Mir geht das Kompliment über den BH, welches er mir gemacht hat, nicht mehr aus dem Kopf. Genauso wenig wie sein Blick, als er die Erdbeere aus meiner Hand vernascht hat. Ich versuche, mich auf meine Klamotten zu fokussieren und freue mich darauf, die Bluse zu tragen, die mir Rosa ausgesucht hat. Sie ist weiß und aus Seide, mit vielen kleinen dunkelblauen Vögeln drauf. Rosa scheint es zu lieben, den Namen zum Programm zu machen, und um ehrlich zu sein, finde ich das so sympathisch an ihr. Es ist wie ein ganz persönliches Markenzeichen, was ich mit ihr verbinde. Auch Daisy hat sie heute eine neue Handyhülle mit vielen kleinen Gänseblümchen drauf geschenkt. Wenn ich mal selbst so ein Gerät haben sollte, würde ich mir wahrscheinlich eine hellblaue Hülle zulegen, die mich an den strahlend blauen Sommerhimmel erinnert, von dem wir diesen Sommer noch nicht allzu viel gesehen haben.

Damien hat tatsächlich einen Teil seines Kleiderschranks freigeräumt für meine neuen Klamotten. Das sehe ich erst, als ich mich drehe, um das Zimmer zu verlassen, und mir die offene Schranktür auffällt. Mir kribbelt es wieder im Bauch, als mir bewusst wird, dass das alles kein Traum ist.

Rosa bestand darauf, dass ich mir BHs kaufe, und obwohl ich lieber mehr von den bequemen Sport-BHs mitgenommen hätte, überzeugte sie mich schließlich davon, dass auch mindestens zwei Modelle mit Spitze dabei sein müssen – ein schwarzer und natürlich ein hellblauer, meine Lieblingsfarbe.

Ich sortiere sie in eine der drei schmalen Schubladen. In den restlichen verstaue ich meine Unterhosen und Strümpfe. Wir haben sogar Jeanshosen gefunden, die mir passen und ausnahmsweise mal nicht zu locker an den Beinen sind. Es hat mich zwar viel Überwindung gekostet, mich im Spiegel zu betrachten, aber Daisy und Rosa meinten, ich sehe umwerfend darin aus, also habe ich ihnen geglaubt und mich überreden lassen.

Nach einer halben Stunde bin ich fertig. Ich sitze am Ende von Damiens Bett, und in dem Moment, wo ich mir all das anschaue, was er mir einfach so geschenkt hat, erinnere ich mich an all die Zahlen, die ich heute gehört habe, und sie regnen auf mich nieder, als wollten sie mich ertrinken lassen. Mit der unendlichen Freude kommt aber auch das Gefühl der erdrückenden Last.

»Birdie!«, höre ich Daisys Stimme zum richtigen Zeitpunkt sagen, bevor ich mich wieder in zu komplizierte Gedanken verkrochen hätte. Kurz darauf sehe ich zwei Gestalten die Treppe hocheilen. »Ist alles in Ordnung?« Sie setzen sich links und rechts neben mir nieder. Erst dann fällt mir auf, dass ich ein, vielleicht sogar zwei Tränen vergossen habe. Eine Träne ist definitiv aus Freude entstanden. Bei den anderen bin ich mir nicht so ganz sicher.

»Was ist denn los?«

Ich schüttle den Kopf. Ich habe keine Ahnung, was auf einmal mit mir los ist. Immer wenn ich daran erinnert werde, was Damien, Rosa und sogar Daisy für mich getan haben, kann ich nichts dagegen machen, als mich wie ein Hindernis in ihrem Leben zu fühlen. Dieses Gefühl kommt genau in dem Moment, wo es mir das Glücksgefühl, was ich verspürt habe, ruiniert. Immer und immer wieder.

»Ihr macht alle so viel für mich. Aber ... ohne mich ... Da wäre doch alles viel einfacher für euch?«

Die Wirkung meiner Worte wird mir erst dann bewusst, als Rosa und Daisy sich schweigend ansehen. Kurze Zeit später legen sie ihre Arme um mich.

»Sag so was nicht, Birdie.« Rosa greift nach meiner Hand und hält sie einfach nur fest. »Wir sind so froh, dich kennengelernt zu haben. Du bedeutest uns so viel. Du bedeutest Mr Hamilton so viel. Schau doch nur, was er alles für dich tut. Du musst einen großen Platz in seinem Herzen eingenommen haben, dass er sich so sehr um dein Wohlergehen kümmert.« Sie führt den Satz fort, indem sie mir erklärt, dass ich ein Geschenk für ihn gewesen sein muss, da er sich so verändert hat, seitdem ich aufgetaucht bin, und ich muss schlucken. Der Kloß in meinem Hals wird kleiner, obwohl ich immer noch am Schluchzen bin. »Wir wissen, dass du schwere Kämpfe durchgemacht hast und immer noch mitten auf diesem Schlachtfeld stehst. Aber du sollst wissen, dass du nun uns neben dir hast, und wir lieben es, für jemanden zu kämpfen, der uns wichtig ist. So ist das in der Freundschaft, so ist das in der Liebe.« Ich schaue zu Rosa auf. Ihre Worte wirken wie Medizin. »Du würdest uns doch genauso beistehen und helfen, hab ich recht?« Ich nicke. Natürlich würde ich das. »Genauso auch für Mr Hamilton.«

Ich blinzle und beiße auf meine Unterlippe.

Ja. Das würde ich.

Kapitel 26

Daisy und Rosa geben mir einen Kuss auf die Wange, als sie sich, nachdem wir Kuchen gegessen haben, von mir verabschieden. Rosa hat mir erzählt, dass sie sich um Stylisten – einen Make-up-Artist und einen Friseur – gekümmert habe, die morgen an uns testen würden, wie sie uns am Samstag zurechtmachen. Und sie hat mir geschworen, Damien nichts von meinem Kleid zu erzählen. Er ist mittlerweile wieder von der Arbeit zurück.

Ich starre auf das Sahnehäubchen, welches noch von meinem Törtchen übrig geblieben ist und von einer halben Erdbeere verziert wird. Mir läuft das Wasser im Mund zusammen, und ich schaue zu Damien hinüber, der auf der Couch sitzt und noch in eine Dokumentation vertieft ist. Es sieht ganz danach aus, dass er nicht einmal bemerkt hat, dass die Mädels bereits vor einigen Minuten gegangen sind.

Währenddessen wandert mein Blick zwischen ihm und der Erdbeere hin und her. Schließlich nehme ich sie vorsichtig zwischen Daumen und Zeigefinger und halte sie mir vor Augen, bevor ich diese schließe und die Erdbeere vorsichtig in meinem Mund verschwinden lasse. Die Süße der Frucht prickelt auf meiner Zunge, und ich kann nicht anders, als dabei an Damien zu denken. Wieder zieht sich mein Unterleib aufgeregt zusammen. Ich kenne dieses Gefühl noch nicht sehr gut, aber es ist aufregend und macht mich nun schon seit jenem Morgen, an dem er die Erdbeere aus meiner Hand vernascht hat, ziemlich neugierig.

Vorhin hätte ich beinahe Daisy und Rosa um Rat gebeten, doch dann hörte ich das Klingeln der Fahrstuhltüren, und ich habe es lieber sein lassen. Vielleicht hätten sie mir erklären können, warum ich dieses Gefühl verspüre und was genau es zu bedeuten hat.

Als ich meine Augen wieder öffne, stürmt Sebastian ins Apartment und bedient sich wenige Sekunden später an der Sahne auf meinem Teller. Ich beobachte Damien, der nun endlich bemerkt hat, dass die Mädels weg sind. Er setzt sich neben mich, und ich spüre Damiens rechtes Bein an meinem linken Knie. Doch Damien scheint schon seit dem Moment, wo er sein Apartment betreten hat, ein wenig anders als sonst. Aufmerksam beobachte ich, wie er seelenruhig einen Schluck aus seinem Weinglas nimmt. Die meiste Zeit ist er still, nur das Bein an meinem Knie bewegt sich nervös hin und her. Ich wende meinen Blick von ihm ab.

»Die waren wirklich lecker. Hat Daisy gut ausgesucht«, schmatzt Sebastian mit vollem Mund, während er auch noch das Törtchen, das für Damien bestimmt war, verschlingt, und ich muss kichernd nicken.

»War es denn schön heute?« Damien ignoriert seinen kleinen Bruder. »Hast du ein Kleid gefunden?«

Ich muss zweimal schlucken, als mir eines der gelben Körnchen der Erdbeere im Hals stecken bleibt und ich schnell etwas trinke.

»Mhm«, murmle ich. Es soll eine Überraschung bleiben, aber ich kann mir schon denken, worauf er hinausmöchte. »Wir waren tatsächlich den ganzen Tag unterwegs. Ich kann den Muskelkater in meinen Beinen schon spüren und werde wahrscheinlich sehr gut schlafen können. Aber zumindest haben wir alle etwas finden können.«

»Welcher Designer?«

Zwischen seiner Frage und meiner Antwort herrscht eine lange Stille, bis auch Sebastian erwartungsvoll zu mir aufschaut.

»Sherri Hill.« Das ist alles, was ich ihm verraten werde. Ich habe mir geschworen, das mit der Überraschung durchzuziehen. Damien nickt, und als ich mich traue, ihn ein weiteres Mal anzusehen, macht es den Anschein, dass er verstanden hat, dass ich nicht über das Kleid reden möchte, und der Ausdruck in seinen Augen löst spontane Schuldgefühle in mir aus. Auf einmal fühle ich mich schlecht, dass ich ihm nicht mehr dazu sagen kann. »Du wirst es ja am Samstag sehen«, sage ich schnell und schenke ihm ein verspieltes Zwinkern. Er soll auf gar keinen Fall denken, dass ich ihm nicht dankbar dafür bin, dass er mir dieses wundervolle Geschenk gemacht hat. »Danke noch mal, auch dass du Daisy und Rosa die Outfits schenkst.« Ich lege meine Hand auf seine, doch seine Finger liegen nach wie vor auf dem Fuß des Weinglases.

Damien erwidert mein Lächeln, und ich streiche über seinen Handrücken.

»Und was ist mit meinem Anzug?«, fragt Sebastian mit aufgesetzter, dramatischer Enttäuschung. Er hat endlich keinen vollen Mund mehr, und stattdessen schiebt er sich einen Kaugummi zwischen die Zähne.

»Wow«, lache ich und muss ununterbrochen blinzeln. Das ist mal ... *intensiv.*

»Das ist die Magie des Kaugummis. Es lässt alle Mädels in meinem Umfeld vor Begeisterung weinen.« Sebastians verschmitztes Lachen ist ansteckend. Nur Damien scheint nicht nach Lachen zumute zu sein.

»Also habt ihr deine Kleidung in dem freien Schrankabteil im Schlafzimmer untergebracht? Das hatte ich Rosa so gesagt.«

Ich nicke als Bestätigung auf seine Frage, doch dann merke ich, was er plant, und auch Sebastian versteht Damiens Gedanken auf Anhieb.

»Big Bro, verstehst du denn nicht, dass Birdie dich am Samstag überraschen will? Das habe sogar ich begriffen. Lass doch mal locker.« Damien rollt mit den Augen, als sein kleiner Bruder den Nagel auf den Kopf trifft. *O ja, ich mag Sebastian.*

Leise hauche ich ein *Danke* in die Luft. Er zwinkert mir frech zu, bevor der Tisch unter meinen Ellenbogen vibriert und Sebastian aufsteht, um im Gästezimmer zu verschwinden.

»Hattest du keinen Hunger?«, frage ich Damien schließlich besorgt. Ich stehe von meinem Platz auf und stelle mich hinter seinen Stuhl.

»Habe gerade erst in der Firma etwas gegessen.«

»Ach so, daran habe ich nicht gedacht.«

»Ich bin nicht so ein Staubsauger wie mein kleiner Bruder, wenn es ums Essen geht. Besonders wenn es um Süßes geht. Abends vertrage ich das nicht so gut wie er.«

»Er ist ja auch noch jung.«

Damien dreht sich entsetzt zu mir um, und ich muss kichern, woraufhin er mich nach einem Augenrollen flüchtig anlächelt.

Ich lege beide Arme über seine Schultern und streiche über das Hemd, durch das ich die Muskeln unter seiner Haut spüren kann. Es überrascht mich, dass ich mich das einfach so traue. »Ich habe mir heute eine Bluse gekauft – also, *du* hast mir heute eine Bluse gekauft, und Rosa, weil sie sie entdeckt hat. Ich kann es kaum erwarten, sie zu tragen. Es ist eine weiße Satinbluse mit Vögeln drauf«, verrate ich ihm stolz.

Seine Hand greift nach meiner, als er sanft meinen Zeigefinger streichelt. Dann küsst er meinen Handrücken. »Ich würde alles für dich tun, Birdie«, sagt er mir. »Und ich bin überzeugt davon, dass du sowohl in deiner Bluse als auch in deinem Kleid am Samstag wundervoll aussehen wirst.«

Seine Worte umarmen mich mit ihrer tiefen Wärme. Ich gebe ihm einen Kuss auf den Kopf, und als sein Handy auf dem Tisch aufleuchtet, bemerke ich die Uhrzeit.

»O verdammt, so spät ist es schon?« Rosa meinte, die Stylisten kommen morgen früh um acht Uhr. Nun ist es fast Mitternacht. Damien schlägt vor, dass ich mich in seinem Badezimmer für das Bett fertig mache, und ich nehme das Angebot an. Das kommt mir ganz gelegen, da ja nun meine Klamotten in seinem Schlafzimmer untergebracht sind.

»Ich gehe dann duschen. Musst du noch duschen … heute?«, frage ich ihn zögerlich und hoffe, dass er meine Anspielung versteht. Ich kann nicht anders, als an das zwischen Rosa und Daisy vorhin zu denken. Sie haben sich zwar nur leidenschaftlich geküsst und überall angefasst, doch tief in mir bin ich neugierig, ob das zwischen Damien und mir genauso sein würde.

Aber Damien rührt sich nicht, stattdessen sagt er mir, er würde erst sein Glas Wein austrinken und noch etwas Geschäftliches am Telefon klären und dann später nachkommen.

Wahrscheinlich geht es um einen Anruf mit dem Anwalt in den Staaten, wegen der ganzen Sache mit seiner

Schwester. Ich gebe ihm einen Kuss auf die Schläfe und entferne mich von ihm, um zu seinem Bad zu gehen. Aber als ich am Ende des Flurs zurücksehe, beobachte ich, wie er bei Sebastian im Gästezimmer verschwindet. Ich verharre kurz und denke für einen Moment darüber nach, ob ich mir Sorgen machen sollte.

Im Bad drehe ich die Dusche auf. Während das Plätschern des Wassers zu hören ist, suche ich in meinem Schrankabteil nach den Schlafanzügen. Da es aber noch sehr warm ist, entscheide ich mich für ein leichtes Seidenhemd mit Spaghettiträgern. Ich werde den BH los und lege ihn über das Ende des Bettes. Alles andere landet direkt in der Wäschetonne, die Rosa neben die Tür gestellt hat.

Im Bad umhüllt der Dampf des heißen Wassers meine nackte Haut. Ich hätte es nicht zu warm stellen sollen, da es eigentlich viel zu warm ist für eine heiße Dusche. Ein Teil von mir wünscht sich, dass Damien in diesem Moment bei mir wäre. Aber ich weiß auch, dass ich es wahrscheinlich ein wenig überstürze. Nur weil Rosa und Daisy es tun, heißt es ja nicht, dass auch Damien und ich nun so weit gehen müssen. Vor allem, weil er bisher noch nie wirklich den Versuch gewagt hat und ich mich so gar nicht damit auskenne.

Ich entdecke eine zweite Duschgelflasche. Sie steht neben Damiens dunkelbrauner Verpackung und ist silbern. Vorsichtig drehe ich sie mit meinen nassen Fingern auf und schäume meinen Körper damit ein. Dann nehme ich das Haarshampoo aus der anderen Ecke, welches Damien und ich uns wohl teilen, und gebe eine gute Menge davon in mein Haar. Ich frage mich, was die Stylisten morgen mit meinen Haaren zaubern werden. Der Schaum gleitet vermischt mit dem warmen Wasser meinen Körper hinunter, und in diesem Moment geht mir abermals der Moment durch den Kopf, in dem Damiens Knie in der Wanne an meinen Hüften entlangglitten.

Ich habe keine Ahnung von Beziehungen. Vielleicht wäre es für eine erfahrene Freundin total eindeutig, dass er bereits Anspielungen diesbezüglich gemacht hätte. Vielleicht ist das aber auch gar nicht der Fall, und ich bin diejenige, die seit seinem eindringlichen Blick an nichts anderes mehr denken kann?

Beim Abtrocknen fällt mir auf, dass Rosa mir wohl eine neue Zahnbürste hingelegt hat. Ich stelle mich also eingewickelt in das Handtuch vor den Spiegel und putze mir die Zähne, etwas, an das ich mich noch gewöhnen muss. Ich habe mir auf Bahnhofstoiletten, auf Parkbänken mit einem Pappbecher oder an einem Fluss die Zähne geputzt. Zahnpasta hielt bei mir mehrere Monate, was ein großer Vorteil war, da ich sie dann nicht so oft nachkaufen musste. Ich erinnere mich noch gut daran, wie viel ich auf Lucas einreden musste, dass er sich ja die Zähne ordentlich putzt.

Mich im Spiegelbild zu sehen ist nach einem Tag voller Ganzkörper-Spiegel auf einmal kein großes Problem mehr für mich. Der Anblick ist zwar immer noch nicht das, was ich mir wünschen würde, aber ich bin langsam damit vertraut, dass ich nun mal nicht perfekt bin. *Ich bin einfach ich,* denke ich. Plötzlich muss ich grinsen – einfach so. Vielleicht ist es auch einfach nur die Erleichterung, dass ich gar nicht erst auf die Idee gekommen war, ein Handtuch über den Spiegel zu hängen. Ich sehe doch tatsächlich einen Fortschritt.

Nach dem Zähneputzen wickle ich das Handtuch von meinem Körper um meine Haare, bevor ich in das Nachthemd schlüpfe und ins Schlafzimmer zurückkehre. Damien liegt auf seiner Seite des Bettes, und ich erschrecke mich so sehr, da ich damit nicht gerechnet hatte, dass mir das Handtuch auf einmal halb im Gesicht hängt. Während ich es wieder an Ort und Stelle richte, fällt mein Blick auf den BH.

Alles in diesem Zimmer wirkt so still und ordentlich, nur der BH sorgt für Aufsehen, und auch Damien muss ihn zumindest für eine kurze Zeit angesehen haben. Ich gehe um das Bett, nehme das Kleidungsstück und tue es in die Schublade zu den anderen BHs.

»Ich habe auch daran gedacht, von denen hier mehr zu holen«, sage ich mit dem Rücken zu ihm, damit er mein Erröten nicht sehen kann, und beiße mir auf die Unterlippe.

»Hast du das?«, fragt er mich, und ich höre zuerst sein Schmunzeln in der Stimme, dann, wie er die Position im Bett verändert. Als ich mich umdrehe, liegt er auf der Seite, seinen Kopf auf den rechten Arm gestützt. Ich bewege meinen Kopf langsam, aber entschlossen auf und ab. »Dann kann ich mich ja wirklich glücklich schätzen.« Das Beißen auf meine Unterlippe verwandelt sich in ein verschmitztes Lächeln. »Wenn der richtige Zeitpunkt gekommen ist«, führt er fort, und mein Lächeln verschwindet auf Anhieb. Und auch wenn ich zugeben muss, dass ich auf eine andere Antwort von ihm gehofft hatte, kann ich mir nichts vormachen. »Hey, was ist denn?« Damien setzt sich besorgt auf.

Ich schüttle den Kopf. »Nichts. Du hast einfach nur recht.« Ich setze mich auf meine Seite des Bettes und lehne mich zu ihm, um ihn zu küssen. Die Freude auf sein Bett, versüßt mir schon genug den Abend. Nichts ist mit dieser weichen Matratze zu vergleichen. »Außerdem muss ich morgen früh raus, und ich habe gehört, dass so etwas ganz schön anstrengend sein kann.« Bevor ich meine Worte filtern kann, habe ich meine Gedanken frei ausgesprochen. Es ist mir so unglaublich peinlich, dass ich meine Hände auf den Mund presse. Doch Damien lacht nur.

»Ja, das mag sein.« Dann wird seine Stimme wieder sanfter. »Der richtige Zeitpunkt wird kommen«, verspricht er mir und streicht mir mit der Hand eine nasse Strähne aus dem Gesicht. »Und du hoffentlich auch.« Das freche Zwinkern verwirrt mich. Doch als ich ahne, was er damit ausdrücken will, verzieht sich sein Grinsen schon in ein liebevolles Lächeln. »Erst einmal ist Samstag die Benefizveranstaltung.«

»Apropos, was für eine Veranstaltung ist das nun eigentlich? Also an welches Obdachlosenheim genau?«, möchte ich wissen, auch wenn es eigentlich zum Teil der verzweifelte Versuch ist, das Thema zu wechseln. Als er meine Scham erbarmungslos auslacht, kneife ich ihn sanft in den Oberarm.

»Das wirst du am Samstag erfahren«, haucht er mit seiner tiefen Stimme.

»Dann erwarten uns beide am Samstag wohl einige Überraschungen.« Mein aufgeregtes Lächeln lässt ihn verzweifelt nach Luft schnappen.

»Das werden die zwei längsten Nächte meines Lebens«, seufzt Damien, bevor er vom Bett aufsteht und im Badezimmer verschwindet.

Kapitel 27

Als ich aufwache, rieche ich Damien, doch er ist nicht mehr da. Es ist Viertel vor acht, also habe ich gerade noch genug Zeit, mir etwas Frisches zum Anziehen überzuziehen. Rosa und Daisy sind bestimmt schon eingetroffen, ohne dass ich es mitbekommen habe, und warten auf mich. Mein Schlaf war wohl ziemlich fest, und ich fühle mich zur Abwechslung mal so richtig ausgeschlafen.

Die Entscheidung, was ich trage, fällt mir überraschenderweise leicht. Die weiche Seide gleitet über meine Haut. Ich bekomme einen Flashback von dem Moment in der Umkleidekabine, als ich die Bluse zum ersten Mal getragen habe. Dass man meinen hellblauen BH leicht durch das Weiß hindurchsieht, stört mich nicht. Im Gegenteil, ich muss sogar schmunzeln, als ich bemerke, dass es wie der Himmel hinter den Vögeln auf meiner Bluse aussieht. Die enge Jeans scheint besser zum Oberteil zu passen, anstatt der weiten Hose von gestern. Ich muss mich immer noch daran gewöhnen, dass die Hose mir eng an den Beinen liegt, da es so ein fremdes Gefühl ist. Trotzdem fühle ich mich wohl.

»Deine Bluse.« Daisy schaut mich begeistert an, als ich die Küche betrete und sie sich mit einem Glas Wasser in der Hand auf einen der Barhocker setzt. »Du siehst Bombe aus! Und warte erst, bis die Stylisten mit dir fertig sind.« Lächelnd gebe ich ihr zur Begrüßung einen Kuss auf die Wange und sage, dass sie auch toll aussieht, obwohl es mir neu vorkommt, sie nicht geschminkt zu sehen. Bis auf das eine Mal, wo sie nach dem Streit mit Rosa komplett verweint in Damiens Apartment gestürmt kam und ihre Wimperntusche verwischt war, habe ich sie immer mit Make-up zu Gesicht bekommen. Sie strahlt so eine natürliche Schönheit aus, und ihre Haut ist so rein. Ihre leichten Sommersprossen kommen nun besser zur Geltung, und ihr Lächeln strahlt förmlich. Da wird man ja beinahe neidisch. Besonders gefallen mir ihre Ohrringe – kleine goldene Ringe mit roten Strasssteinen.

»Was ist mit Rosa?«, frage ich sie.

»Die wurde von ihrem Chef in der Tiefgarage aufgehalten. Es ging wohl um die Benefizveranstaltung«, meint sie, und bevor ich irgendwelche Fragen stellen kann, hören wir das Klingeln des Fahrstuhls. Rosa betritt mit erschöpftem Gesicht das Apartment und steuert direkt auf uns zu. Neben ihr geht ein etwa dreißigjähriger Mann mit kahl rasiertem Kopf und eine junge Frau mit blonder Kurzhaarfrisur, die in meinem Alter sein könnte. Beide ziehen jeweils einen schwarzen Koffer hinter sich her. Lautlos rollen sie über den makellosen Marmorboden.

»Dein Freund ist wirklich einer der neugierigen Sorte«, beschwert Rosa sich und begrüßt mich ebenfalls mit einem Knutscher auf die Wange. Ihr vertrautes Vanilleparfüm steigt mir in die Nase. Daraufhin frage ich sie, was sie damit meint, und während ich auf eine Antwort warte, reiche ich den Stylisten höflich die Hand und stelle mich vor.

Der Mann namens Franklin ist der Friseur. Luzy, die für unser Make-up verantwortlich ist, kramt gestresst in ihrem Koffer herum, als Rosa uns mitteilt, dass Luzy noch einen weiteren Termin hat, und deshalb etwas schneller fertig sein muss.

»Zum Glück ist es ja nur die Probe für morgen, also sollte es kein Problem sein«, meint Rosa. »Damien wollte übrigens wissen, was für ein Kleid du am Samstag trägst, aber das habe ich ihm natürlich nicht verraten.« Sie zwinkert mir zu, und ich schüttle entsetzt den Kopf.

»Wow, er kann wirklich nicht lockerlassen. Er wollte das gestern nach unserem kleinen Kaffeekränzchen schon aus mir herauskitzeln.« Ich muss schmunzeln. »Aber er muss sich bis morgen gedulden.«

»Und das Warten wird sich lohnen.« Daisy klatscht aufgeregt in ihre Hände, und ich kichere leise. Hoffentlich wird es sich lohnen.

Nachdem Rosa den Stylisten zwei Gläser mit stillem Wasser auf den Tresen stellt und sie unsere Outfits für Samstag auf eine Kleiderstange aufgehängt hat, beschließen wir, dass Franklin mit meinen Haaren anfängt, während Rosa und Daisy mit Luzy ihr Make-up besprechen. Beinahe hätte ich mich nicht getraut, das Kleid an die Stange zu hängen, da Damien jeden Moment in sein Apartment platzen könnte.

Ich setze mich auf den Barhocker und beobachte, wie Franklin einen Föhn, eine durchsichtige Sprühflasche und einen aufklappbaren Spiegel auf den Tresen stellt. Daraufhin sehe ich im Spiegel, dass er sich einen Gürtel um die Hüfte legt, der mit zahlreichen Scheren und Kämmen bestückt ist.

»Wann warst du denn das letzte Mal beim Friseur, Liebes?«, fragt er mich, und ich verharre für einen Moment. Rosa und Daisy scheinen von unserem Gespräch nichts mitzubekommen – sie testen gerade verschiedene Lippenstifte auf ihren Unterarmen, während Luzy ihnen erklärt, welche Farbe am besten zu ihren Hauttönen und Kleidern passen würden. Ich hoffe, ich werde nicht wieder dazu gezwungen, Lipgloss zu tragen, denn das letzte Mal fand ich das ganz und gar nicht angenehm.

»Noch nie«, gebe ich zu, und Franklin scheint nicht überrascht zu sein. Ich bin froh, dass er keine weiteren Fragen stellt. Stattdessen schlägt er mir vor, den Spliss zu entfernen und mir Stufen zu schneiden, und ich willige ein. Er wird schon wissen, was er da tut.

Während ich im Spiegel meine Verwandlung beobachte, werde ich mit jedem Schnitt verträumter. Ich hätte niemals gedacht, dass Haare einen so großen Unterschied machen könnten. Durch die Stufen wellen sich meine Haare noch stärker, und ich bin begeistert von dem, was ich sehe.

»Ich würde dir empfehlen, dass wir dir eine lockere Hochsteckfrisur zaubern und die Haare aus deinem hübschen Gesicht halten, Liebes.« Er demonstriert im Spiegel, wie mein Haar ungefähr sitzen sollte, und ich sage ihm, dass ich vollstes Vertrauen zu ihm habe. »Das passt am besten zu deinem Kleid.«

Luzy schminkt nun bereits Rosas Gesicht. Daisy scheint mit ihrem dezenten Make-up schon fertig zu sein.

»Du machst das wirklich sehr gut«, lobe ich Franklin, der beinahe fertig zu sein scheint. Zum Schluss setzt er mir noch kleine Diamanten in die Haare, und ich kann mein Spiegelbild nicht wiedererkennen. Hätte ich die Verwandlung nicht mit eigenen Augen gesehen, würde ich denken, dass eine andere Frau in meinem Spiegel steht.

»Wow, Birdie! Das sieht so toll an dir aus!«, höre ich Daisys Stimme, doch ich bin zu sehr damit beschäftigt, verblüfft mit den Augen zu blinzeln. Kurz darauf beschwert sich Rosa, dass Daisy mich vor ihr gesehen hat, und wir stecken uns gegenseitig mit unserem Gelächter an. Rosa ist unbezahlbar, wenn sie damit scherzt, eifersüchtig zu sein.

»Lass mich sehen!« Rosa dreht sich im selben Moment um, wo Franklin auch meinen Barhocker dreht. Sie sieht zauberhaft aus, mit ihren roten Lippen und den dunklen Augenbrauen. Es passt perfekt zu ihrem weißen Anzug. Während ich über ihr Make-up staune, mustert sie meine Haare und grinst breit. »Mr Hamilton wird morgen Abend umfallen, wenn er dich so sieht.« Ich erröte, bevor Rosa zweimal in die Hände klatscht und »Wechsel« ruft.

Nun soll ich mir mein Make-up aussuchen, während Daisy und Rosa bei Franklin gestylt werden. Überwältigt wandern meine Augen über die Auswahl an Make-up. Von mehr als der Hälfte dieser Dinge kenne ich nicht einmal den Zweck. Ich weiß, wofür Wimperntusche und Lippenstift zuständig sind, und einige Dinge kann ich mir irgendwie erklären – wie zum Beispiel den Puder –, aber trotzdem liegt dort so viel, was ich noch nie gesehen habe, dass ich mir ziemlich blöd vorkomme.

»So, Birdie, woran hast du denn gedacht? Würdest du gern natürlich oder eher etwas gewagter aussehen wollen?« Luzy überkreuzt ihre Beine und lächelt mich mit einem ehrlichen Lächeln an. »Ich habe so ziemlich jede Farbe, und falls ich etwas nicht besitze, werde ich es bis morgen besorgen können.«

Weil ich nicht weiß, wovon ich rede, verrate ich Luzy lediglich, dass ich keinen Lipgloss tragen möchte und lieber ein natürliches Make-up bevorzuge, woraufhin sie mir zustimmt und meint, dass es die richtige Entscheidung sei, da es am besten zum Kleid passt. Dann redet sie von »einem Glow für die Götter« und dass sie meine Wangenknochen betonen möchte. Im Gegensatz zu Daisy und Rosa dauert es bei mir nicht lange, bis ich mich für einen matten, beigen Lippenstift mit einem leichten Rosaton entscheide.

»Dann wollen wir mal loslegen.«

Ich lehne mich zurück und schließe meine Augen. Jeder Pinselstrich kitzelt auf der Haut, und ich muss mich zusammenreißen, dass ich nicht anfange zu lachen. Besonders als Luzy mir zum Schluss mit einem feinen Pinsel den Lippenstift aufträgt, ist es schwer stillzuhalten. Mit dem »Glow für die Götter« meinte sie im Licht reflektierenden Puder, der auf meinen Wangenknochen, meiner Nasenspitze und unter den Augenbrauen schimmert. Er lässt mich frisch und wach aussehen, und es gefällt mir sehr, als ich mich nun auch in ihrem Spiegel betrachten darf.

Das bin wirklich ich?

Nie in meinem Leben hätte ich mir jemals vorstellen können, dass ich mich einmal so sehen würde. Und nie in meinem Leben hätte ich mir vorstellen können, dass ich all das hier jemals erleben könnte. Es ist unbegreiflich.

Vor mir betrachte ich eine junge Frau mit welligem, hoch gestecktem Haar, welches mit funkelnden Diamanten bestückt ist. Ihre Wimpern umranden ihre grünen, runden Augen. Jegliche Unreinheiten oder Narben sowie die dunklen Augenringe sind verschwunden. Und sie strahlt heller denn je.

Das ... bin ich.

Ich bedanke mich bei Luzy, als diese sich bereits darauf vorbereitet, wieder zu gehen.

»Danke für alles!«, ruft Rosa ihr mit einem Luftkuss hinterher, den Luzy erwidert, bevor sie mit ihrem schweren Koffer zum Fahrstuhl eilt.

Ich betrachte mich weiter im Spiegel und kann gar nicht mehr die Augen von mir nehmen.

»Bis morgen, ihr Hübschen!«

Während Franklin noch seelenruhig an den Frisuren von Daisy und Rosa werkelt, beschließe ich, mein Kleid wieder ins Gästezimmer zubringen, weil es mir einfach zu riskant ist, dass Damien jeden Augenblick zurückkommen könnte.

Als ich es vorhin geholt hatte, war Sebastian noch tief am Schlafen, und auch als ich es wieder zurückbringe, höre ich das Schnarchen bereits, bevor ich die Tür überhaupt geöffnet habe.

Es kommt mir so surreal vor, dass ich vor einem halben Jahr in genau diesem Zimmer geschlafen habe. Und nachdem die Couch zwar die beste Lösung für den Neustart war, bin ich nun umso zufriedener, mir jetzt wieder ein Bett mit Damien zu teilen.

Kapitel 28

Rosa hat sich für eine zurückgegelte, glatte Mähne entschieden. Ihre Haare sind außerdem viel kürzer geworden als zuvor. Sie sieht aus wie eine Göttin, und das ist noch eine Untertreibung.

Daisy trägt einen strengen Pferdeschwanz, welcher am Zusammenbund in lange, voluminöse erdbeerblonde Locken übergeht, die ihr bis zur Taille reichen. Franklin verrät mir beim Packen seines Koffers, dass es sich um lange Extensions handeln würde.

Als die Mädels und er das Apartment verlassen, trage ich meine Haare bereits wieder offen, und vom Make-up ist nur noch die Wimperntusche übrig. Eigentlich habe ich nicht geplant, dass dies auch zur Überraschung zählt, aber irgendwie gefällt es mir, Damien auf die Folter zu spannen. Es ist schon süß, wie neugierig er ist.

Rosa hatte mir noch eine Packung mit Rasierern gegeben. Sie meinte, ich solle mir bis morgen noch die Beine und Achseln rasieren. Auch wenn sie sich meine Beine angesehen hatte, und darüber erstaunt war, wie fein mein Haar ist, meinte sie, dass es besser für die Kameras sei.

Wie so vieles habe ich so etwas noch nie getan, aber ich stelle mich der Herausforderung. Wenn ich darüber nachdenke, dass Rosa angedeutet hatte, ich solle mich auch dort unten rasieren, wenn mir danach ist, bin ich froh, dass sie es mir selbst überlassen hat. Vielleicht hätte ich diese Gelegenheit nutzen sollen, um Rosa und Daisy um Rat zu bitten, was dieses Gefühl und diese Gedanken an die Erdbeere auf sich haben. Wahrscheinlich hätten sie mir viele Fragen beantworten können.

Damien ist noch nicht wieder nach Hause gekommen, und da der Zeiger auf der Uhr sich langsam der Sieben nähert, beschließe ich, allein ein Bad zu nehmen. Sebastian hat vor zwei Stunden das Haus verlassen, weil er seine Eltern besuchen wollte. Es geht wohl wieder um die Verhandlung. Wenigstens bedeutet dies, dass ich ungestört sein kann. Rosa hatte mir empfohlen, dass ich das Rasieren am besten in der Badewanne machen solle, damit ich mich nicht in der Dusche verbiegen muss, und einen Schnitt oder Sturz riskiere.

Ich nehme einen letzten Schluck von meinem Wasser, greife nach der Packung mit den Rasierern und gehe über den Flur zu Damiens Schlafzimmer, damit ich mir mein Nachthemd und das Duschgel aus der Dusche holen kann.

Um mir das unnötige Schleppen von Klamotten zu ersparen und nachdem ich die Packung auf Damiens Bett fallen gelassen habe, ziehe ich mich direkt im Schlafzimmer aus und werfe diesmal alles bis auf die Jeans in den Wäschekorb. Dann hole ich die Duschgelflasche aus dem Bad und lege mir eines der weichen, großen Handtücher um. Das leise Klingeln des Fahrstuhls aus der Ferne lässt mich aufschrecken. In der Überzeugung, dass es Damien sein muss, verlasse ich nur mit einem Handtuch bekleidet das Schlafzimmer, um barfuß über den warmen Marmorboden zu schleichen. Erleichtert atme ich auf – es ist Damien. Er steht mit dem Smartphone in der Hand gegen eine der Säulen gelehnt. Das grelle Licht erhellt seine Gesichtszüge. Als ich mich bemerkbar mache und mich ihm langsam nähere, schaut er auf.

»Birdie.« Er schmunzelt. »Deine Haare …«

Nun stehe ich vor ihm, und seine Hand fährt mir durch die etwas kürzeren Wellen. Er lächelt. »Du siehst wunderschön aus.« Das Kauen auf seiner Unterlippe entgeht mir nicht.

»Ich werde ein Bad nehmen. Hast du Lust, mir Gesellschaft zu leisten?«, frage ich diesmal direkt und ohne jegliche Verschleierung. Unser letztes Bad gemeinsam ist noch nicht lange her, aber ich wäre nicht abgeneigt, es öfter zu tun. Damien zieht seine Augenbrauen nach oben. Sonst war er immer derjenige, der um ein gemeinsames Bad gebeten hatte. Doch das Grinsen verwandelt sich in einen enttäuschten Gesichtsausdruck.

»Heute Abend ist es wirklich schlecht. Ich muss gleich noch mit dem Anwalt telefonieren. Und Sebastian hatte mich darum gebeten, ihn in einer halben Stunde von meinen Eltern abzuholen.«

Zögernd nicke ich. Das geht schon in Ordnung, auch wenn ich gern wieder in seinen Armen entspannt und seine Nähe gespürt hätte.

»Kein Problem, dann ein anderes Mal.«

Sein Kuss auf meine Stirn schickt mir dennoch eine Gänsehaut den Rücken hinunter.

»Ich werde also höchstwahrscheinlich nicht mehr da sein, wenn du fertig bist. Aber wir sehen uns ja dann später«, verspricht er mir, geht zum Fahrstuhl und drückt auf den Knopf.

»Ja«, erwidere ich und steuere auf das Badezimmer zu.

»Ich freue mich auf morgen«, sagt er und lächelt mich an, sodass ich gar nicht anders kann, als zurückzulächeln.

»Ich mich auch.«

Dann stehe ich allein im Badezimmer. Nachdem ich mein Nachthemd über den Handtuchhalter gelegt habe, drehe ich den Wasserhahn an der Wanne auf. Während das Handtuch achtlos auf dem Boden landet, strömt heißes Wasser in die Badewanne – und ich suche nach den Rosenblüten, werde jedoch nicht fündig.

Haben wir sie das letzte Mal aufgebraucht? Ich kann mich nicht dran erinnern, ob dies der Fall gewesen ist. Schade!

Das Wasser ist hoch genug, und der Schaum meines Duschgels sieht so einladend aus, dass ich keine Sekunde länger warte und mit einem Bein in die Wanne steige. Aber dann fällt es mir ein. O Mist! Ich habe die Rasierer in Damiens Schlafzimmer vergessen.

Sofort ziehe ich das Bein wieder aus dem Wasser und trockne es ab. Ich wickle mich schnell ins Handtuch ein und gehe zurück zum Schlafzimmer.

Im Wohnbereich ist es still. Als ich jedoch die Tür zu Damiens Schlafzimmer öffne, fällt mir vor Schreck beinahe das Handtuch zu Boden.

»Damien!?«, kreische ich. »Was machst du da?«

Kapitel 29

Entsetzt schaue ich ihm dabei zu, wie er sich verlegen an den Hinterkopf greift. Das kann nicht sein Ernst sein, oder? Er will einfach nicht lockerlassen.

»Birdie, ich …«, stammelt er, und ich verdrehe meine Augen genervt. »Also, ich …«

»Morgen wirst du es zu sehen bekommen«, unterbreche ich ihn und nehme mit einem Seufzen die Packung mit den Rasierern, die nach wie vor auf dem Bett liegt. Ohne ein weiteres Wort zu sagen, drehe ich mich wieder um. Zum Glück hat er es im falschen Schrank seines Apartments versucht.

»Warte, Birdie!«, höre ich ihn hinter mir rufen, aber ich bleibe nicht stehen. Warum kann er nicht einfach warten? »Warte doch mal!« Aber ich schließe die Badezimmertür hinter mir, lasse mein Handtuch fallen und steige in die Wanne. Vorsichtig nehme ich einen Rasierer in die Hand, als es leise an der Tür klopft. »Darf ich hereinkommen?« Seine Stimme jagt mir eine Gänsehaut über meinen Körper. »Bitte.« Mit den Fingern fahre ich den schmalen Hals des Rasierers entlang. »Bitte«, bettelt er noch mal, bis ich nachgebe und ihm schließlich doch erlaube, ins Bad zu kommen.

Aus dem Augenwinkel erkenne ich, wie Damien sich der Badewanne nähert, sich neben mir hinkniet, sodass sein Atem über meine linke Wange fächert. Ich rieche

Guccis *Made to Measure,* was er heute Morgen benutzt haben muss.

»Es tut mir leid«, lautet seine Entschuldigung. »Ich werde mich bis morgen gedulden. Ich hätte das nicht tun sollen.«

Zögernd wende ich mich zu ihm. Ich möchte ihn fragen, warum er mich angelogen hat, aber ich bekomme die Worte nicht über meine Lippen. Eines ist sicher, er ist der ungeduldigste Mensch, den ich je in meinem Leben kennengelernt habe. Bei diesem Gedanken ziert der Ansatz eines Lächelns meine Gesichtszüge.

»Was ist?«, möchte Damien wissen, der daraufhin nervös schmunzelt.

»Du bist so ungeduldig«, antworte ich und schüttle den Kopf.

Er zuckt mit den Schultern. »Damit musst du zurechtkommen. Ich werde außerdem nervös, wenn ich lüge oder etwas geheim halten muss. Deswegen gebe ich so wenige Interviews an die Presse, wie es möglich ist. Besonders jetzt, wo Sebastian jederzeit in der Klatschpresse auftauchen könnte.« Ich folge jede Bewegung seiner Lippen, als er sich mir öffnet. Das mit seinem Bruder scheint ihm wirklich zu schaffen zu machen. »Ich habe jedoch gelernt, die Nervosität auf meine Beine zu verlagern. Damit man es mir in geschäftlichen Meetings vor Kunden nicht anmerken kann. Alles, was unterm Tisch passiert, das merke nur ich allein.« Ich erinnere mich an sein Bein, das ich gestern Abend am Knie gespürt hatte. Er war also wirklich nervös, wie ich es erahnt hatte, und nein ... nicht nur er allein hat bemerkt, was unter dem Tisch ablief.

Entweder verschweigt er mir etwas, oder er hat mich angelogen.

»Du musst also nicht Sebastian abholen?«, frage ich, und ich sehe, wie Damien verwirrt seine Stirn in Falten legt. Dann schüttelt er entsetzt den Kopf.

»Doch, natürlich muss ich das. Leider war das keine Lüge. Ich würde dich niemals einfach so anlügen, Birdie.« Nervös kaue ich auf meiner Unterlippe. »Apropos, in fünf Minuten muss ich los.« Kurz leuchtet sein Gesicht wieder grell auf, als er das Smartphone hervorzieht.

Ich nehme einen tiefen Atemzug und entscheide mich dafür, dass ich das Thema für heute ruhen lasse. Ich weiß, dass Damien wegen der Planung der Benefizveranstaltung gestresst ist. Ich werde meine Gedanken nun einfach abschalten. Möglicherweise gab es einen guten Grund für sein Handeln, und ich mache mir einfach zu viele Gedanken.

»Und du willst dich rasieren?«, versucht er nun das Thema zu wechseln, und ich bin ihm zugegebenermaßen sehr dankbar dafür. Trotzdem bringe ich nichts als ein Nicken zustande. »Soll ich dir zeigen, wie das geht?« Diesmal zögere ich ein wenig, doch ich nicke erneut.

»Rosa hat mir die Basics erklärt, aber ich habe Angst, dass ich mich schneide, um ehrlich zu sein.«

Damien nickt aufmerksam mit seinem Kopf und schaut mich nachdenklich an. Dann schnappt er sich mit einer raschen Bewegung den Rasierer aus meiner Hand und greift in das Wasser der Wanne, um sanft mein Bein anzuheben, sodass es aus dem Schaum ragt. Als seine Hand dabei in meine Kniekehle gleitet, erstarre ich.

»Hier ...« Er setzt die Klinge nah über meinem Knie an und lässt sie nach oben gleiten. »Nicht zu schnell, aber auch nicht so langsam, dass die Haare wieder nachgewachsen sind, sobald du mit beiden Beinen fertig bist.« Ich spritze ihn lachend mit Schaum voll und bereue es sofort, als ich mich daran erinnere, dass er gleich noch aus dem Haus muss.

Doch ich liebe diese verspielte Seite von Damien, die man nicht oft zu sehen bekommt. Schmunzelnd und kopfschüttelnd entfernt er die wenigen Spritzer auf seinem Hemd und legt mir den Rasierer in die Hände. »Ich muss jetzt leider wirklich los, und ich verspreche dir, dass ich nicht in das Schlafzimmer zurückkehren werde, um nach deinem Kleid zu suchen. Ich lasse mich einfach überraschen. Und du bekommst das hier auch ohne mich hin, davon bin ich überzeugt.« Dann küsst er mich zärtlich auf die Lippen. Es ist ein etwas längerer, sinnlicher Kuss, der niemals enden sollte. Beinahe fühlt es sich so an, als fiele es ihm schwer, mich hier zurückzulassen. In meinem Bauch dreht sich auf einmal alles. Ich fange an, das Gefühl zu lieben, welches diese intimen Momente mit ihm auslösen.

»Bis später!« Zum Abschied schenke ich ihm ein Grinsen, verlange jedoch, dass er die Badezimmertür offen stehen lässt, damit ich sehen kann, dass er auch wirklich zum Fahrstuhl geht und sich nicht doch noch einmal in die falsche Richtung schleicht. Ich versuche währenddessen, Damiens Anweisungen zu befolgen, und setze die Klinge erneut an meinem Bein an.

»Ich bin weg«, höre ich ihn nach dem Klingeln des Fahrstuhls rufen. »Ich liebe dich.«

Aua!

Das Blut färbt den Badeschaum rot, als der brennende Schmerz mich auf meine Zunge beißen lässt. Ich habe mich tatsächlich geschnitten. Alles, was ich noch wahrnehmen kann, ist das Schließen der schweren Fahrstuhltüren.

»Verdammt!«, fluche ich und ertrage den Schmerz meines tollpatschigen Ausrutschers.

Nur der Gedanke an Damiens letzte Worte macht den brennenden Schmerz der kleinen Schnittwunde erträglich. Zum Glück reicht mein Kleid bis zum Boden, und niemand wird jemals diese oder eine meiner älteren Verletzungen zu Gesicht bekommen.

Kapitel 30

Als ich heute Morgen aufgewacht bin, war Damien schon weg, und es duftete wieder nach *Made to Measure.* Beim Zähneputzen denke ich daran, wie er in der Nacht seinen Arm um mich gelegt hat.

Es ist nun fast Mittag. Ich habe verschlafen, aber zum Glück kommen die Stylisten erst in zwanzig Minuten. Mein Nachthemd reibt gegen die kleine Wunde an meinem Oberschenkel, als ich mich umziehen möchte. Die Stelle ist über Nacht einigermaßen verheilt, dennoch sieht es nicht sehr schön aus. Ich kann mich wirklich glücklich schätzen, dass es ein langes Kleid und keine allzu tiefe Wunde ist.

Nachdem ich mich ausgezogen habe, ziehe ich einen hautfarbenen BH und eine Spitzenunterhose an. Daisy und Rosa hatten es mir so empfohlen. So kann man später, wenn ich das Kleid anhabe, nichts sehen.

Da ich vergessen habe, mir einen Morgenmantel zu kaufen, werfe ich mir Damiens über, der neben der Schlafzimmertür hängt. Er ist dunkelbraun und aus weicher Seide und viel, viel zu groß und lang und kommt fast einer Umarmung von ihm gleich.

Im Wohnzimmer trifft mich der Schock, als Daisys Locken bereits bis zur Perfektion an ihre Taille reichen, und Franklin gerade Rosas Haare zurückgelt. »Birdie! Du kommst genau rechtzeitig!«, freut sich Daisy, die mit einem Glas Sekt an der Bar sitzt und mir zusieht, wie ich näher komme. Auch sie trägt einen Morgenmantel, nur passt ihrer wie angegossen, und er ist auch nicht dunkelbraun, sondern weiß, wie der, den Rosa trägt.

»Du kannst gleich zu mir kommen!«, bietet mir Luzy an.

Rosa und Daisy sind schon fertig geschminkt.

»Bin ich zu spät? Ich dachte, es geht erst um zwölf Uhr los?«, frage ich panisch. *Warum hat mir denn niemand etwas gesagt?*

»Alles gut, Birdie. Dein Termin ist auch erst um zwölf. Wir dachten, Daisy und ich machen uns schon mal früher fertig, da wir nachher noch zu ihrer Wohnung müssen. Ihre Schwester fährt uns zur Veranstaltung.« Das beruhigt mich enorm. Ich hatte schon Angst, dass ich es falsch verstanden und die ganze Vorbereitungen für den Abend ruiniert hätte. »Wir werden dir aber noch in dein Kleid helfen.«

»Zum Glück.« Ich lächle Luzy erleichtert zu, bevor sie sich ans Werk macht.

»Möchtest du auch ein Glas Sekt?«, fragt Rosa nun, als Franklin mit seinem Werk fertig ist und beschließt, parallel zu Luzy auch mir die Haare zu machen. Ich nicke als Antwort. Sekt ist mir lieber als Wein. »Dann können wir ja anstoßen!«

Rosa bringt mir das Glas, und Daisy ist ihr dicht auf den Fersen. »Auf uns!«, jubeln Rosa und Daisy, und ich wiederhole ihre Worte. Dann stoßen sie ihre Gläser aneinander. »Birdie!«, schimpft Rosa mit mir, und ich schaue sie erschrocken an. Nun lacht sie. »Man muss sich in die Augen gucken, sonst gibt es schlechten Sex.« Ich muss schlucken und muss zugeben, dass es mir vor

Luzy und Franklin ein wenig unangenehm ist. Doch sie lächeln mich nur an, also schaue ich Daisy und Rosa in die Augen, während sich unsere Gläser berühren. Auf uns!

Das spritzige, bittere Getränk läuft mir den Rachen herunter und hinterlässt eine süßliche Note auf meiner Zunge. Ich kann mich nicht beklagen, es schmeckt mir.

»O nein! Du hast dich geschnitten!« Rosa schaut bestürzt meinen Oberschenkel an. Der viel zu große Morgenmantel ist mir von den Beinen gerutscht, als ich mich hingesetzt habe. »Möchtest du ein Pflaster haben? Nicht dass die Wunde wieder aufgeht und dir dein Kleid versaut.«

»Ich bin abgerutscht«, gebe ich zu und zucke entschuldigend mit den Schultern. »Aber jetzt, wo du es sagst, ein Pflaster wäre, glaube ich, schon ganz gut.«

»Ich hole dir eins«, lächelt sie mich an.

Luzys Pinsel fegen über mein Gesicht. Der Puder kitzelt in meiner Nase. Franklin ist mit dem Vorbereiten der Locken fertig und muss nun nur noch die lockere Hochsteckfrisur herrichten. Ich habe gestern versucht, mir seine Schritte zu merken, auch wenn ich weiß, dass ich so etwas nie hinbekommen würde.

»Ist mir bestimmt schon tausendmal passiert.« Daisy macht eine Handbewegung, als würde sie etwas in der Luft wegschlagen.

»Mir ist das auch schon so oft passiert«, höre ich zu meiner Überraschung Luzy sagen. Es beruhigt mich, dass es anscheinend jedem schon einmal passiert ist. Sogar Franklin zeigt uns eine Narbe an seinem Kinn, die er sich vom Rasieren im Gesicht zugezogen hatte.

Ich frage mich, ob Damien sich schon mal beim Rasieren verletzt hat.

Im nächsten Moment kommt Rosa mit einem kleinen Pflaster zurück. »Hier ist noch eins für deine Clutch, für später zum Wechseln, falls es denn nötig ist.« Vorsichtig klebt sie eines der beiden über die Stelle am Oberschenkel. »Ich tue es dir am besten direkt in deine Tasche«, schlägt Rosa vor und geht zum Kleiderständer, wo mein Kleid, die Schuhe und die Clutch hängen.

Ich bedanke mich bei ihr und lenke meinen Blick auf das wundervolle himmelblaue Kleidungsstück, welches ich gleich anziehen darf. Von der Taille aufwärts bis zum Bauchnabel ist es beinahe durchsichtig, weswegen ich froh bin, dass ich den hautfarbenen BH trage. Blätter und Ranken aus himmelblauem Stoff bedecken, was bedeckt werden muss. Das seidige Band an der Taille leitet zum Tüllrock über, der bis zum Boden reicht.

Bevor ich es realisieren kann, teilt mir Franklin mit, dass auch er fertig ist, und sie mir nun gemeinsam in mein Kleid helfen wollen.

»Du wirst so wundervoll aussehen. Gott, es fühlt sich ja fast so an, als wäre das heute deine Hochzeit«, scherzt Rosa, und ich muss nervös lächeln.

Meine Mum hat mir immerzu erzählt, dass die Braut vor der Hochzeit nicht von ihrem zukünftigen Bräutigam gesehen werden darf. Erst wenn sie sich vor dem Altar in der Kirche treffen. Wie sehr sich Damien wohl bei so etwas anstellen würde, so ungeduldig, wie er ist.

»Ja, genau«, pruste ich los, bin jedoch nur halbwegs mit den Gedanken anwesend. Nun kann ich Damiens Reaktion kaum abwarten. Rosa nimmt es vorsichtig von der Stange. Es ist so weit.

Vorsichtig helfen mir acht Hände dabei, mich in den Traum eines kleinen Mädchens einzukleiden. Zum Glück habe ich mich für flache Schuhe zu meinem langen Kleid entschieden, da ich so gar keine Ahnung habe, wie man auf Schuhen mit Absatz geht, und auf gebrochene Knöchel kann ich gern verzichten.

Daisy zieht den Reißverschluss noch das letzte verbleibende Stück hoch, da klingelt der Fahrstuhl auf einmal. Unsere Augen richten sich auf die Türen. Rosa und Daisy stellen sich sogar vor mich, damit Damien mich nicht sieht, wenn er in das Apartment kommt.

Jedoch atmen wir alle erleichtert auf, als wir sehen, dass es nicht Damien ist. Stattdessen ist es seine Mutter, die daraufhin mit ihrem wütenden Gesichtsausdruck ein besorgtes Gefühl in mir auslöst.

»Sebastian!«, lautet ihr erstes Wort, das mit einer beachtlichen Lautstärke durch das Apartment hallt. Verwirrt schaue ich ihr hinterher, wie sie in Richtung Gästezimmer stürmt. Es bleibt nicht einmal die Zeit, uns zu begrüßen. Kurz bevor sie die Tür des Gästezimmers aufreißt, sehe ich, was sie in den Händen hält: eine Zeitung, und auf dem Titelblatt ist das Gesicht von Sebastian abgedruckt.

Kapitel 31

»Ich glaube, es ist Zeit zu gehen.« Franklin sortiert den Rest seines Equipments in den schwarzen Koffer. »Ladys, ihr seht super aus, und ich wünsche euch ganz viel Spaß heute Abend.«

Rosa schenkt ihm ein unschuldiges Lächeln, doch er lacht nur.

Luzy scheint diese Gelegenheit ebenfalls nutzen zu wollen, als auch sie ihren Koffer nimmt und Franklin zum Fahrstuhl folgt. Zum Abschied werfen sie uns wieder Luftküsse zu.

Mit dem Schließen der Türen wird die schrille Stimme von Mrs Hamilton lauter. Sie wollte ungestört mit Sebastian im Gästezimmer reden, doch bei dieser Lautstärke bekommt es sowieso jeder im Apartment mit.

»Unser jüngster Sohn ist nun im ganzen Land als ein grundlos gewalttätiger Schläger bekannt. Was meinst du, was dein Vater dazu sagen wird, wenn er dies erfährt!«

»Hoffentlich ist es nicht so schlimm, wie es sich anhört.« Daisy dreht nervös an ihren rotblonden Locken.

Das Bimmeln aus Rosas Handtasche lässt uns alle aufschrecken. Verwirrt bleibt Rosa zuerst in Gedanken versunken stehen, aber als sie langsam in die Realität zurückzufinden scheint, eilt sie auf ihren hohen Schuhen zu ihrem Smartphone.

»Mr Hamilton wartet unten auf dich im Foyer.«

Damien … Wenn er herausfindet, dass sein Bruder auf dem Titelblatt ist, wird es ihm das Herz brechen. Ich erinnere mich daran, wie er sich große Sorgen gemacht hat, dass genau das geschehen würde. Der Gedanke, dass er unten im Foyer auf mich wartet und ich nicht weiß, ob er gut gelaunt ist oder nicht, macht mich unsicher.

»Am besten erzählst du ihm nichts davon. Du kannst nur hoffen, dass er es bei all dem Stress nicht mitbekommen hat«, rät Rosa mir.

Bei diesem Geschrei denke ich für einen kurzen Moment darüber nach, ins Gästezimmer zu gehen und Sebastian den Rücken zu stärken, aber ich weiß auch, dass ich mit dieser Angelegenheit nichts zu tun habe. Wie sehr ich mich doch schon auf das gemeinsame Dinner mit ihr und Mr Hamilton senior freue. Allein der Gedanke daran lässt mich vor Nervosität erstarren.

»Birdie?« Rosas Stimme weckt mich aus meinem Tagtraum. Sie und Daisy warten bereits am Fahrstuhl auf mich. »Kommst du?«

Ich nicke nur und schnappe mir meine Clutch, die noch auf der Couch liegt. Ich trage zwar nichts außer dem Lippenstift, den mir Luzy zum Nachtragen gegeben hat, und ein Pflaster mit mir herum, aber ich bin dem Glitzern der kleinen, funkelnden Diamanten vollkommen verfallen. Besonders im Licht funkelt die Tasche so wunderschön. Dieser Abend wird etwas ganz Besonderes.

Im Erdgeschoss bleiben wir stehen. Rosa und Daisy müssen noch weiter bis in die Tiefgarage. »Bis später, Süße!« Rosa gibt mir einen Kuss auf die Wange, bevor Daisy dasselbe tut.

»Bis nachher!«, sage ich mit zittriger Stimme, während sie mir ein herzerwärmendes Lächeln schenken und wir uns erneut sagen, wie hübsch wir aussehen würden. Das gibt mir einen gewaltigen Selbstbewusstseinsschub.

Die Türen hinter mir öffnen sich, und als ich mich umdrehe, sehe ich, wie Damien seinen Kopf hebt und sein Blick sich auf mich richtet. Er erstarrt, während er die Hände in den Hosentaschen versteckt. Ich sehe ihm seine Nervosität an.

Der dunkle Anzug lässt seine hellblauen Augen hervorstechen. Damien trägt eine schwarze Fliege statt einer Krawatte.

»Wow!« Er grinst breit, und dann sehe ich, wie seine Kinnlade herunterfällt, während ich in kleinen Schritten auf ihn zugehe.

Ich fühle mich in diesem Moment wie die einzige Frau auf dieser Welt. Denn genau so sieht er mich an. Als gäbe es nichts Vergleichbares. Ich erröte, aber mein Make-up versteckt dies geschickt vor ihm.

»Da hat sich das Warten ja wirklich gelohnt.« Schmunzelnd legt er nun eine Hand um meine Taille, und die andere berührt zärtlich meine Wange. »Du siehst umwerfend aus, Birdie.«

Ich lege meine Hände auf seine Brust. Daraufhin küsst er mich, und seine Stirn lehnt sich an meine. Ich habe nur Augen für ihn, vergesse alles um mich herum.

»Ach ja, ich kann kaum klar denken … da war ja noch etwas«, flüstert er mir zu und nimmt die Hand wieder von meiner Taille, um in seine Hosentasche zu greifen, in der er eine längliche Box versteckt gehalten hat. »Auch wenn ich dir tagelang auf den Keks gegangen bin, weil ich wissen wollte, welche Farbe dein Kleid heute haben wird, bin ich doch froh, dass ich letztendlich mit deiner Lieblingsfarbe richtiggelegen habe.« Vorsichtig nimmt er den Deckel ab, und meine Augen werden groß, als ich den himmelblauen Diamanten an der feinen silbernen Kette sehe. »Überraschung!« Mir steht der Mund offen. Ich bin hin und weg von dieser so liebevollen Geste und auch erleichtert, denn nun wird mir endlich klar, warum er die ganze Zeit so nervös und ungeduldig war.

»Ich …«, stammle ich, überwältigt von den verschiedenen Gefühlen, die mich in diesem Moment durchdringen. »Die sieht wunderschön aus, Damien!«

»Komm, ich lege sie dir an.« Während ich mit zittrigen Fingern die Schachtel halte, nimmt Damien, der mindestens genauso unruhige Finger hat, die Kette aus der Box. Dann drehe ich mich um, spüre das kalte Metall an meinem Dekolleté. Meine Nackenhaare stellen sich auf, während Damiens Finger versuchen, die beiden Enden der Kette zu schließen. Die Gänsehaut breitet sich auf meinem ganzen Körper aus. Ich genieße es, wenn seine Finger aus Versehen meine Haut streifen. Als ich mich wieder zu ihm umdrehe, beißt er sich auf die Unterlippe.

»Ich liebe dich, Birdie.«

Mein Herz macht erneut einen Satz. Ich lege meine Hände um seinen Hals und komme ihm erneut ganz nahe. »Ich liebe dich, Damien«, lauten meine Worte, bevor sich unsere Lippen ein weiteres Mal berühren.

Kapitel 32

Unser Wagen hält an, und der Fahrer steigt aus. Ich bin wirklich froh, dass es nicht wieder die Fahrerin ist, die Damien und mich das letzte Mal beinahe umgebracht hätte, weil sie die rote Ampel übersehen hatte.

Damien lässt seinen Daumen über meinen Handrücken gleiten. »Das wird gleich ein wenig hektisch, also warne ich dich lieber schon mal vor.« Er drückt meine Hand liebevoll, und ich murmle ein leises Okay.

Der Fahrer geht ums Auto und öffnet mir die Tür. »Miss …« Er versucht, sich seine Unsicherheit nicht anmerken zu lassen. Ich lächle ihm nur zu und sage ihm, dass er mich Birdie nennen kann, woraufhin er flüchtig nickt und meinen Namen wiederholt. »Viel Spaß wünsche ich Ihnen, Miss Birdie!« Der letzte Anhang seines Satzes bringt mich zum Kichern. Dann reicht er mir seine Hand, sodass ich Damien loslassen muss, um aus dem Auto zu steigen.

Sofort klammere ich mich an meine Clutch, als mich das Blitzlichtgewitter aus dem Konzept bringt. Für eine Weile sehe ich nichts als weiße Punkte. Ich erschrecke mich vor Damiens Hand, die nach meiner greift – einer seiner Versuche, mich zu beruhigen, während er sich ab und zu vor mich stellt, damit ich nicht völlig überrumpelt werde.

»Du hast mir nichts von einem roten Teppich gesagt.« Es ist eine Mischung aus Flüstern und Schreien. Verdammt! Ein unangenehmes Chaos sorgt in meinem Magen für Unruhe, und ich habe Angst, mich jeden Moment zu übergeben.

»Mr Hamilton«, verabschiedet sich der Fahrer und greift mit einer Hand nach seiner schwarzen Mütze, bevor er sich wieder in den Wagen setzt und uns zurücklässt.

Nun ist es zu spät, um zurück in den Wagen zu springen.

»Du schaffst das. Du siehst wundervoll aus.«

Wenn ich eines hasse, dann, wenn alle Augen auf mich gerichtet sind. Die einzigen Augen, die mich ständig ansehen dürften, wann immer sie nach mir verlangen, sind Damiens. Aber das hier ist etwas völlig anderes.

»Stell dir einfach vor, es gibt nur dich und mich … und ein paar bedeutungslose Kameras«, haucht er in mein linkes Ohr. Dabei berühren seine Lippen mein Ohrläppchen, und ich vergesse zu atmen.

Zögernd nicke ich schließlich.

Damien führt mich den Teppich entlang zu einer weißen Wand. In der Sekunde, wo ich sie unter die Lupe nehme, kann ich nur den Namen seiner Firma erkennen und das Wort »Foundation«, dann erzwingen die Rufe nach Mr Hamilton junior, dass ich mich mit ihm zu den Kameras umdrehe.

Ich bin wirklich froh, dass ich mich für die flachen Schuhe entschieden habe. Sein Arm schlingt sich um meine Taille, während Damien mich zu sich zieht. Alles, was ich höre, sind unzählige Knipser, und all die Blitzlichter lassen die Welt um uns grell aufleuchten.

Für einen Augenaufschlag schaue ich zu Damien auf und kann nicht glauben, dass das alles hier real ist, und ich grinse bis über beide Ohren, als ich sehe, wie stolz er aussieht. Erst als auch er seinen Blick von den Kameras nimmt, bemerkt er mein Starren und erwidert meinen glücklichen Gesichtsausdruck, ohne zu zögern.

Die Schmetterlinge in meinem Bauch sind so angenehm, dass ich dieses Gefühl am liebsten niemals enden lassen würde. Ich könnte ihn jede freie Minute einfach nur ansehen und möchte dieses wohlige Kribbeln niemals mehr missen.

»Danke.« Damien nickt den Kameras zu und führt mich zum Empfangsbereich der Veranstaltung.

Ich bin so perplex von dem, was gerade geschehen ist, dass ich nur Bruchteile von dem aufnehmen kann, was sich gerade um mich herum abspielt. Und ich überlege nicht zweimal, als mir ein Glas Sekt angeboten wird.

Zu meiner Überraschung greift auch Damien zu. Er muss meinen verdutzten Gesichtsausdruck bemerkt haben, denn kurz darauf erklärt er mir, dass er sich ein wenig Mut antrinken muss, da er ja in wenigen Minuten vor all den Menschen reden wird, die heute hier anwesend sind. »Da sind einige bekannte Gesichter dabei.«

Ist er tatsächlich aufgeregt? Aus irgendeinem Grund fühle ich mich mehr als je zuvor zu ihm hingezogen.

»Denk dir einfach, es gäbe nur dich und mich«, wiederhole ich seinen Rat von vor wenigen Minuten und bringe ihn damit zum Schmunzeln.

»Das tue ich gern.«

Ein Tippen auf meine Schulter lässt mich zusammenzucken, aber als ich mich umdrehe, ist die Freude groß.

Rosa und Daisy stehen vor uns, beide mit Gläsern in der Hand. Gemeinsam stoßen wir an. Der süße Nachgeschmack ist bei diesem Sekt noch etwas stärker als bei dem letzten.

»Wir haben euch eben auf dem roten Teppich beobachtet. Ihr seid heute Abend mit Abstand das heißeste Pärchen hier.«

Ich erröte und schaue verlegen zu Damien auf. Doch er zuckt nur mit den Schultern, als wäre das nichts Neues für ihn.

»Ich muss euch für einen Moment allein lassen, Ladys. Ich habe einige Gäste, die ich persönlich begrüßen muss, bevor der Empfang im Esssaal losgeht.«

Unsere Lippen treffen sich erneut, doch dann sehe ich ihn auch schon in der Menge verschwinden, was mich dazu verleitet, mich zum ersten Mal etwas umzusehen und die Gäste zu betrachten. Ich entdecke wunderschöne Abendkleider und Anzüge in den verschiedensten Grautönen unter überwiegend schwarzen Jacketts und unbekannten Gesichtern. Bunte Fliegen und Krawatten, aber auch Männer mit Hemden stechen mir ins Auge. Als ich zur Bar schaue, fällt mir eines der Kleider besonders auf. Es ist weinrot und eng. Sehr eng. Aber die Frau hat auch eine wunderschöne Figur.

»Total eigenartig, nicht wahr?«, höre ich Daisy sagen und schaue sie nickend an. »Ein farbenfrohes Paradies ist das nun wirklich keineswegs.«

Jetzt, wo Damien nicht mehr an meiner Seite ist, komme ich mir irgendwie fehl am Platz vor. Aber zumindest gibt es Daisy mit ihrem süßen Kleid und Rosa mit ihren knalligen Lippen.

Und dann wäre da noch die Frau in diesem dunkelroten Kleid.

Mein Blick richtet sich erneut zur Bar, doch die Frau ist nicht mehr da. Auch wenn ich sie nur von hinten gesehen habe, sie kam mir komischerweise so bekannt vor. Ich könnte schwören, dass ich sie schon mal gesehen habe. Aber nun ist sie verschwunden.

Damien unterhält sich in einer Ecke des großen Saals mit Männern, die den Anschein erwecken, Geschäftspartner von ihm zu sein. Es wirkt nicht wie ein lockeres Gespräch unter Freunden, eher wie ein ernster Austausch unter Anzugträgern. Ich habe ihn in den wenigen Augenblicken schon viele Hände schütteln sehen, und ich bin ziemlich erleichtert, dass ich bei Rosa und Daisy bleiben konnte. Denn ich erkenne Damiens geschäftliches Stirnrunzeln, gefolgt von einem aufgesetzten Lachen auch auf diese Entfernung.

»Rosa!«

Die mir nur allzu bekannte Stimme lässt mich erschaudern. Wir drehen uns allesamt gleichzeitig um. Dann folgt eine kurze Stille, in der wir alle versuchen, unsere Gedanken zu ordnen, nachdem wir sehen, wer hier vor uns steht.

»Birdie? Du hier?« Verwundert starrt mich Juleya mit ihren stechenden Augen an. »Unter all dem Makeup hätte ich dich fast nicht erkannt.«

Natürlich ist sie diejenige, die das enge dunkelrote Kleid trägt.

Von all den Menschen, die ich heute Abend hier zu Gesicht bekomme, hätte ich mit Juleya am wenigsten gerechnet. Ich erinnere mich nur vage an den Abend, wo wir uns in der Bar, in der Sebastian gearbeitet hat, begegnet sind. Dafür erinnere ich mich umso besser an die Zweifel an Rosas und meiner Freundschaft, die sie ausgelöst hat, oder an all die Male, wo sie mir und meinem Bruder gesagt hat, wir sollen aus ihrer Eisdielen-Nische verschwinden. Wie sie uns immer und immer wieder die Decke wegnahm, weil sie nicht wollte, dass wir zu ihrer Nische zurückkehren. Wäre ihre herzensgute Tochter nicht gewesen, die mir jeden Winter die Decke heimlich in die Nische gelegt hat, dann gäbe es mich wahrscheinlich schon gar nicht mehr.

Mit einem bitterbösen Blick schaue ich sie an, während mir all diese Erinnerungen durch den Kopf gehen. In meinem Augenwinkel erkenne ich, wie Rosa sie anlächelt.

»Hey, Juleya«, sagt sie, aber als ich Rosa genauer betrachte, fällt mir sofort auf, dass ihr Lächeln nicht echt ist.

Trotzdem kann ich nicht über die Tatsache hinwegsehen, dass, obwohl dies einer der besten Abende meines Lebens werden sollte, nun Juleya einfach so, ohne meine Erlaubnis, erneut die Bühne meines Lebens betreten hat. Zumal ich nicht ganz verstehe, was sie auf einer Benefizveranstaltung verloren hat.

»Ich such mal die Toilette.« Daisy schaut mich mit hochgezogenen Augenbrauen an, und es dauert ein bisschen, bis ich endlich begreife, was sie mir damit sagen möchte. Sie scheint genauso wenig Lust auf ein Gespräch mit Juleya zu haben wie ich.

»Ich komme mit«, lautet meine kurze Ansage, bevor ich Daisy folge und nur noch Rosas überforderten Gesichtsausdruck wahrnehmen kann.

Daisy hakt sich bei mir ein, und wir gehen an der Bar vorbei auf einen schmalen Flur zu. Überall brennen lange Kerzen in silbernen Kerzenleuchtern, an denen wir uns vorbeidrängen müssen.

Als ich mich umdrehe, sehe ich, dass Damien mittlerweile von anderen Gesichtern umgeben ist. Rosa steht nach wie vor mit Juleya an einem Stehtisch. Doch sie sind nicht allein. Neben ihnen stehen Mrs Hamilton und Sebastian – und in diesem Moment bin ich einfach nur froh, dass ich mit Daisy mitgegangen bin.

Dass Sebastian in der Klatschpresse gelandet ist, hatte ich komplett ausgeblendet ab dem Moment, wo ich Damien im Foyer seines Apartmentkomplexes traf. Die Kette, die Küsse – all das hat mich davon abgebracht, an den Skandal zu denken, von dem Damien wohl noch nichts zu wissen scheint.

»O Mann, ich kann diese Frau nicht leiden«, seufzt Daisy und stellt sich vor den Spiegel der Frauentoilette.

»Ich habe auch nicht viel für sie übrig«, gebe ich zu und beobachte Daisy dabei, wie sie sich erneut ihren Lippenstift aufträgt. Auch ich trete dem Spiegel näher und prüfe mein Make-up. Es scheint alles noch gut auszusehen.

»Diese matten Lippenstifte sind der Wahnsinn. Die beste Erfindung der Welt.«

Belustigt schaue ich Daisy an.

»O. Mein. Gott!« Plötzlich wandern Daisys Augen zu meiner Brust. »Woher hast du die denn? Wie konnte mir dieses umwerfende Schmuckstück erst jetzt auffallen?« Ihr erstauntes Gesicht wird zu einem frechen Grinsen. »Hat die dir Mr Hamilton geschenkt?« Ich drehe mich wieder zum Spiegel und bewundere die Kette um meinem Hals, während ich stolz grinse. »Die ist wie für dich gemacht!« Daisy kommt aus der Begeisterung nicht mehr raus, was ich irgendwie süß finde. Ich bedanke mich bei ihr und lege meinen Arm um sie.

Nichts ist schöner als Menschen, die sich mit einem freuen, und diese Menschen findet man nicht oft.

»Komm, lass uns noch mal zurück zu Rosa gehen, sonst bringt die uns noch um, dass wir sie mit Juleya und Mrs Hamilton so lange allein gelassen haben«, schlage ich vor, weil mich das schlechte Gewissen nun doch ein wenig plagt.

Wie ich Mrs Hamilton und Juleya dort so nebeneinanderstehen sehe, frage ich mich, ob sie sich eigentlich kennen. Es macht mich unsicher, als ich sehe, wie sie Juleya doch tatsächlich anlächelt. Sebastian scheint nichts als einfach nur genervt zu sein. Aber ich erkenne auch eine gewisse Nervosität in seinem Gesicht, während er immer und immer wieder den Raum mit seinem Blick absucht. Als wir bei ihnen am Stehtisch ankommen, liegt der Minzgeruch von Sebastians Kaugummi in der Luft.

»Birdie!«, begrüßt er mich und legt den Arm um meine Schulter. »Mein Big Bro hat mit dir ja einen Volltreffer gelandet!«

Sein Blick mustert mich anerkennend. Er gibt mir einen High five und daraufhin eine Kombination aus dem Schnalzen mit der Zunge und einem Augenzwinkern. Mrs Hamilton reicht mir die Hand und hat wahrscheinlich schon längst meinen Namen vergessen, selbst nachdem Sebastian ihn gerade erst ausgesprochen hatte.

Kurz darauf wendet sie sich wieder Juleya zu, die mich nicht einmal beachtet. Um ehrlich zu sein, ist mir das auch ganz recht. Schließlich muss ich mich dann nicht um ein weiteres Problem kümmern. Dieser Abend soll unvergesslich werden.

»Haben sie dir auf dem roten Teppich den Kopf abgerissen?«, frage ich Sebastian in einer Lautstärke, dass seine Mutter es nicht mitbekommt. »Ich habe die News gehört, dass du es auf die Titelseite der Klatschpresse geschafft hast.«

Nachdenklich senkt sich sein Blick, und er schaut auf seine glänzenden Schuhe. »Der Kopf ist noch dran, aber auch nur, weil ich nicht auf dem roten Teppich war.«

Seine Antwort überrascht mich nicht. Ich wäre nach einer Schlagzeile, die meine Mutter so sehr in Rage gebracht hat, wohl auch nicht vor die zahlreichen Kameras gegangen. Obwohl, ich bin mir sicher, dass es seine Mutter ihm sowieso verboten hätte, und sein Vater erst recht.

»Weiß Damien es schon?«

Sebastian schüttelt niedergeschlagen den Kopf.

»Er wird so sauer sein, wenn er das erfährt. Und mein Vater erst. Ich bin ihm heute schon den ganzen Tag aus dem Weg gegangen.« Hektisch deutet er mit seinem Kopf in eine Richtung, wo sein Vater mit einigen Anzugträgern steht. Ich hätte an seiner Stelle genauso viel Angst, seinem Vater unter die Augen zu treten. Es wundert mich sehr, dass er als Chef der Firma den Anschein macht, noch nichts von alldem zu wissen – oder er ist ein extrem guter Schauspieler.

»Wir werden es Damien erzählen müssen.« Sebastian schaut mich ängstlich an. »Aber nicht hier. Nicht jetzt. Später.«

Damien verdient es, die Wahrheit zu erfahren, nur nicht während dieses schönen Abends.

»Kommt ihr?« Rosa und Daisy schauen uns erwartungsvoll an. Erst dann bemerken wir, dass die Gäste nun in den benachbarten Saal gebeten werden. Von Mrs Hamilton und Juleya ist keine Spur mehr zu sehen.

Es ist Zeit für Damiens Empfangsrede. Ich fühle mich auf einmal, als ob ich es bin, die gleich vor all den Leuten reden müsste, so sehr fiebere ich mit Damien mit. Auf das, was er hier auf die Beine gestellt hat, bin ich besonders stolz. Mit meinen nervösen Fingern klammere ich mich an meine Clutch und folge den Gästen in den Esssaal.

Beim Betreten des Raumes kann ich nur staunen. Die hohen Wände sind mit Bildern bemalt. Überall gibt es goldene Verzierungen und wundervolle aussehende Statuen. Mindestens fünfzig gedeckte runde Tische mit denselben Kerzenständern wie im Foyer bilden die Mitte des Raumes, in dessen Zentrum Platz für eine kleine Tanzfläche geschaffen wurde. Ganz hinten befindet sich die große, beleuchtete Bühne mit einem weiteren Banner der *Hamilton & Sons Inc. Foundation.*

»Unser Tisch ist ganz weit vorn«, teilt Sebastian uns mit. »Wie in jedem Jahr.«

Tatsächlich finden wir den Tisch mit unseren Namensschildern ganz vorn direkt neben der Bühne. Ein unauffälliger Blick zu den restlichen Tischen verrät mir, dass Juleya ganz weit entfernt von mir sitzt, und ich frage mich, ob Damien etwas damit zu tun haben mag.

Mrs Hamilton taucht aus dem Nichts auf und nimmt gegenüber von mir Platz. Während mein Blick die Gäste nach bekannten Gesichtern durchsucht, fällt mir auf, dass Damiens Vater nirgendwo aufzufinden ist, also ist der Platz neben Damiens Mutter frei – so wie der Platz neben mir mit Damiens Namensschild. Es dauert nicht lange, bis ich ihn in der Ferne neben der Bühne entdecke.

Er wirkt sehr nervös. Ich würde ihn am liebsten in den Arm nehmen. Sein Blick wandert zur Decke, wo ein weiteres Gemälde zu sehen ist, dann fällt er wieder und landet auf mir. Ich lächle ihn an, obwohl ich innerlich nur daran denken kann, wie froh ich bin, dass er in diesem Moment das mit Sebastian noch nicht weiß.

Sein Finger zeigt auf mich, dann auf seine Brust.

Nur er und ich.

Er hat es nicht vergessen. Mein Lächeln vervierfacht sich.

Mit der letzten Stufe der kleinen Treppe, die Damien hinaufgeht, fangen die Gäste an zu klatschen. Ich lege meine Clutch auf meine Oberschenkel und klatsche mit ihnen. Damien tritt vorsichtig ans Mikrofon.

»Vielen Dank, dass Sie heute Abend zu uns gefunden haben. Die *Hamilton & Sons Inc. Foundation* veranstaltet seit Jahrzehnten Abende wie diesen, um Spenden für die Wohltätigkeit zu sammeln. Im Namen der Firma und im Namen meines Vaters, der später noch ein paar Worte an Sie richten wird, bedanke ich mich für Ihr Erscheinen.« In den Pausen, wo Damien von dem Podest hochschaut, sehen seine hellblauen Augen mich im Publikum an. »Und nun würde ich Ihnen gern mitteilen, für welchen guten Zweck wir heute Abend sammeln werden.« Wieder schaut er zu mir, dieses Mal jedoch einen Moment länger. »Die *Hamilton & Sons Inc. Foundation* plant den Bau einer neuen Obdachlosenunterkunft in London, um ein Zuhause für die Bedürftigen zu schaffen. Die Planungen stehen noch in den Anfängen, jedoch fließen alle Spenden des heutigen Abends allein in dieses Projekt, welches ich persönlich zusammen mit dem Saints Joshua Shelter leiten werde.« Mein Herz macht einen Satz, und Damien grinst mich schüchtern und mit einem Mundwinkel an. Doch was er darauf sagt, fegt mir einen Schauer den Rücken herunter. »Da ich persönlich mit den Konsequenzen leben muss, jemanden verloren zu haben, den ich nicht vor den Gefahren der Straßen schützen konnte, liegt mir dieses Projekt sehr am Herzen. Heute Abend finden wir also zusammen, um die Welt Schritt für Schritt zu einem besseren Ort zu machen. Nicht für *die anderen* oder irgendwen. Sondern für uns. Uns Menschen ... alle Menschen.« In meinen Augen drohen die Tränen zu entrinnen, die sich während seiner letzten Worte angestaut haben. Das hektische Blinzeln ist ein verzweifelter Versuch von mir, die Überwältigung zu kaschieren. Es folgt weiterer Applaus, und Damien verlässt die Bühne mit den Worten, dass das Büfett nun eröffnet sei. Ich verfolge seine Schritte, bis er bei mir ist und sich neben mich setzt.

»Die Überraschung ist gelungen.« Ich strahle bis über beide Ohren. Damien möchte tatsächlich neue Einrichtungen für das Saint-Joshua-Heim errichten, und er ist der Leiter des Projekts. Ich erinnere mich, wie meine Mum von diesem Heim gesprochen hat und dass es das einzige Heim war, in dem sie sich wohlgefühlt hat.

Seine Hand legt sich schützend auf meine, und ich lasse meine Finger zwischen seine gleiten. Aus irgendeinem Grund schaue ich mich nach Juleya um, aber als ich sie nicht an ihrem Platz finde, entdecke ich durch die Tür ihr rotes Kleid wieder an der Bar im Foyer. Als ich mich erneut umdrehe, schaut mich Damiens Mutter aufmerksam an, als wüsste sie, nach wem ich Ausschau gehalten habe.

»Wollen wir uns etwas zu essen holen?«, fragt mich Damien, und ich nehme sein Angebot augenblicklich an.

Nachdem Damiens Vater während des Essens quasi Damiens Worte nachgeredet hat, nur dass man ihm seine Worte nicht wirklich abkaufen wollte, und ich das Buttergemüse auf meinem Teller aufgegessen habe, tupfe ich mir mit der Stoffserviette den Mund ab. Genau so, wie Damien es wenige Augenblicke zuvor getan hat. Rosa und Daisy sind vom Tisch verschwunden, und bei dieser Musik könnte ich vermuten, dass man sie auf der Tanzfläche antrifft. Bestimmt ist Juleya immer noch mit ihrem roten Kleid und dem aufgesetzten Lächeln an der Theke und bestellt sich einen Sekt nach dem anderen.

Ein langsameres Lied hallt von den Lautsprechern durch den Saal, und Damien lehnt sich zu meinem Ohr.

»Wollen wir tanzen?«

Eigentlich würde ich jetzt gern dankend ablehnen, denn ich habe keine Ahnung, wie man tanzt, aber die Art, wie er mich fragt, lässt mich vergessen, dass die Wahrscheinlichkeit, dass ich mich blamiere, ziemlich hoch ist.

Wir erheben uns von unseren Plätzen und lassen Sebastian mit seinen Eltern allein. Auf der Tanzfläche entdecke ich tatsächlich Rosa und Daisy, wie sie Arm in Arm hin und her wippen. Daisys Kopf lehnt gegen Rosas Schulter, und es ist so ein schöner Anblick, dass ich ihn am liebsten in einem Foto festhalten würde.

Damien legt seine Arme um meine Taille, und ich sehe ihn nervös an. »Kein Grund zur Aufregung«, haucht er mir liebevoll ins Ohr, und ich atme tief ein und aus. Der Geruch von seinem Parfüm beruhigt mich, und ich sehe tief in das Hellblau seiner Augen. »Du bist mit dem besten Wipp-Tänzer in London auf der Tanzfläche«, schmunzelt wer und tut so, als würde er sich etwas von der Schulter wischen.

Da ist er wieder, der verspielte Damien, der mich zum Lachen bringt und mich alles um uns herum vergessen lässt. Ich lehne meinen Kopf wie Daisy gegen seinen Körper, jedoch reicht meiner nicht bis zur Schulter, sodass ich gegen seine Brust lehne und seinen schnellen Herzschlag höre. Mit dem nächsten Atemzug schließe ich meine Augen und lausche nur der Musik.

»Weißt du, als Rosa mir nicht die Farbe deines Kleides sagen wollte, hätte ich ihr beinahe gekündigt.«

Ich kichere mit geschlossenen Augen. Dann küsst er meinen Kopf zärtlich.

Als ich meine Augen wieder öffne, sehe ich das rote Kleid an mir vorbeiziehen. Erschrocken beobachte ich, wie Juleya über die Tanzfläche taumelt, gefolgt von einer strengen Alkoholfahne, und sie nach der Bühne Ausschau hält. Mal geht sie zwei Schritte vor, dann drei zurück. Die Stühle bieten ihr Halt. Ich habe kein gutes Gefühl, und auch Damien scheint ihr Verhalten nicht entgangen zu sein.

Doch bevor wir irgendetwas unternehmen können, arbeitet sie sich durch die Menge bis zur Bühne vor. Völlig außer sich ergreift sie das Mikrofon, nutzt den Ständer als Stütze, damit sie nicht umkippt.

»Halluuu! Hall-oh!« Sie schluckt mit geschlossenen Augen. »Kann mal bidde einer die Musik ausssssssstellen?«

Und dann ist es still. Das Einzige, was man hört, ist das Zischen und Quieken des Mikrofons, in das Juleya die folgenden Worte spricht: »Kann mir mal bidde einer der reizendenen-denenen Männer in Anzügen erklären, warum eine Firma, die Obdachlosenspikesssss vor ihrem Gebäude angebracht hat, plötzlich einen auf *Wir retten die Obdachlosen* macht?«

Sie verschränkt ihre Arme und kann sich kaum gerade halten. Doch dann bleibt mein Herz stehen.

»Damien, nur weil du jetzzzzt eine Obdachlose ficksssst, macht dich das nicht zu einem anderen!«

Kapitel 33

Sprachlos drehe ich mich auf der Tanzfläche um. Mein Blick wandert von Gesicht zu Gesicht. Sie starren uns alle an. Damiens Arm verlässt meine Taille nicht. Im Gegenteil – sanft zieht er mich noch ein Stückchen näher zu sich, obwohl ich sehen kann, dass er schwer schlucken muss.

An unserem Tisch sehe ich Mrs Hamilton, wie sie mir direkt in die Augen blickt. Ihr Gesicht sagt mir, dass sie die Worte von Juleya nicht überrascht haben – was mich noch einmal darüber nachdenken lässt, dass sie vorhin noch in tiefe Gespräche mit ihr verwickelt war. Juleya wird ihr alles über mich und meine Vergangenheit erzählt haben. Alles, was sie weiß … und genug, um Mrs Hamiltons Bild von mir um hundertachtzig Grad zu wenden.

Beinahe unmittelbar nach dem Einsetzen der Stille ertönt wieder die Musik aus den Lautsprechen, jedoch ist es ein verzweifelter Versuch des DJs, die Stimmung mit einem fröhlichen Popsong aufzumuntern. Nur hat niemand mehr Lust zu tanzen. Jedem gehen nur Juleyas Worte durch den Kopf – das sehe ich in ihren Blicken.

Ich bin maßlos sauer, aber mir will ihr Satz mit den Obdachlosenspikes nicht aus dem Sinn gehen … Ich schnaube angewidert. Seit wann kümmert sie sich um so etwas. Als Frau, die nicht einmal die Decke ihres

Hundes teilen wollte, dürfte sie sich nun wirklich nicht auf einmal für einen Engel ausgeben.

Aber leider hat sie recht, was die Spikes vor *Hamilton & Sons Inc.* betrifft. Sie sollen Menschen wie mich vertreiben, die das Image der Firma gefährden könnten. Eine Tatsache, die mir schon häufiger schlaflose Nächte bereitet hat.

Dass die Firma sich nun für die Erweiterung eines Obdachlosenheims einsetzt, widerspricht sich – das möchte ich gar nicht leugnen.

In der Magengegend verspüre ich ein schmerzhaftes Stechen, und wieder fühle ich mich, als würde ich mich am liebsten übergeben.

Jeder Gast hat immer noch seine schockierten Augen auf mich gerichtet und weiß, dass ich eigentlich nicht in das Leben passe, das ich hier vorgebe zu leben. Jeder weiß nun, dass ich eigentlich nur Birdie, die Obdachlose, bin.

Juleya wird von zwei muskulösen Security-Mitarbeitern von der Bühne geschleift. Sie ist so betrunken, dass es ihr gar nichts auszumachen scheint. Sie wehrt sich nicht einmal. Neben der Bühne sehe ich Damiens Vater, welcher den Männern die Anweisung erteilt haben muss. Wenigstens sichert ihm dies einige Sympathiepunkte, wenn auch nur wenige. Doch dann wendet er sich uns zu. Das Grau seiner Haare ist an einigen Stellen beinahe komplett weiß. Im Gegensatz zu Damien hat er seinen Bart in den letzten Wochen etwas länger wachsen lassen. Momentan achte ich auf das kleinste Detail, um die große Menge um uns herum auszublenden.

Obwohl die Musik weiterhin zum Tanzen auffordert, stehen die Gäste einfach nur rum und begaffen die

Hauptattraktion: Damien und mich. Mir ist so schlecht. Ich fürchte, Damiens Vater wird alles noch schlimmer machen, denn was auch immer er Damien und mir zu sagen hat, ich bin mir sicher, dass es nichts Nettes sein wird.

»Erst Sebastian und dann das hier?«

Verdammte Scheiße!

»Wollt ihr mir meine Firma ruinieren?«

Ich halte den Atem an, als Damien seinem Vater verwirrt in die Augen starrt. Das Fragezeichen in seinem Gesicht kann man nicht übersehen. Doch dann entgleisen seine Gesichtszüge ganz plötzlich, und ich werde Zeuge, wie er sich eins und eins im Kopf zusammenzählt. Nun weiß er es. Nun weiß er, dass Sebastian in der Klatschpresse gelandet ist.

»Ich möchte, dass du und deine ... was auch immer sie ist, umgehend diese Veranstaltung verlasst, bevor ich meine Geduld mit euch verliere«, äußert sich Mr Hamilton senior zischend, und ich zucke erschrocken zusammen.

»Ist das dein Ernst?« Damiens Stimme wird mit jedem Wort lauter, sodass ich sanft seinen Arm drücke, um ihn zu beruhigen. »Wenn es das ist, was du willst. Gern«, sagt er nun mit einem ruhigeren Ton in seiner Stimme. »Komm, Birdie, wir gehen.« An meiner Taille zieht er mich mit sich über die Tanzfläche, direkt an Rosa und Daisy vorbei, die uns mit traurigen Mienen ansehen. Ich hauche ihnen ein leises »Tut mir leid« zu, worauf Rosa mit dem Kopf schüttelt, bevor wir in Richtung Ausgang gehen.

Draußen ist es dunkel. Der rote Teppich wurde eingerollt, und die Kameras sind verschwunden. Damien holt sein Smartphone heraus und ruft jemanden an. Es wird bestimmt unser Fahrer von vorhin sein. »Dieser Abend ist im Eimer«, regt er sich nach dem Telefonat auf und schaut mit einem angewiderten Blick in die Ferne.

»Sag so etwas nicht.« Meine Stimme ist schwach und bricht bei jedem zweiten Wort. »Es war doch anfangs so schön.« Auch wenn ich selbst unglaublich aufgebracht bin, dass dieser Abend so enden musste, habe ich nicht vergessen, wie schön es war, Damien mein Kleid zu präsentieren, oder wie er mir diese atemberaubende Kette geschenkt hat, welche nun meine aufgeregten Finger beschäftigt. Das Essen, seine Worte auf der Bühne ... alles war perfekt ... bis eben.

»Warum wusste ich nichts von dem Artikel? Warum hat mir denn niemand davon erzählt?«

Ich muss schlucken.

»Wenn du so reagiert hättest, wenn ich es dir vorhin im Foyer als Allererstes erzählt hätte, dann bin ich froh, dass ich es dir nicht gesagt habe. So konnte ich wenigstens einen Teil dieses Abends genießen.« Meine Sicht verschwimmt, weil sich Tränen in meinen Augen bilden und ich verzweifelt versuche, sie mit hektischem Blinzeln wegzubekommen.

»Du wusstest davon?!« Damien geht einen Schritt zurück und schaut mich an, als hätte ich ihn gerade auf das Übelste beleidigt. Dabei lässt er mich los und mustert mich eindringlich. Sein Blick hat beinahe etwas Angewidertes an sich, und meine Brust zieht sich zusammen. Das Kleid ist mittlerweile ziemlich eng. »Merkst du eigentlich, wie selbstsüchtig das ist?«

Seine Worte versetzen mir einen Stich. Nun kullern heiße Tränen über meine Wangen. Ich versuche, sie mit meinem Handrücken wegzuwischen, während mir seine Worte durch den Kopf gehen. Ich und selbstsüchtig?

Ich wollte doch nur nicht die Überraschung zerstören und mit Damien einen schönen Abend verbringen. Nur ein einziges Mal habe ich an mich gedacht. Ein einziges Mal.

»Ich habe es dir nur nicht gesagt, weil ich wusste, wie sehr es dich verletzen würde.« Ich erschrecke, als ich bemerke, dass auch meine Stimme sich erhebt.

Verdutzt mustern mich Damiens hellblaue Augen. Daraufhin öffnet er seinen Mund, will etwas sagen, schließt ihn jedoch wieder und hält inne.

»Weißt du, was mich noch viel mehr verletzt?«

Wieder schlucke ich und schaue zu ihm auf. Der Schmerz in seinen Augen ist eindeutig, und ich fühle mich verantwortlich dafür.

»Dass du nicht ehrlich zu mir gewesen bist und mir von dem Artikel erzählt hast. Ein Kleid zu verheimlichen ist nicht dasselbe wie einen Artikel, der die Zukunft unserer Firma und das Leben meines kleinen Bruders bestimmen könnte.«

Ich kann nicht anders, als Damiens Worte mit denen seines Vaters zu vergleichen, denn genau so hört er sich gerade an. Es gibt jedoch einen bedeutenden Unterschied: Damien erwähnt seinen Bruder. Sein Ton sprüht vor Enttäuschung, Verzweiflung, Sorge und Schmerz. Und obwohl mein Puls recht hoch ist und ich überfordert mit der Situation bin, sind es besonders die Sorgen für Sebastian, die mich aus meinem Traum eines perfekten Abends zurück in die Realität holen. Er will seinen kleinen Bruder um jeden Preis beschützen.

»Es tut mir leid. Bitte lass uns jetzt nicht streiten«, flehe ich ihn an. »Ich weiß, ich hätte es dir sagen sollen. Um ehrlich zu sein, hatte ich es komplett vergessen, bis zu dem Moment, wo ich Sebastian und eure Mutter gesehen habe, weil ich einfach so überwältigt war von alldem hier. Ich kenne das alles doch gar nicht ... Es tut mir leid.« Mein Blick wandert auf den Boden, und ich erkenne Damiens glänzende Schuhe, wie sie näher treten. Das Nächste, was ich spüre, sind seine Arme, welche sich in einer festen Umarmung um mich legen. Ich lehne meinen Kopf an seine Brust und schließe meine Augen. Während mein Herz sich mit der Zeit beruhigt, schlägt seines wie wild.

Für einen Moment bekommen wir kein einziges Wort mehr über die Lippen. Wir stehen einfach nur im abendlichen Sommerwind von London, und warten auf das Auto, das uns nach Hause bringen soll, während die Musik der Benefizveranstaltung in der Ferne zu hören ist.

»Mir tut es leid. Ich weiß, dass es nicht deine Schuld ist, dass du in mein Familiendrama hineingezogen wurdest.« Vorsichtig umfasst er mein Gesicht, sodass ich ihn anschauen muss. Meine Hände liegen auf seiner Brust, und angesichts der schwarzen Flecken auf meinem Handrücken, kann ich mit Sicherheit sagen, dass mein Make-up komplett verschmiert sein muss. »Und morgen wird wahrscheinlich der nächste Artikel erscheinen: *Damien Hamilton setzt sich für Obdachlose ein, solange sie sich nicht vor seiner Firma niederlassen.*« Genervt rollt er mit seinen Augen, bevor er in meine blickt.

Zuerst überlege ich, ihn danach zu fragen, warum vor *Hamilton & Sons Inc.* überhaupt noch Spikes sind, aber für heute hatte ich genug Aufregung.

»Mir ist es egal, was die Leute da drinnen über uns denken. Von all den Männern unter den Gästen bin ich mit Abstand der Glücklichste.«

Ich spüre, wie mein Herz wieder schneller gegen meine Brust hämmert. Dass unsere Unterhaltung diese plötzliche Wende nehmen würde, damit hätte ich nicht gerechnet.

Als das grelle Licht der Limousine uns anstrahlt, küssen wir uns bereits.

»Lass uns zu Hause weiter darüber sprechen«, flüstert Damien, und ich nicke, während sein Kuss noch auf meinen Lippen zu spüren ist.

Kapitel 34

Nachdem ich mir im Spiegel die verschmierte Wimperntusche so gut es geht entfernt habe, herrscht im Fahrstuhl Stille. Die Autofahrt hat mich ziemlich müde werden lassen.

Wenige Augenblicke später öffnen sich nach dem Klingeln die Fahrstuhltüren. Ich hebe meinen Tüllrock an, damit ich nirgendwo hängen bleibe, und lasse ihn wieder fallen, als ich die teilweise zerrissene Zeitung auf dem Boden sehe. Sebastians Gesicht ist in zwei Teile geteilt. *Sohn von* Hamilton & Sons Inc.*-Inhaber schlägt Studenten das Gesicht blutig* kann ich noch auf dem geteilten Titelblatt erkennen, als ich das, was noch von der Zeitung übrig ist, aufhebe. Es ist sogar ein Bild von den Verletzungen des Jungen drauf, den Sebastian angegriffen hat. Während Damien die Zeitung zu ignorieren versucht und sich ein Glas Wein einschenkt, lese ich mir den Artikel durch. Zwar bin ich noch nicht wirklich schnell im Lesen, aber ich werde von Mal zu Mal besser.

In keinem einzigen Satz steht etwas von den Dingen, die dieser Typ über Kyra geäußert hatte.

»Ist das der Artikel?«, höre ich Damiens Stimme schließlich aus der Küche fragen, obwohl er mich seit einigen Minuten ununterbrochen beim Lesen beobachtet, und ich antworte ihm mit einem entsetzten *Ja.*

»Typisch …«, meint auch Damien, als er den Artikel überflogen hat. »Nichts als Lügen.«

»Was wird das nun für eure Firma bedeuten?«

Damien schüttelt den Kopf, aber er braucht eine Weile, bis er es schafft, mir zu antworten.

»Schlechte Presse ist immer ein Nachteil. Das wird uns wahrscheinlich einige große Kunden kosten. Besonders wenn morgen noch ein weiterer Artikel veröffentlicht werden sollte.« Ich denke über das nach, was er mir vorhin gesagt hat, als wir auf das Auto gewartet haben. So viele Menschen wissen nun von meiner Vergangenheit. So viele einflussreiche, wohlhabende Menschen in hohen Positionen und bald ganz England, wenn der Artikel tatsächlich erscheinen sollte. Eigentlich sollte es mir egal sein – ich bin schon vielen Anzugträgern über den Weg gelaufen, die mich als mein wahres Ich gesehen haben. Und ich kenne diese Menschen nicht einmal. Dennoch hinterlässt es einen faden Beigeschmack.

»Deine Mum hat heute Abend die ganze Zeit mit Juleya geredet. Das fand ich eigenartig«, gebe ich zu. Zögernd schaue ich zu Damien auf, tief in seine blauen Augen, die mich unentschlossen mustern. »Und nachdem Juleya ihre Ansprache gehalten hatte, wirkte sie ganz und gar nicht überrascht.«

Angewidert schüttelt er nun wieder seinen Kopf. »Sie kann es einfach nicht lassen. Überall steckt sie ihre Nase hinein.« Damien nimmt den letzten Schluck seines Weins und dreht sich um. Die Zeitung landet im Mülleimer neben dem Tresen, das Glas stellt er neben die Spüle, bevor er sich das Jackett auszieht und die Arme auf der Küchentheke abstützt.

Ich lehne mich gegen eine der Säulen, und der kalte Marmor jagt mir eine Gänsehaut über die empfindliche Haut meiner entblößten Schulter.

»Eigentlich überrascht es mich wenig, dass sie so etwas tun würde, meine Mutter meine ich. So war sie schon immer, und wahrscheinlich wird sie so auch immer bleiben.« Während er redet, entscheide ich mich dafür, ihm zur Küchentheke zu folgen, lehne mich gegen seine Schulter und streiche mit den Fingern über seinen angespannten Unterarm. Damien neigt den Kopf zu mir und sieht mich an. In seinem Gesicht erkenne ich eine Mischung aus Hass und Schmerz. »Als Kyra gestorben ist, da hatte sie nichts Besseres zu tun, als mich mit Fragen zu bombardieren. Nur weil sie Kyra seit Wochen nicht mehr gesehen hatte.« Damien hatte mir erzählt, dass seine Mutter nie für ihre Kinder da gewesen sei. Dass sie aber so herzlos ist und Damien nach dem Tod seiner kleinen Schwester mit Fragen ausquetscht, das hätte ich mir selbst für ihre Verhältnisse nicht vorstellen können. Wie kann man solch eine Distanz zu seinen eigenen Kindern haben.

»Ihre Fragen sind keine wirklichen Fragen, sondern lediglich verpackte Anschuldigungen und Schuldzuweisungen.«

»Deine Mutter hat dir wirklich die Schuld an Kyras Tod gegeben?«

Damien meidet meinen Blick und starrt einfach nur an die graue Steinwand vor uns. Das Gefühl, das sich in meiner Brust formt, und der Kloß in meinem Hals lassen mich schwer schlucken.

»Das tut mir leid ... Ich ...«, ist mein erster Ansatz, jedoch überdenke ich meine Worte noch einmal. »Es war nicht deine Schuld.« Wir hatten dieses Thema schon einmal. Aber nun wird mir erst bewusst, wie gravierend Damiens Vorwürfe gegenüber sich selbst sind. Seine eigene Mutter hat ihn dazu verleitet, sich die Schuld an dem Tod seiner Schwester zu geben, nachdem er sich sowieso schon schuldig gefühlt hatte.

Meine Finger streichen weiterhin in langsamen, kreisenden Bewegungen über seinen Arm, und plötzlich schaut er zu mir auf. Ich sehe eine Träne, die von seinem Augenwinkel aus über die Wange kullert. Vorsichtig wische ich sie mit meinem Finger weg. Er sieht mich einfach nur an, während ich in meinen Gedanken den Abend Revue passieren lasse.

»Warum hast du die Spikes noch nicht entfernen lassen?«, platzt es aus mir heraus. Dies war die Frage, die mir am meisten auf der Zunge brannte. Nachdem Juleya mich daran erinnert hatte, bekomme ich sie nicht mehr aus dem Kopf.

Und da sind sie wieder, die hasserfüllten hellblauen Augen. Damien dreht sich um, sodass er mit der Hüfte gegen die Theke lehnt. Ich verschränke die Arme vor meiner Brust, bevor ich seine Position kopiere und tief Luft hole. Meine linke Schulter berührt seinen rechten Oberarm.

»Nachdem wir das erste Mal über die Obdachlosenspikes gesprochen hatten, habe ich sofort mit meinem Vater geredet. Ich dachte, ich hätte ihn schon so weit, dass er sie wieder abmontieren lassen würde, aber er hat es bis heute nicht getan. Ich bin zwar Mitinhaber der Firma, aber das letzte Wort hat immer mein Vater.«

Damien konnte also anscheinend gar nichts dafür, dass die Obdachlosenspikes existieren. Und seit heute weiß ich aus eigener Hand, dass sein Vater nicht wirklich mit sich reden lässt, wenn es um das Image von *Hamilton & Sons Inc.* geht.

»Glaubst du, deine Mutter hat Juleya von den Spikes erzählt?«, frage ich ihn, ohne darüber nachzudenken, dass ich mich zu sehr auf diese Juleya-Sache versteife. Schließlich wohnt sie auf der anderen Straßenseite der Oxford Street und wird es mit eigenen Augen gesehen haben.

»Sie braucht doch nur über die Straße zu gucken, um die Spikes zu sehen«, spricht er das Offensichtliche an.

Wahrscheinlich denke ich wirklich zu sehr darüber nach, was Mrs Hamilton für Pläne schmiedet, und vergesse dabei, logisch zu denken.

»Ja klar, du hast ja recht.« Mein Kopf lehnt sich wieder gegen seinen Arm.

»Obwohl es natürlich durchaus sein kann, dass Juleya dieses Detail schon längst vergessen ... oder es nie beachtet hat. Vielleicht hat meine Mutter ihr auf die Sprünge geholfen. Was ich vorhin gesagt habe, das meinte ich auch so«, sagt Damien mit sanfter Stimme, als er bemerkt, dass ich schweigend in meinen Gedanken versunken bin. »Mir ist egal, was die anderen denken.« Er lehnt sich zu mir herunter und gibt mir einen zärtlichen Kuss auf die Schläfe, und er schafft es, dass ich mit einem Mundwinkel wieder lächeln kann.

»Dieses Kleid mag atemberaubend hübsch sein, aber zwicken tut es trotzdem ganz schön.« Mein darauf folgendes Lachen ist eine Mischung aus Sarkasmus und Verzweiflung. Meine Haut ist bestimmt schon ganz gerötet von dem vielen Kratzen.

Als ich kein Lebenszeichen von Damien höre, blicke ich verwundert zu ihm auf. Seine hellblauen Augen sind beinahe vollkommen vom Schwarz der Pupille eingenommen. Ich erkenne sein Schlucken und dass sein Blick mich von Kopf bis Fuß mustert. Erst dann wird mir bewusst, dass ich ihn sprachlos gemacht habe und er mich voller Konzentration anstarrt. Vorsichtig nehme ich die Klammern aus meinen Haaren, bis sie auf meine Schulter fallen.

Immer noch kein Wort von ihm.

Das Einzige, was ich beobachten kann, ist das schnelle Heben und Senken seiner Brust.

Das Adrenalin strömt durch meine Adern.

»Magst du mir dabei helfen, das Kleid auszuziehen?«

Kapitel 35

Damiens Hände wandern um meine Taille, während die Stoppeln seines Bartes an meinem linken Ohr kitzeln. »Ich liebe dich«, haucht er, und ich schließe meine Augen, bevor ich seinen Kuss an meinem Hinterkopf spüre. Seine Hand fährt durch meine Haare, hält sie zu einem Knoten zusammen, um anschließend vorsichtig den Reißverschluss meine Wirbelsäule herunterlaufen zu lassen. Das Kleid fällt um meine Fußknöchel, und im nächsten Moment spüre ich wieder Damiens Hände auf der bloßen Haut an meiner Taille. Er küsst mich hinter meinem Ohr und ich kann mein Gekichere nicht zurückhalten. Ich wusste nicht, dass ich dort so empfindlich sein würde.

Mit einer Berührung an meiner rechten Schulter bringt er mich dazu, mich zu ihm zu drehen, bevor seine Hände nach meinen Handgelenken greifen und er sie um seinen Hals legt.

Auf einmal verspüre ich ein Gefühl, welches mir so neu ist. Gierig starre ich seine Lippen an, dann in Damiens Augen. Ich kann nicht länger warten und stelle mich auf die Zehenspitzen, um an seine Lippen heranzukommen. Im ersten Moment scheint er überrascht, doch dann spüre ich sein Schmunzeln während des innigen Kusses.

Meine Hände wandern seinen Nacken hinauf zu seinen perfekt sitzenden Haaren. So lange haben wir uns noch nie geküsst.

Als Damien mit der Spitze seiner Zunge nach meiner sucht, bin ich zuerst überfordert, aber nach nur wenigen Sekunden scheint alles wie von selbst zu funktionieren.

Ich schmecke den Alkohol und lasse mich leiten, während ich gleichzeitig den Ton angebe, als meine Hände nun von den Haaren zum Kragen seines Hemdes wandern.

Mit geschlossenen Augen öffne ich jeden einzelnen Knopf.

»Sachte«, lacht Damien leise und hilft mir dabei, das Hemd über seine Arme zu bekommen. Meine Wangen glühen vor Hitze. »Wir haben alle Zeit der Welt.« Seine Stimme bricht inmitten des Satzes.

Wie bereits erwähnt, dieses Gefühl habe ich noch nie in meinem Leben so stark wie in diesem Moment gespürt. Diese Gier nach jemanden. Das Verlangen, ihn überall zu spüren und nie wieder loslassen zu wollen. Und selbst wenn ich keine Ahnung habe, wie man damit umgeht, lasse ich mich einfach leiten von den Ideen, welche während dieses Rausches in meinem Kopf entstehen.

Damiens Hände haben bisher auf meiner Hüfte verweilt, doch nun lässt er sie bis zum Bund meiner Unterhose fallen.

»Ist jetzt der richtige Moment?«, frage ich ihn und fürchte, dass er es sich vielleicht noch anders überlegt.

Als Antwort legt er seine Hände um mein Gesicht und schaut mir in die Augen. Er nickt, überzeugt sich jedoch davon, dass ich es ernst meine. Dann berührt sein Mund das letzte Mal meinen, bevor die Küsse über meinen Hals und die Schultern fortgeführt werden. Ich genieße die zarten Spiele, die mein Herz zum Rasen bringen.

Er beugt sich herunter, umgreift meine Oberschenkel und hebt mich hoch, was mich kurz aus der Trance, in der ich mich befinde, aufschrecken lässt. Der kalte Stein der Küchentheke ist zwar unangenehm, aber seine Zärtlichkeiten erfüllen mich mit einer Hitzewelle nach der anderen.

Die Träger meines BHs hängen schon an meinen Ellenbogen, und ich kann es kaum erwarten, ihn endlich loszuwerden.

Damiens Finger erkunden meine Oberschenkel, und als er über die Wunde des Rasierunglücks streift, zucke ich zusammen.

Sofort hört er auf und schaut mich mit besorgtem Blick an. »Hab ich etwas falsch gemacht?«

Ich blicke zu der Wunde und merke, dass ich das Pflaster vorhin beim Tanzen oder eben beim Ausziehen des Kleides verloren haben muss. Zum Glück ist die Wunde nicht ganz aufgerissen, aber ich sehe, dass ein kleiner, blutiger Tropfen zu erkennen ist.

Bevor ich ihm jedoch antworten kann, muss ich selbst erst einmal herunterkommen. Mit einem tiefen Atemzug fahre ich ihm abermals durch das nun nicht mehr perfekt sitzende Haar. »Ich habe mich gestern beim Rasieren geschnitten«, erkläre ich, als auch er die Stelle entdeckt und sie stirnrunzelnd begutachtet. Ich möchte nicht, dass dieser Moment schon vorbei ist. Nicht wegen dieser unwichtigen kleinen Wunde. »Das, was du gesagt hast, hat mich wohl so aus der Bahn geworfen«, grinse ich und ziehe ihn zu mir heran.

»Was habe ich denn gesagt?«, fragt er lüstern, und ich erkenne das Funkeln in seinen Augen.

»Ich liebe dich.«

Ich beiße mir auf die Unterlippe, und Damien schaut zu meinem Mund herab. Sein verschmitztes Lächeln macht mich verrückt.

»Daran wirst du dich gewöhnen müssen, denn das werde ich dir noch viele ...« Er platziert einen Kuss auf meiner Stirn. »... viele ...« Ein weiterer landet auf meiner Schläfe. »... Male ... sagen.« Nun sind es wieder meine Lippen.

Ich möchte, dass dieser Moment nie endet. Dass wir nie wieder sein Apartment verlassen müssen und es nur uns zwei gibt, für immer. In diesem Augenblick wünsche ich mir nichts sehnlicher als das.

»Ich freue mich drauf«, flüstere ich in sein linkes Ohr, und ich kann spüren, dass ihm das gefallen muss.

»Wollen wir ins Schlafzimmer gehen?« Das Adrenalin in meinem Körper erlebt seinen Höhepunkt, und alles, was ich zustande bekomme, ist ein beinahe unauffälliges, aber umso ungeduldigeres Nicken.

Als mich Damien vorsichtig auf dem weichen Bett niederlässt, sehe ich nichts als seinen Schatten im Licht, welches aus dem Flur durch die geöffnete Tür ins Schlafzimmer scheint. Seine zerzausten Haare stehen in alle Richtungen.

Er gibt mir einen Kuss auf die Stirn, obwohl ich nach seinen Lippen suche. Dann lässt er mich los, und ich sehe ihn zu meiner Überraschung um das Bett herum und zu seinem Nachtschrank gehen. Mit einer raschen Handbewegung beginnen die Lampen hinter seinem

Bett zu leuchten, sodass das Zimmer in warmen Gelbtönen erstrahlt und ich Damien erkennen kann.

Unsicher drehe ich meinen Kopf zu ihm und schaue ihn an. Er steht halbwegs mit dem Rücken zu mir gedreht vor dem Nachtschrank, und ich beobachte das Tanzen der Muskeln und Schulterblätter auf seinem Rücken, als er die Schublade öffnet.

»M-Macht man das so?«, rutscht die Frage aus mir heraus.

»Was meinst du?«, fragt er mich schmunzelnd, während er etwas Glänzendes herausholt.

»Das Licht«, murmle ich verlegen und zeige mit einem Finger zum Kopfende des Bettes.

Das glänzende Etwas landet in Damiens Anzughose, bevor er zurück auf das Bett klettert und seine Hände links und rechts neben meinem Kopf abstützt. Ich sehe den Schimmer in seinen hellen Augen und wie er die Unterlippe zwischen seinen Zähnen gefangen hält. »Du bist wunderschön ... ich möchte dich sehen«, haucht er, und sein Atem, der nach wie vor nach Rotwein riecht, fließt über meine Haut. Dann grinst er verschmitzt und küsst mich, bevor er dort weitermacht, wo er in der Küche aufgehört hat.

Er möchte mich sehen ... Ich erröte. Dann spielen sich all die Momente in meinem Kopf ab, in denen er mich schon einmal so gesehen hat, und plötzlich ist es nicht mehr so schlimm.

Er kennt mich. Ich kenne ihn.

Zärtlich platziert er Küsse auf meinem Schlüsselbein und Dekolleté. Schließlich wandern seine Lippen bis zu meinem Bauchnabel. Ich balle meine Hände zu Fäusten und halte mich am Bettlaken fest, verspüre so viele verschiedene Reaktionen meines Körpers, welche er mit seinen Berührungen an unterschiedlichsten Stellen auslöst.

Es ist so weit, das ist der Moment.

Wir kommen uns näher als je zuvor.

Mutig lege ich meine Hände auf Damiens Hüfte, an die Stelle, wo sein Gürtel sitzt, während er mit seinen Küssen wieder zu meinem Hals wandert.

Verdammt, das fühlt sich tausendmal besser an, als ich es mir hätte vorstellen können. Damiens Hand wandert zu meiner und führt sie zu der Schnalle seines Gürtels. Im nächsten Moment ist auch die zweite Hand an der Schnalle, und ich öffne sie vorsichtig für ihn. »Der Knopf ...«, nuschelt er gegen meine Haut hinterm Ohr, und ich öffne auch den Knopf und Reißverschluss für ihn. Bevor ich seine Hose von seinen Hüften schieben kann, setzt er sich auf, stellt sich wieder neben das Bett und holt das glänzende Päckchen aus der Hosentasche.

Die Hose fällt zu Boden und ich traue mich nur, in sein Gesicht zu schauen. Mein Kopf glüht vor Nervosität, dennoch möchte ich, dass er so, schnell es geht, wieder zu mir ins Bett kommt.

Das Knistern des Päckchens macht mich neugierig, aber ich kann mich noch zurückhalten, meinen Blick nicht zu senken.

Im nächsten Augenblick ist Damien wieder bei mir, legt sich jedoch auf seine Seite des Bettes und zieht mich behutsam zu sich rüber, sodass ich auf ihm sitze. »Mann, dieser BH ist ja wirklich irritierend«, lacht er und schaut auf meine Brust, die von dem beigen BH verdeckt wird. Ich muss nervös kichern und beschließe, nach seinen Händen zu greifen, um diese zum Verschluss meines BHs zu führen.

»Öffne ihn für mich«, lauten meine Worte.

Wieder blitzen seine Augen auf, und ich bin mir sicher, dass er meinen Herzschlag hören kann – und selbst wenn nicht, dann wird er ihn spüren können, sobald er mich berührt.

Der BH landet auf meiner Seite des Bettes, und ich ringe aufgeregt nach Luft. Dann spüre ich ihn wieder, an allen möglichen Stellen meines Körpers, während ich die Möglichkeit ergreife und die Rollen tausche – ihn an all den Stellen küsse, wo er es vorhin bei mir getan hat.

Ich merke, dass das Damien zu gefallen scheint, und verstehe nun, wie es sich anfühlt, jemandem dieses Kribbeln zu geben, das ich heute zum ersten Mal auf diese Art durch ihn verspürt habe. Es ist mindestens genauso aufregend.

Kuss für Kuss erkunde ich seinen Körper, und mir fällt auf, wie sich seine Brust immer schneller auf und ab bewegt, je tiefer meine Lippen gleiten.

»Ich kann nicht länger warten«, gibt Damien plötzlich zu, und als ich zu ihm aufsehe, wurde das Blau in seinen Augen wieder beinahe vollkommen vom Schwarz seiner Pupillen verjagt.

»Was ist mit *Wir haben alle Zeit der Welt* passiert?«, necke ich ihn und bringe ihn zum Grinsen.

»Gutes Argument.« Seine Hand streicht mir eine Strähne aus dem Gesicht, bevor sie sich um meinen Nacken legt und er mich hinunter zu seinen Lippen bringt. »Aber das wird noch eine lange Nacht werden«, flüstert er und schickt mit seinen Worten einen angenehmen Schauer meinen Rücken hinunter.

Kapitel 36

Ich spüre die samtigen Rosenblüten an meiner Haut, während ich mit dem Rücken an Damiens heißer Brust lehne. Das Wasser ist hingegen nur noch lauwarm, aber wir denken nicht daran, die Wanne zu verlassen.

Letzte Nacht werde ich nie vergessen. Nicht in diesem Leben. Normalerweise gehe ich sparsam mit dem Wort »perfekt« um, doch genau das war es. Es war perfekt ... Perfekt, weil ich es mit ihm zusammen erforscht habe. Ich schwebe ganz weit oben, auf Wolke neun – oder wie auch immer man das noch mal sagt. So hoch, dass mir plötzlich all unsere Probleme wie kleine Sorgen in der Ferne vorkommen. Nicht greifbar und unbedeutend, solange wir hier oben verweilen.

Das Wasser gibt ein gluckerndes Geräusch von sich, und Damien verändert die Position seiner Beine. Dann bewegt sich auch sein rechter Arm, aber ich öffne meine Augen nicht.

Noch einen kleinen Moment länger, bitte ...

Erst als das grelle Licht seines Smartphones auf mein Gesicht strahlt, schaue ich nach, was ihn so unruhig macht.

Auf dem Bildschirm erkenne ich, dass immer wieder neue Nachrichten eingehen. Ich lese Dinge, wie *Hast du es schon gelesen?* und *Damien, antworte deiner Mutter!!!*

Er drückt auf einen Knopf an der Seite seines Smartphones, und der Bildschirm wird wieder schwarz.

»Ist alles in Ordnung?«, frage ich ihn und drehe meinen Kopf so, dass ich zu ihm aufsehen kann.

»Ja ... alles gut«, antwortet er mit sanfter Stimme und küsst meine Schläfe. Aber ich weiß, dass es eine Lüge ist und ihm etwas auf der Seele liegt. Wenn er es mir jedoch nicht sagen will, dann gebe ich ihm die Zeit, die er sich nehmen will, während ich wieder meine Augen schließe, seine Hand zu meinem Mund führe und einen kleinen Kuss auf seinem Handrücken platziere.

Es ist beinahe Mittag, und Damien meinte, er würde später noch mal zu seinen Eltern fahren, um mit seiner Mutter zu reden. Ich frage mich, warum er ihr dann eben nicht auf seinem Handy geantwortet hat. Wahrscheinlich möchte er die ganze Sache mit Juleya und dem Benefizabend einfach lieber persönlich mit ihr besprechen.

»Du möchtest wirklich nicht, dass ich mitkomme?«, frage ich ihn ein weiteres Mal, um ganz sicherzugehen, dass er nicht will, dass ich ihn begleite. Vorhin hatte ich ihm die Frage bereits gestellt, aber er wollte nicht.

Damien schüttelt den Kopf.

»So eine schöne Nacht möchte ich uns nicht mit einem Besuch bei meinen Eltern vermiesen. Es reicht schon, dass ich mir das antun muss«, seufzt er und küsst meine Stirn, wobei seine Bartstoppeln meine Haut leicht piksen. »Ach ja, und Rosa und Daisy haben sich für den Nachmittag angekündigt. Ab Montag arbeitet Rosa wieder, und ich schätze, die beiden wollten heute mit dir etwas unternehmen.«

Überrascht ziehe ich meine Augenbrauen hoch. Ich frage mich, was sie mit mir unternehmen wollen, freue mich aber, sie nach der Achterbahnfahrt des vergangenen Abends wiederzusehen.

Nach letzter Nacht habe ich viel zu erzählen und trotzdem noch so viele Fragen, die sie mir vielleicht beantworten können. Die Nacht hat mich neugierig gemacht. Neugierig auf die Dinge, die wir vielleicht noch nicht erforscht haben. Vielleicht gibt es noch so viel mehr, das ich erkunden kann, wovon ich aber gar nichts weiß.

»Okay, ich bin gespannt«, ist alles, was ich sage, und grinse Damien an.

Leider können wir nicht ewig in der Badewanne verweilen, denn das Wasser wird immer kälter und Damien muss nun bald losfahren.

Langsam stehe ich auf und steige aus der Wanne, um zu dem grauen Handtuch zu gelangen, welches auf dem kleinen Hocker neben der Dusche liegt. Das weiche Material schmiegt sich an meine Haut, während sich kleine Tropfen aus meinen nassen Haaren einen Fluchtweg über meinen Körper bahnen.

»Meinst du, Sebastian ist in der Nacht noch gekommen?«, frage ich Damien, der sich nun auch aus der Wanne begibt und auf sein Handtuch zusteuert. Er geht langsam auf mich zu, und ich rücke ein Stückchen beiseite, sodass ich mit meiner Hüfte gegen sein Handtuch auf der Waschtheke lehne.

Lüstern grinst er mich an, und ich öffne mein Handtuch, um ihn in meines mit einzuwickeln.

»Ich hoffe nicht«, lacht Damien und schmiegt sich an mich.

Die Erinnerungen von letzter Nacht gehen mir wieder durch den Kopf, und ich spüre das angenehme Prickeln seiner Berührungen.

»Obwohl … das Schlafzimmer ist ja Meilen von dem Gästezimmer entfernt«, scherzt Damien, und ich verziehe mein Gesicht, bevor ich ihm einen Klaps auf den Oberarm gebe. »Was denn? Rosa hätte uns mit Sicherheit gehört.« Sein Lachen wird lauter, und auch ich kann mein Gekicher nicht zurückhalten. Zum Glück hatte Rosa ja bei Daisy übernachtet.

Sein kleiner Witz lässt mich jedoch darüber zweifeln, ob das Erlebnis von letzter Nacht wirklich etwas ist, was man einfach so mit anderen teilen sollte. Ich bin mir plötzlich nicht mehr sicher, ob ich es Rosa und Daisy überhaupt erzählen will, wenn ich doch auch mit Damien darüber reden kann. Schließlich haben sie mit mir ja auch noch nie wirklich über ihr eigenes Sexleben oder so etwas in der Art geredet. Ich frage mich wirklich, ob es angebracht oder eher verstörend wäre, wenn ich sie damit überrumpeln würde.

Doch plötzlich wird Damiens Gesichtsausdruck wieder ernst. »Wenn alles nach Plan läuft, dann ist nächste Woche Sebastians Verhandlung.« Bei diesen Worten muss ich schlucken. »Jetzt, wo die Presse davon Wind bekommen hat und ganz London – wenn nicht sogar ganz Großbritannien – davon weiß, wird alles nur komplizierter für ihn werden.« Er lässt seine Unterlippe frustriert hinter seinen Zähnen verschwinden.

»Und für deinen Vater«, füge ich hinzu und denke dabei an die Worte von Mr Hamilton senior, die er Damien gestern auf der Tanzfläche gesagt hatte.

»Mein Vater ist mir egal.« Sauer schüttelt Damien seinen Kopf. »Ihn interessiert doch nur seine Firma. Sebastian ist ihm bei der ganzen Sache gleichgültig.«

Ich lege meine Hand auf seine Brust und male mit dem Finger ein unsichtbares Muster auf seine Haut, während ich versuche, die Wassertropfen einzufangen. So viele kleine lauwarme Tropfen auf seiner glühenden Brust. Sie sind völlig unbedeutend, dennoch beschäftige ich mich mit ihnen, während ich ihm dabei zuhöre, wie er sich über seinen Vater beschwert.

»Das wird wohl so sein«, gebe ich ihm recht und würde am liebsten das Thema wechseln, oder zumindest abwarten, bis Damien von seinen Eltern zurückkommt, um alles in Ruhe mit ihm zu besprechen.

»Ich hoffe, dass das alles nicht deine Idee mit dem Obdachlosenheim beeinträchtigt.« Ich beiße auf die Innenseiten meiner Wangen und schaue ihm in die Augen. Ich habe es ihm angesehen, wie sehr er hinter diesem Projekt steht und wie sehr er es verwirklichen möchte.

»Wenn nicht so viel Geld zusammengekommen ist wie erhofft, dann werde ich den Rest privat beisteuern«, antwortet Damien, als wäre das keine große Sache. »Ich werde das Projekt unter keinen Umständen aufgeben.«

Ich gehe wieder auf Zehenspitzen, um an seine Lippen zu gelangen. Die Schmetterlinge in meinem Bauch toben vor Freude. Selbst nach all diesen Rückschlägen könnte ich gerade nicht glücklicher sein. Diese Worte aus seinem Mund zu hören, das gibt mir Hoffnung.

»Weißt du, was Rosa und Daisy mit mir vorhaben?«, frage ich nun doch aus Neugierde und lasse mich zurück auf die Fersen fallen.

Grinsend zuckt er mit den Schultern. »Ist da etwa jemand neugierig?«, neckt er mich, und ich rolle mit den Augen. »Lass dich überraschen«, flüstert er, als er sich zu meinem linken Ohr vorlehnt. Damien überrascht mich mit einem sanften Knabbern an meinem Ohrläppchen, bevor er sich sein eigenes Handtuch schnappt, als ich gerade nicht aufpasse, weil er mich mit seinen Zärtlichkeiten ablenkt.

»Mal sehen, was meine Mutter zu ihrer Freundschaft mit Juleya zu sagen hat«, schnaubt er, und durch den Spiegel schenke ich ihm ein bemitleidendes Lächeln.

Keine Frage, er begibt sich gleich direkt auf den Weg in die Hölle. Ich bin mir sicher, dass Damiens Mutter vor Wut kocht. Selbst wenn sie gestern den Eindruck gemacht hat, als würde es sie nicht überraschen, weiß ich, dass sie es nicht gut findet, dass ihr Sohn mit einer wie mir zusammen ist. Viel mehr interessiert mich jedoch, wie Damiens Vater auf die Vorwürfe reagiert. Dass seine eigene Frau daran beteiligt war, seine Firma in die Schlagzeilen zu bringen, hätte er bestimmt nicht erwartet.

»Im Kühlschrank sind noch ein paar Erdbeeren. Falls du hungrig bist.« Damien zwinkert mir zu, und mich überfährt eine Gänsehaut, bevor ich fest schlucke.

Kapitel 37

Das bekannte Klingeln ertönt, und ich eile vom Küchentresen zum Fahrstuhl, während ich den Rest der süßen Frucht auf der Zunge zergehen lasse.

Als ich Rosas und Daisys Gesichter erblicke, falle ich ihnen sofort in die Arme. Ich bin so froh, sie zu sehen.

»Birdie! Meine Süße, wie geht es dir?«, fragt mich Rosa lächelnd, aber ich höre auch einen Hauch der Unsicherheit, beinahe Nervosität, in ihrer Stimme.

»Überraschenderweise sehr gut!«

Daisy zieht verwundert ihre Augenbrauen hoch. »Das T-Shirt steht dir«, lautet ihr Kompliment, und ich erröte. Damien gab es mir, bevor er gegangen war, und ich habe mich noch nicht umgezogen, weil die beiden Mädels eigentlich erst in einer halben Stunde da sein wollten ... oder war ich einfach nur zu beschäftigt mit meinen Tagträumen von letzter Nacht?

»Du musst dir etwas anderes anziehen, wenn du mit uns mitwillst.« Rosa zwinkert mich an, und in dem Moment wird mir bewusst, dass sie ganz genau wissen, was letzte Nacht passiert ist.

»Ist es so offensichtlich?«, frage ich kleinlaut und fummle nervös mit meinen Fingern am Saum von Damiens Shirt herum.

»Sehr offensichtlich. Ich meine, wann hast du uns schon mal direkt am Fahrstuhl ... in so einem Outfit empfangen.« Daisy kichert bei Rosas Antwort, und ich grinse verlegen. Doch dann sehe ich etwas aus ihrer Tasche ragen. Das Kleid auf dem Foto ist nur halb zu erkennen, aber ich weiß, dass es ein Foto von mir ist. Ohne zu fragen, nehme ich mir die Zeitung aus Rosas Tasche und entfalte sie. Damien lächelt mich an, während ich ihn verträumt ansehe. Unter uns: der rote Teppich von gestern Abend. Über uns: Die Schlagzeile *»Pretty Woman« mal anders: Millionär verliebt sich in Obdachlose.* Ich traue mich nicht, weiterzulesen, und gehe zum Tresen in der Küche, um die Zeitung dort abzulegen und mich wieder auf einem der Barhocker niederzulassen.

»Juleya ist eine blöde Kuh. Ich habe ihr noch ordentlich was gesagt, bevor die Security sie von der Veranstaltung entfernt hat.« Rosa setzt sich neben mir auf den Hocker und verschränkt wütend ihre Arme. »Wie geht es dir überhaupt?«, fragt sie besorgt, während Daisy sich auf der anderen Seite gegen die Küchentheke lehnt. Juleya ist eine blöde Kuh … Noch nie hätte ich Rosa bei etwas so sehr zustimmen können.

»Eigentlich geht es mir … ziemlich gut …«, seufze ich. Es ist eine Schande, dass es immer ein Aber geben muss. »Aber ich hätte mir gleich denken können, dass Juleya so etwas bringen würde. Damien ist auf dem Weg zu seiner Mutter. Er möchte sie darauf ansprechen, warum sie bei dieser ganzen Sache mitgemacht hat, und seinen Vater einweihen.« Immer wieder versuchen meine Augen, zu dem Blatt Papier zu wandern, aber ich kann mich doch noch zurückhalten. »Was hast du ihr denn gesagt?«, frage ich aus Neugier.

»Dass sie ihren süßen kleinen Arsch aus den Familienangelegenheiten der Hamiltons ziehen soll.« Ich muss laut lachen und kann mir gut vorstellen, wie Juleya aus der Wäsche geguckt haben muss. Jedoch war sie so sturzbesoffen, dass sie sicherlich nichts mehr davon weiß. »Ich glaube sowieso, dass sie dir nicht mehr groß Probleme machen wird, denn alle Gäste haben nun gesehen, wie unerträglich und hinterhältig sie ist.«

»Sie hat ja nicht unrecht«, platzt es aus mir heraus. »Dank Damiens Vater gibt es die Obdachlosenspikes vor seiner Firma.« Ich atme frustriert aus und kreuze meine Arme vor der Brust.

»Trotzdem wusste sie genau, was sie da getan hat ... und das ist meiner Meinung nach nicht zu entschuldigen«, meldet sich Daisy zu Wort.

»Es tut mir leid, dass euch der Abend ruiniert wurde«, entschuldige ich mich bei ihnen, und meine Lippen formen eine schmale Linie.

Rosa legt einen Arm um mich, und Daisy wandert um die Theke, um dasselbe zu tun. »Du kannst nicht ein bisschen was dafür, dass Juleya so eine Art von ... Mensch ist.« Ich nicke zögernd.

»Zieh dich erst mal um, und dann werden wir zu unserem Lieblingsrestaurant fahren.« Abermals nicke ich, als mich Rosa aus meinen Gedanken holt, und ich nicht einmal wirklich registrieren kann, was sie genau sagt. Dies scheint nicht unbemerkt an ihnen vorbeizugehen, als Rosa ihre Worte netterweise wiederholt.

Wir fahren zu ihrem Lieblingsrestaurant.

Wahrscheinlich ist es das Beste, den Tag mit den beiden zu verbringen.

»Hopp, hopp«, scheucht sie mich vom Stuhl und kitzelt ein Lächeln aus mir heraus.

Auf dem Weg zum Schlafzimmer denke ich an Damien. Ob er gewusst hat, dass Rosa und Daisy mit mir zu ihrem Lieblingsrestaurant wollten? Hat er eigentlich auch ein Lieblingsrestaurant? Werden wir dort irgendwann mal gemeinsam essen gehen?

Beim Betreten des Schlafzimmers stockt mir der Atem. Nach letzter Nacht war ich noch nicht wieder hier gewesen. Damien hatte mir sein Shirt gebracht, als ich mir noch die Zähne geputzt habe, aber an diesen Ort war ich in der Zwischenzeit noch nicht wieder zurückgekehrt.

Bis jetzt.

Die Bettdecken bilden einen wilden Strudel auf dem Bettlaken, welches nur noch halbwegs an der Matratze befestigt ist. Die glänzende Verpackung von letzter Nacht liegt noch neben Damiens Bettseite und inmitten unserer Kissen auf dem Boden. Damiens Hose hängt über der Bettlehne, und mein BH ist von meiner Bettseite auf einem der dunkelbraunen Teppiche gelandet. Meine Unterhose kann ich nirgends finden, aber Damiens Boxershort ragt unter einer der Bettdecken hervor. Es sieht nach einer wilden Nacht aus, und wieder spielen sich die Ereignisse in meinem Kopf ab.

Als ich ein angemessenes Outfit gefunden habe, gehe ich ins Bad und binde meine Haare zu einem Knoten zusammen. Ich würde mir wirklich gern Wimperntusche und etwas von diesem Highlighter auftragen, wie Luzy es gestern getan hat, aber leider besitze ich so etwas nicht. Ich sehe so müde aus, dass es mir lieber wäre, mit etwas Make-up nachzuhelfen. Vielleicht haben Daisy und Rosa ja etwas dabei, was ich mir ausleihen könnte.

Als ich wieder zurück ins Wohnzimmer komme, steht Sebastian überraschenderweise an einer der Marmorsäulen. »Birdie …« Er winkt mir mit einer kleinen Handbewegung zu, und ich kann den Schmerz in seinem Lächeln sehen. Er ist also doch noch heimgekommen – das verraten mir seine knallroten Boxershorts, in denen er geschlafen haben muss.

»Ich würde dich ja jetzt fragen, wie es dir geht, aber um ehrlich zu sein, habe ich Rosa und Daisy bereits darüber ausgequetscht.«

Ich schätze seine Ehrlichkeit und schenke ihm ein aufmunterndes Lächeln.

»Mach dir keine Sorgen um mich«, sage ich und lehne mich gegen eine der Nachbarsäulen. »Ich habe gehört, deine Verhandlung ist nächste Woche?«

Sebastians Blick senkt sich, und sofort bereue ich meine Frage.

»Ja …«, murmelt er kaum verständlich. Doch dann blickt er zu mir auf. »Das wollte ich dich sowieso noch fragen … würdest du mitkommen?«

Sprachlos starre ich Sebastian an. Ich weiß, dass es keine große Sache für mich sein wird mitzukommen, frage mich aber, warum er mich denn dabeihaben will. Er kennt mich doch kaum.

»Deine Eltern … die wollen mich sicherlich nicht … dabeihaben, denke ich«, stammle ich unbeholfen.

»Aber *ich* möchte dich dabeihaben …«, lautet seine Antwort. »Bitte!« Sebastian schaut mich flehend an.

Ich überlege einen Moment und schaue Hilfe suchend zu Daisy und Rosa hinüber, die beide nur ein großes Fragezeichen in ihren Gesichtern stehen haben.

»Na gut. Ich werde es mir überlegen und mit deinem Bruder drüber sprechen, okay?«, sage ich, und in Sebastians Gesicht erkenne ich wieder einen Funken Hoffnung, als er wie ein kleiner Junge zu grinsen beginnt.

Mit seinen zerzausten Haaren hat er auf einmal eine gewisse Ähnlichkeit mit Lucas. Ich muss schlucken, als mir diese Erkenntnis kommt.

»Danke! Es würde mir wirklich so viel bedeuten«, gibt er zu. »Du bist neben meinem Bruder so ziemlich die einzige Person, die in dieser Familie keinen Dachschaden hat. Auch wenn du eine Ökotante sein magst, bist du ziemlich cool.«

Daisy verkneift sich auf Sebastians Kommentar das Lachen, aber ich verdrehe nur schmunzelnd meine Augen.

»Die Ökotante hier meint: Wir müssen doch zusammenhalten, jetzt, wo du und ich beide in der Klatschpresse gelandet sind«, scherze ich und bringe Sebastian zum Grinsen, bevor er mich dazu auffordert ihm einen High five zu geben.

Kapitel 38

Rosas und Daisys Lieblingsrestaurant heißt *Buono,* und Daisy erklärt mir, dass es für *gut* auf Italienisch steht.

Es ist fast vier Uhr am Nachmittag, und das Restaurant ist gut besucht. Dementsprechend ist es ziemlich laut und chaotisch. Rosa versichert mir, dass sie einen Platz für uns reserviert hat.

Wir setzen uns ganz weit hinten im Raum an einen runden Tisch, auf dem tatsächlich ein goldenes Schild mit *Reserviert* steht und eine Vase mit Rosen und Gänseblümchen, und so langsam verstehe ich, warum Daisy und Rosa es hier lieben.

Meine Finger suchen augenblicklich nach meiner Halskette, als ich an Damien denken muss. Ich frage mich, ob es ihm gut geht oder ob seine Mutter ihm schon den Kopf abgebissen hat. Außerdem bin ich mir nicht sicher, wie Damien darauf reagieren wird, dass Sebastian mich zu seiner Gerichtsverhandlung eingeladen hat. Die ganze Autofahrt hierher konnte ich an nichts anderes denken. Sosehr ich Sebastian unterstützen möchte, bin ich nicht sicher, ob ich nicht lieber Damien vorher fragen sollte.

»Ciao, herzlich willkommen!«, höre ich eine junge Kellnerin sagen, bevor sie uns mit einem auffälligen Akzent die Speisekarten überreicht. Diesen Akzent habe ich so noch nicht gehört, aber er gefällt mir. Sie hat wunderschöne glatte braune Haare, beinahe so dunkel und warm wie ihre Augen.

»Wenn du bei etwas Hilfe brauchst, sagst du uns einfach Bescheid, okay?«

Ich lächle Rosa an, denn einige Worte auf der Karte kenne ich wirklich noch nicht, bemühe mich jedoch, ohne Hilfe klarzukommen, bis ich realisiere, dass einige Wörter wohl auf Italienisch sind.

Neugierig scannen meine Augen die Karte. Zum Glück gibt es zu fast jedem Gericht eine Abbildung. Die Preise sind überraschenderweise nicht allzu hoch, wie ich es erwartet hatte.

»Was ist denn Antipasti?«, frage ich sie und lege meine Stirn in Falten.

»Das sind die Vorspeisen, aber wenn du nichts dagegen hast – Rosa und ich bestellen immer die Nummer 3. Wenn du möchtest, können wir die untereinander teilen.« Auf der Karte suche ich nach der Nummer 3 und lese, dass es sich um sogenannte Bruschetta handelt. Die Abbildung neben der Beschreibung zeigt mir, dass es eine Art belegtes Brot sein muss, was mich durchaus anspricht. Also nehme ich ihr Angebot an und entscheide mich dafür, mir die Vorspeise mit ihnen zu teilen.

»Hast du schon etwas zu trinken ausgesucht?«, fragt mich Rosa, als wir mitbekommen, dass die Kellnerin von eben kurz davor ist, zu unserem Tisch zurückzukehren. Panisch blättere ich in der Karte herum. Zu den Getränken bin ich bisher noch gar nicht gekommen, da ich mich noch durch die Speisen gelesen habe.

Als ich jedoch die Seite erreiche, springt mir sofort das Bild der cremigen Trinkschokolade entgegen. Ein heißer Kakao. Selbst wenn der sicherlich als Nachspeise gedacht ist, wähle ich ihn als mein Getränk aus und ignoriere den verwirrten Gesichtsausdruck der Kellnerin, als ich ihr meine Wahl mitteile.

Daisy bestellt zusätzlich zu der Nummer 3 noch eine Flasche Prosecco und sagt mir, dass dieser ähnlich schmecken würde wie der von gestern Abend, was mich freut, da ich ihn wirklich ziemlich lecker fand. Mit unseren Bestellungen verschwindet die Kellnerin wieder in der Küche.

»Jetzt bin ich aber wirklich neugierig, wie war letzte Nacht für dich?«, fragt Rosa und zwinkert mir zu.

Ich ziehe scharf die Luft ein und lächle nervös. Dass wir dieses Thema so schnell und in dieser Umgebung aufgreifen, hätte ich nicht erwartet. Trotzdem kann ich mein breites Grinsen, und meine erröteten Wangen nicht verbergen und spiele abermals mit dem Anhänger meiner Kette.

»Ich war mir nicht sicher, ob man so etwas einfach so mit anderen bespricht ...«, gebe ich zu und beiße verlegen auf die Innenseiten meiner Wangen.

Rosa schaut mich mit großen Augen an und zieht verblüfft ihre Augenbrauen hoch.

»Du kannst uns alles sagen, Süße. Wir sind da sehr offen.« Ihr überraschter Gesichtsausdruck geht in ein warmherziges Lächeln über.

Bei den Erinnerungen und den Fragen, die immer noch auf meiner Seele brennen, spüre ich, wie mein Herz wieder schneller zu schlagen beginnt. Ich werde ihnen alles erzählen ... na ja, also fast alles, und ich werde ehrlich sein.

»Okay, also angefangen hat alles, als ich euch beide in Rosas Zimmer hab rumknutschen sehen ...« Ich erzähle ihnen, wie das eine zum anderen geführt hat, und bemerke, wie Daisys Wangen sich pink färben, als ich erwähne, wie ihr gemeinsamer Moment mich neugierig machte. Sie scheinen überrascht zu sein, als ich anmerke, dass Damien den richtigen Moment abwarten wollte, und geben zu, dass sie ihn anders eingeschätzt hätten.

Als es an der Zeit ist, den Moment in der Küche zu erwähnen, kommt die Kellnerin mit unseren Getränken und den Bruschette zurück, und ich verstumme augenblicklich. Es wäre mir peinlich, wenn sie diese intimen Details über mich wüsste, und ich hoffe doch sehr, dass mir niemand von den Nachbartischen zugehört hat, obwohl ich eh schon so leise rede.

Als ich mich jedoch umsehe, scheinen alle Gäste in ihre eigenen Gespräche vertieft zu sein ... bis auf eine ältere Frau, zwei Tische entfernt von unserem. Neben ihrem Teller liegt eine zusammengefaltete Zeitung, und mir rutscht das Herz in die Hose.

Dass mich nun halb London kennen muss, habe ich völlig vergessen. Ihr Blick strahlt Unsicherheit aus, doch dann schenkt sie mir den Versuch eines Lächelns, den ich zögernd erwidere, bevor ich mich wieder meinen Freundinnen zuwende und einen Schluck von der leckeren Schokolade nehme, an der ich mich fast verbrühe.

Nach einem weiteren Blick auf die Karte habe ich mich für einfache Spaghetti entschieden. Daisy möchte doch tatsächlich frittierte Tintenfische essen, was mir beinahe den Appetit verdirbt, während Rosa eine Schinkenpizza mit Ananas und extraviel Käse bestellt und kurz darauf die Sektgläser mit Prosecco füllt, bevor wir gemeinsam anstoßen.

»Auf uns«, sagen wir im Chor.

Daisy hatte recht, der Prosecco schmeckt beinahe genauso wie der Sekt von gestern.

»Und weiter?«, hakt Daisy ungeduldig nach, und ich erzähle ihnen, wie es weiterging. Jedoch erwische ich mich dabei, wie ich immer wieder zu der älteren Dame hinüberschauen muss, und spreche noch etwas leiser als zuvor.

»Wie ist das eigentlich genau … kann ich nun schwanger werden?«, frage ich, und es ist nun so weit, dass ich meine Finger gar nicht mehr von meiner Halskette fernhalten kann. Die Reaktion der beiden überrascht mich. Sie schütteln den Kopf.

»Das ist sehr unwahrscheinlich, solange ihr mit einem Kondom verhütet habt«, meint Daisy, und ich erinnere mich an die glänzende Verpackung und nicke.

»Spätestens wenn deine Tage ausbleiben, merkst du, dass etwas nicht stimmt.«

Ich lasse meine Hand, die bis eben noch mit dem Anhänger gespielt hat, auf meinen Schoß fallen und hoffe, dass sie die Veränderung in meinem Gesichtsausdruck nicht mitbekommen haben.

Meine Tage?, denke ich und sehe, wie die Kellnerin unser Essen auf dem Tisch abstellt. Die Bruschette waren köstlich, auch wenn ich sie vor lauter Erzählen kaum genießen konnte. Aber nun kreisen alle möglichen Gedanken in meinem Kopf herum.

Ich habe meine ersten Tage mit sechzehn Jahren bekommen – Mum war bereits tot –, meine letzten waren mit neunzehn, kurz nachdem mein Bruder gestorben war. Ich habe nie wirklich darüber nachgedacht, ob es was zu bedeuten hatte, und meine Mum hatte mich auch nie diesbezüglich aufgeklärt. Eigentlich war ich ziemlich dankbar, dass ich ein Problem weniger auf meiner Liste hatte, doch es macht mich doch ein wenig unsicher, dass sie nun seit Langem ausgeblieben sind. Für einen Moment überlege ich, ob ich Daisy und Rosa darauf ansprechen sollte, entscheide mich jedoch dagegen.

Kapitel 39

Damien

Obwohl die Klimaanlage auf höchster Stufe läuft, kommt es mir vor, als wäre die Luft im Auto erdrückend heiß. Mit einem Knopfdruck öffnet sich das Fenster neben mir, als ich an einer Ampel einen Halt einlegen muss. Ich nutze die Gelegenheit, um einen tiefen Atemzug zu nehmen. Mein Handy summt in der Ablage bei der Handbremse, aber ich ignoriere es.

Dass Mutter sich mit Juleya verbündet haben soll, geht mir nicht mehr aus dem Kopf. Ich kann es kaum erwarten, sie zur Rede zu stellen. Hoffentlich ist Vater da. Ich möchte, dass er alles mitbekommt, was ich zu sagen habe. Dass er sieht, welche Familienverschwörungen sich hinter seinem Rücken abspielen.

Als ich auf die Einfahrt zum Anwesen meiner Eltern einbiege, halte ich ein weiteres Mal an.

»Damien Maximilian Hamilton«, melde ich mich bei der Sprechanlage, nachdem Sasha, eines der Hausmädchen meiner Eltern, nach meinem Namen zur Bestätigung meiner Identität fragt.

Ich habe meine Eltern kaum besucht, seitdem wir in London leben. In den Staaten war alles anders. Dort wohnten wir noch gemeinsam auf ein und demselben Grundstück. Jetzt ist es nur noch das Haus, wo wir unterkommen, wenn wir für Meetings unserer Firma in die Staaten müssen … oder zu Feiertagen und Urlauben. Aber daran möchte ich jetzt nicht denken.

Letztes Jahr habe ich an unserem heuchlerischen Familiendinner zum ersten Mal nicht teilgenommen, weil ich hierbleiben wollte. Hier bei ihr. Hier bei Birdie.

Ich brachte es einfach nicht übers Herz, sie während der Feiertage unbeobachtet und allein zurückzulassen. Und ich sage es mir immer wieder, es war die beste Entscheidung, die ich jemals in meinem Leben getroffen habe.

Ich greife nach meinem Handy und sehe, dass mir Steward, unser Publizist und Medienmanager, eine Nachricht geschickt hat.

Sasha kommt aus der Doppeltür des Hauses und nähert sich meinem Auto. Ich habe gerade noch so viel Zeit, den Artikel, den mir Steward zugeschickt hat, zu öffnen und meine Augen über einige Zeilen schweifen zu lassen. Bei einem Satz verharren sie jedoch, und ich spüre, wie meine Hand nervös über meine Hose gleitet. Dieser Artikel ist anders als die anderen, die ich in den letzten Stunden zugeschickt bekommen habe.

Ich lese mir Stewards Notiz durch: *Habe ich im Auftrag deines Vaters gestern Nacht verfasst.*

Augenblicklich hebe ich meine Hand von meinem Oberschenkel und tippe mit meinen Daumen die Nachricht *Danke für die Informationen. Ich rufe dich heute Abend noch mal an* in mein Handy und mache zur Sicherheit einen Screenshot von dem Artikel. Dann steige ich aus meinem Mercedes und reiche Sasha die Schlüssel.

»Ich werde Ihr Auto sofort drehen«, informiert sie mich, und ich nicke nur. Ihre Bluse erinnert mich an

Birdie – was mich wiederum daran erinnert, mich bei Sasha für ihre gute Arbeit zu bedanken.

»Vielen Dank«, sage ich und betrete daraufhin das Haus.

Als ich das letzte Mal hier war, habe ich Sebastian abgeholt. Meistens bin ich jedoch im Wagen geblieben, besonders nachdem meine Mutter in meinem Apartment zum ersten Mal auf Birdie getroffen ist. Ich mochte es nicht, wie sie mit ihr geredet hat.

In den vier Wänden meiner Eltern fühle ich mich fremd. Spätestens nach Kyras Tod habe ich gewusst, dass ich nie wirklich zu ihnen gehört habe. Keiner von uns.

Ich sehe das große Porträt von ihr an einer der Wände im Flur. Sie ist schlecht getroffen worden. Ich bin mir sicher, meine Eltern hätten einen akkurateren Künstler engagieren können – jedoch weiß ich auch, dass sie selbst sich wohl kaum daran erinnern können, wie Kyra ausgesehen hat. Das ist beinahe amüsant, wenn man bedenkt, dass sie davon sprachen, das Familienporträt in den Staaten mit einem älteren Werk, ohne Kyra, auszutauschen.

Neben ihrem Bild hängt eine ihrer Tennismedaillen. Die Bronze schimmert im gelben Licht des Flurs, und ich lese mir die Schrift auf dem Medaillenrücken durch und muss schmunzeln. Wenn meine Eltern wüssten, dass dies der Tag war, an dem mir Kyra gesagt hat, sie würde dieses Leben nicht leben wollen, dann hätten sie sie sicherlich nicht neben ihr Porträt gehängt. An diesem Tag stand ihre Entscheidung fest. Sie schenkte mir den Wein von dem Geld, das eigentlich für ihr erstes Jahr im College vorgesehen war. Aber Kyra wollte nie studieren. Sie wollte nicht an Weihnachten mit einer

Familie an einem Tisch sitzen, die sich vorspielt, glücklich und zufrieden zu sein. Stattdessen wäre sie lieber wieder mit mir zu unserer Tante gefahren.

Sie wollte nicht in Designerkleidung gesteckt werden und wie meine Mutter einen reichen Mann heiraten, der sie wie mein Vater von vorn bis hinten verwöhnt, letztendlich jedoch keine Zeit für sie haben würde.

Und diese Medaille ... sie war eine der schlechten Platzierungen, wenn man bedenkt, dass alle wertvollen Pokale und Goldmedaillen bei mir im Flur stehen. Meine Mutter griff damals einfach in die Kiste, ohne überhaupt hinzusehen, als sie sich für ein Andenken entschied, welches sie mit nach London nehmen wollte.

So wenig wissen sie über das Kind, das sie einst adoptiert haben.

So wenig wissen sie über Kyra.

Es ist erbärmlich und traurig zugleich.

Für einen Moment denke ich darüber nach, mir die Medaille einzustecken, doch dann entscheide ich mich wieder um. Ich habe ja Kyras wertvollsten Pokal und die goldenen Medaillen bei mir – von den Turnieren, bei denen ich zugesehen habe.

Schöne Erinnerungen.

»Damien.«

Ich warte auf die Worte *mein Sohn,* die unter normalen Umständen folgen würden, aber mein Vater verstummt, als er im feinen Anzug die Treppe herunterkommt, was mich noch einmal zu dem Artikel von Steward zurückführt.

Er meint es also ernst. Er möchte mich aus der Firma haben.

»Vater«, schmunzle ich mit aufgesetzter Miene und kann es kaum erwarten, ihm von Mutters Angelegenheiten zu erzählen, nur um daraufhin sein entsetztes Gesicht zu sehen.

Blut ist dicker als Wasser.

Aber: Wie du mir, so ich dir.

Kapitel 40

Birdie

Ich bereue es, dass ich einer zweiten Proseccoflasche zugestimmt hatte, die ich mir mit Daisy teilte, da Rosa ja noch fahren muss – obwohl es mir das Verlassen des Restaurants um einiges einfacher gemacht hat.

Alle Gäste haben mich angestarrt, als hätte ich einen Pfeil mit »Hierher schauen« an mir kleben. Und als es sich herumgesprochen hat, wurde ich auch für all die anderen Kellnerinnen plötzlich ziemlich interessant. Plötzlich erkannten alle mein Gesicht.

Doch der Prosecco verlieh mir eine gewisse Art von Mut, mich nicht von den Blicken herunterziehen zu lassen. Jetzt ist mir jedoch schwindelig.

Das Sommerwetter nähert sich so langsam dem Herbst, aber heute ist es noch einmal richtig schwül geworden. Die Luft steht, und die Sonne hat den Asphalt so sehr erhitzt, dass es selbst während des Sonnenuntergangs noch warm genug ist, dass Daisy ihren Cardigan lieber um die Hüfte trägt, als ihn über ihrem Trägerkleid anzuziehen.

»Wo hatten wir noch mal geparkt?«, fragt sie, und ich muss kichern, da ich sehen kann, dass sie mindestens genauso sehr zu kämpfen hat wie ich. Diese Hitze und die sechs Gläser Prosecco vertragen sich nicht gut.

»Da vorn steht mein Auto«, lacht Rosa, bei der wir uns einhaken.

Wenige Schritte weiter parkt ihr schwarzer Kleinwagen, die kleine, kompakte Version von Damiens *Audi,* und ich höre das Klicken und sehe das Aufblitzen der Lichter, als Rosa einen Knopf an dem schwarzen Schlüssel drückt, an welchen ich mich nur zu gut erinnern kann.

»Als ich dieses Teil zum ersten Mal in der Hand hatte, hab ich aus Versehen den Kofferraum geöffnet«, murmle ich gegen Rosas Schulter, und wir halten vor ihrem Auto an. Beide fangen an zu lachen, und ich zucke mit den Schultern. »Eigenartiges Teil.«

»Alles einsteigen, Ladys.« Rosa öffnet die Türen und hilft Daisy und mir, unsere Plätze sicher zu finden. Nachdem auch sie eingestiegen ist, reicht sie uns jeweils einen Plastikbeutel. »Wehe, ihr versaut mir mein Baby.« Der Motor springt an und kurze Zeit später das Radio. Das Lied gefällt mir, und im Kopf summe ich heimlich mit.

Im Rückspiegel sehe ich den Sonnenuntergang, bevor mein Blick auf mein Spiegelbild fällt. Die Trübheit meiner Augen lassen mich wie eine andere Person wirken, und ehe ich michs versehe, schaut mich Juleya durch den Spiegel an, und mir wird übel.

Augenblicklich greife ich nach dem Plastikbeutel, bevor es zu spät ist, höre kaum Rosas Kommentar, dass sie froh ist, dass sie ihn mir gegeben hat, und ich treffe erneut auf die Spaghetti von vorhin.

Verdammt! Mist, ist das ekelhaft!

Als ich mich bedrückt zu Rosa drehe, rümpft sie ihre Nase. Zu meiner Überraschung geht es mir gleich viel besser, aber dass ich mich für einen Moment wie Juleya gefühlt habe, lässt mich verharren.

»Sollen wir dir noch hochhelfen?«, fragt Rosa, nachdem sie mir gesagt hat, dass sie diese Nacht noch bei Daisy übernachten wird und dann morgen früh zum Frühstück wieder mit der Arbeit beginnt. Aber ich schüttle den Kopf. Ich schaffe das schon allein.

»Danke, es ist ja nur der Fahrstuhl«, sage ich, und obwohl ich früher lieber die Notfalltreppe genommen hätte, bin ich auf einmal froh, dass es einen Fahrstuhl gibt. »Gute Nacht, Mädels! Und danke für die Einladung! War schön mit euch – wie immer«, sage ich zum Abschied, und Rosa wirft mir einen Luftkuss zu.

Daisy scheint schon im Land der Träume angekommen zu sein, denn als ich zu ihr auf den Rücksitz schaue, lehnt sie mit geschlossenen Augen an der Sitzbank.

Zum Abschied winkt mir Rosa hinterher, bevor ich die Reifen ihres Kleinwagens quietschen höre.

Als ich mich dem Fahrstuhl nähere, weicht mein Blick zum Parkplatz von Damiens Auto ... oder eher gesagt, einem seiner vielen Autos, und ich sehe, dass er wieder von seinen Eltern zurück sein muss. Erleichtert atme ich auf, doch dann wird mir bewusst, wie viel ich mit ihm zu besprechen habe.

Die Sache mit Sebastian, der Zeitungsartikel und dann das Gespräch mit seiner Mutter.

Na, das kann ja was werden ... Nun bin ich doch ganz froh, dass ich mit Daisy den Prosecco geköpft habe, denn auch wenn es mir nach der Eskapade in Rosas Auto besser geht, sind die Spuren des Alkohols immer noch nicht vollkommen verschwunden.

Die schweren Fahrstuhltüren öffnen sich, und ich stelle mich mitten in den Metallkasten. Es kommt mir wie eine Ewigkeit vor, bis ich endlich im 33. Stock angekommen bin. Die Türen gleiten zur Seite, und mein Blick hebt sich. Sofort erkenne ich Damiens Statur im Schatten der abendlichen Dämmerung vor der Fensterfront. In dem Moment, wo sich die Türen wieder schließen, dreht er sich um. »Birdie«, lauten seine ersten Worte an mich, und ich gehe mit unsicheren Schritten auf ihn zu. Er will mich zur Begrüßung küssen, doch dann zieht er sich überraschend schnell zurück.

»Hast du getrunken?«, fragt er.

Ich nicke. »Und mich bei Rosa im Auto übergeben«, gebe ich zu und schaue ihn an, als hätte ich ihm gerade eines meiner größten Geheimnisse erzählt.

»Na köstlich!«

»Ich gehe mir mal besser die Zähne putzen«, schlage ich vor und will mich umdrehen, aber Damien hält mich an meinem Handgelenk fest.

»Warte«, haucht er und zieht mich zu sich, was nicht schwer ist, da ich dank des Proseccos nicht gerade sehr sicher auf den Beinen bin. »Hattest du denn sonst einen schönen Tag?«, fragt er mich beinahe flehend, als könnte er keine weitere schlechte Nachricht ertragen, und ich lasse die angestaute Luft aus meiner Lunge entweichen.

»Es war wunderschön ... nur ...« Jetzt spricht der Alkohol in mir. Eigentlich wollte ich es dabei belassen, doch ich kann Damien nicht anlügen. Ich erkenne nicht viel, aber die Angst in seinen Augen bleibt mir nicht unentdeckt. »Hast du den Artikel gelesen?«

Damien nickt, bevor er mir mit dem Finger eine Strähne hinter das Ohr legt und ich davon eine Gänsehaut bekomme, die mich beinahe vom Thema ablenkt. »Ich habe heute Morgen noch versucht, meine Kontakte spielen zu lassen und den Artikel vor der Veröffentlichung zu bewahren, aber es war hoffnungslos.«

»Du wusstest es?« Ich lege meine Stirn in Falten und versuche, in dem Hellblau seiner Augen nach Antworten zu suchen, aber er verstummt. »Warum hast du das nicht gesagt?«

»Der Publizist unserer Firma weiß noch von einigen anderen Artikeln, die demnächst erscheinen sollen. Ich dachte, ich halte dich von diesem Chaos lieber fern … Hat Rosa es dir gezeigt?«

»Ja, ich habe die Zeitung gesehen, und die Gäste im Restaurant schienen mich auch schon zu kennen.« Ich rolle verzweifelt mit den Augen, und Damiens Mund formt nachdenklich eine schmale Linie. »Von welchen anderen Artikeln ist die Rede?« Meine Hände landen auf seiner Hüfte, wo der Gürtel sitzt. Er trägt kein Hemd, aber eine schwarze Jeans und ein graues T-Shirt. Nach dem Besuch bei seinen Eltern muss er sich noch einmal umgezogen haben.

»Eine ganze Serie, ganz allein Sebastian gewidmet, und eine Serie, die sich ausschließlich um …«

»Uns dreht …«, beende ich seinen Satz und seufze wieder. »Aber was gibt es denn noch alles über Sebastians Fall zu berichten?« Wie sehr wollen sie die Story denn noch zerlegen und Lügen verbreiten?

»Die werden nicht aufhören. Zumindest nicht, bis die große Verhandlung nächste Woche vorbei ist.«

Da fällt mir ein, dass ich Damien ja noch etwas fragen wollte. »Sebastian hat mich vorhin gefragt, ob ich zu seiner Gerichtsverhandlung kommen kann. Was meinst du, sollte ich …?« Ich kann meine Frage kaum beenden, da schüttelt Damien schon heftig den Kopf. »Ich bin mir sicher, dass es ihm viel bedeuten würde«, sage ich zu meiner Verteidigung und versuche, mir zu erklären, warum Damien so sehr dagegen eingestellt zu sein scheint.

»Kommt gar nicht infrage. Dort werden Hunderte von Fotografen und Paparazzi sein, die dich nach der heutigen Story als gefundenes Fressen betrachten werden. Wegen Juleya belaufen sich die Einnahmen der Benefizveranstaltung nur auf die Hälfte des erwarteten Betrags und entsprechen nur einem Drittel von den Einnahmen der letzten Jahre. Du glaubst nicht, wozu diese Reporter imstande sind ...« Aufgewühlt fährt er sich durch die Haare, und ich greife nach seinem Arm.

»Okay ... okay ...«, beruhige ich ihn und denke über seine Worte nach. Wahrscheinlich hat er recht. Ich bin ein gefundenes Fressen für die Reporter. Vor allem nachdem ich heute gesehen habe, wie viele Menschen mein Gesicht erkannt haben, zweifle ich nun selbst daran, ob es wirklich das Beste ist mitzugehen. Nur tut mir Sebastian bei der ganzen Sache leid, da er es sich so sehr gewünscht hat. »Ich bin mir sicher, er wird es irgendwie verstehen«, flüstere ich und lehne mich gegen Damiens Brust.

Sein Atem verlangsamt sich, und er schlingt seine Arme um mich, sodass ich meine Augen schließe. »Das Gespräch mit meiner Mutter war nicht sehr aufschlussreich ...«, gibt Damien zu, und ich frage ihn, warum, woraufhin er mir sagt, dass sie eine enge Beziehung zu Juleya ständig bestritten habe.

Das wundert mich nicht. Diese Furie würde sich ihre Fehler doch niemals eingestehen, wenn sie das Tuscheln mit Juleya überhaupt als einen Fehler ansehen würde. »Und mein Vater erst ...« Ich weiche leicht von ihm zurück und schaue ihm wieder in die Augen. »Er droht damit, mich von der Projektleitung des Obdachlosenheims zu befreien.«

»Wie bitte?« Meine Stimme sprüht förmlich vor Wut und Verwirrung. Das kann er doch nicht einfach so machen, oder?

»Ich habe noch einen weiteren Artikel – von meinem Vater verfasst – von dem Publizisten überreicht bekommen. Ich glaube, mein Vater möchte das ganze Projekt abblasen und sein eigenes Ding durchziehen. Es ist nur noch eine Frage der Zeit, bis er den Artikel an eine beliebige Zeitung schickt, um ihn veröffentlichen zu lassen.« Damien lässt sich gegen die Fensterscheibe fallen, und ich erschrecke, als meine Hände die kalte Scheibe berühren.

»Wie kommst du darauf?« Neugierig schaue ich zu ihm auf.

Er nimmt einen tiefen Atemzug und blickt zur Seite aus dem Fenster. Von der Sonne ist nichts mehr übrig. Der Mondschein erhellt Damiens verärgerte Gesichtszüge.

»In dem Artikel entschuldigt er sich für die Komplikationen auf der Benefizveranstaltung und dankt mir für meine jahrelange Arbeit, die ich für *Hamilton & Sons Inc.* geleistet habe ...« Dann stößt er die Luft aus seiner Lunge aus.

»Er möchte ... dich aus der Firma werfen?«

»Bevor ich das mit hundertprozentiger Sicherheit weiß, kann ich nur sagen, dass alles danach aussieht, ja«, antwortet Damien auf meine Frage, und ich tue mich schwer damit, auf diese Antwort zu reagieren. »Ich werde gleich noch einmal mit Steward, unserem

Publizisten, telefonieren. Vielleicht weiß ich dann Genaueres.« Ich nicke und beiße auf meine Unterlippe.

»Ich will nicht sagen, dass es dazu kommen muss ... Aber was, wenn er dir tatsächlich kündigt?«, lautet meine Frage.

Damien scheint zu meiner Überraschung recht gelassen zu sein. »Eigentlich wäre es keine große Sache. Die Anteile an der Firma, die er mir auszahlen müsste, weil es so im Vertrag steht, wären genug, dass ich eine eigene Firma gründen könnte und somit zur Konkurrenz für ihn werde.«

Auch wenn ich das erst einmal verarbeiten muss, kann ich kurze Zeit später erleichtert aufatmen.

»Ich habe schon länger darüber nachgedacht, auszusteigen, aber mir fehlten bisher die nötigen Erfahrungen, die ich erst hier in London sammeln konnte, weißt du. Es könnte eigentlich Glück im Unglück sein, dass mein Vater gerade jetzt darüber nachdenkt, mich loszuwerden.«

Ich sehe eine Mischung aus Panik und Freude in seinen blauen Augen. Vorsichtig lege ich meine Hand auf seine Brust. Doch als seine Atemzüge schneller werden, mache ich mir Sorgen, dass er im nächsten Moment umkippen könnte.

»Hey ...«, flüstere ich. »Alles wird gut.« Ich lehne meinen Kopf gegen seine Brust, und es braucht seine Zeit, aber als er seine Arme enger um mich schlingt, wird sein Atem wieder langsamer, bis er wieder einen normalen Rhythmus einnimmt.

»Ich habe ein Porträt in meinem Elternhaus gesehen.« Damiens Stimme bricht, und ich kann mir schon denken, von wem er spricht. »Es sah ihr kaum ähnlich«, erzählt er. Seine Arme legen sich um meine Taille, und dann streichelt er mir sanft den Rücken. Ich genieße die kleine Aufmerksamkeit und lasse auch meine Finger vorsichtig seinen Rücken mit Streicheleinheiten erkunden.

»Das Einzige, was zählt, ist, dass du sie immer in Erinnerung behalten wirst, wie sie wirklich war. Wie sie wirklich ausgesehen hat, okay?«, murmle ich gegen sein Shirt und schließe meine Augen, bevor ich wieder an Lucas' Gesicht denken muss. Ich sehe Moms Locken und ihre strahlenden, glücklichen Augen. Doch der Kloß in meinem Hals zwingt mich, fest zu schlucken. »Ich glaube, sie wäre stolz auf dich.«

Damien schluckt ebenfalls schwer bei meinen Worten, und ich öffne ein weiteres Mal meinen Mund. »Und ich glaube meine Mom, die euch Anzugträger aufs Schlimmste verurteilt hat, wäre stolz auf mich.« Ich spüre Damiens Kuss, den er mir auf den Kopf gibt. Daraufhin flüstert er mir liebevoll ins Ohr, wie viel ich ihm bedeute.

»Ich hätte alles dafür getan, um sie davon zu überzeugen, dass nicht alle so sind wie mein Vater«, flüstert er.

»Aber ich erinnere mich nicht einmal mehr an ihre Stimme.« Als diese Worte über meine Lippen kommen, wird der Kloß immer größer und größer, bis der Druck so groß wird, dass meine Augen zu tränen beginnen.

»Birdie?«, vernehme ich Damiens Stimme, aber es hört sich an, als wäre er ganz weit weg von mir. Ein Echo in der Ferne.

Erst als er mit seinen warmen Händen mein Gesicht umfasst und mit den Daumen vorsichtig die heißen, salzigen Tränen von meinen Wangen wischt, kann mich sein Blick zu ihm zurückholen.

»Möchtest du darüber reden?«

»Es gibt nicht viel zu sagen ... ich erinnere mich nicht mehr wirklich an sie.« Seufzend umgreife ich seine Handgelenke, um seine Arme wieder fest um mich zu legen. Die Schwere der Arme beruhigt mich mindestens genauso sehr wie der Duft seines Parfüms, vermischt mit seinem himmlischen Eigenduft und der frisch gewaschenen Kleidung.

»Die Stimme vergisst man als Erstes, wenn man sie nicht mehr jeden Tag zu hören bekommt.« Ich spüre, wie sich die Muskeln in seinem Arm für den Bruchteil einer Sekunde anspannen. »Wie machst du das, wenn du mal Kyras Stimme vergisst?«, frage ich ihn mit geschlossenen Augen und merke, wie er mit einer Antwort zögert. Er muss wissen, wovon ich spreche ...

»Wenn ich ihre Stimme mal vergesse, dann schaue ich die alten Videos, welche unser damaliges Hausmädchen von uns gemacht hatte, als wir jünger waren.« Damien holt tief Luft. »Ich bin froh, diese Aufnahmen zu haben, weil ich viel zu sehr damit beschäftigt war, mich um meine Karriere zu kümmern, sodass ich den wirklichen Wert dieser Aufnahmen damals nie verstanden habe.«

Ich nicke wieder und möchte nicht, dass er mit dem Reden aufhört. Seine tiefe Stimme und das Vibrieren seiner Brust gegen meine Wange wirken so beruhigend und heilsam auf mich. »Nun bin ich umso erleichterter, dass ich sie habe ... denn ohne sie hätte ich wohl alles ver...« Damien verstummt, und diesmal umarme ich ihn fester, bevor er sein Kinn sanft auf meinem Kopf ablegt. »Ich weiß nicht, ob es dir etwas bringen würde, aber vielleicht schaust du dir ... mit mir gemeinsam mal einige dieser alten Videos an. Vielleicht kann es dir ja doch irgendwie dabei helfen, dich an die Stimme deiner Mum zu erinnern.«

Ich habe keine Videos oder Fotos meiner Familie, doch Damiens Vorschlag finde ich ziemlich aufmerksam und süß von ihm. Einerseits interessiert mich, wie seine kleine Schwester mit ihm interagiert haben mag, und andererseits, selbst wenn es mir nicht helfen sollte, würde es mich zumindest ablenken.

»Das würde ich gern«, murmle ich gegen den weichen Stoff zwischen seiner warmen Haut und meinem Mund.

Doch ein Summen unterbricht unseren kleinen Moment. »Das muss Steward sein«, kündigt Damien an und schaut auf den Bildschirm seines Smartphones. »Ich bin kurz im Arbeitszimmer, falls du mich brauchst, okay?« Er küsst meine Stirn, wartet auf ein Zeichen von mir, bevor ich ihm ein halbes Lächeln schenke.

»Okay«, sage ich, und wir küssen uns. Damien nimmt den Anruf entgegen und macht sich auf den Weg ins Arbeitszimmer.

Während Damien weg ist, hole ich mir ein Glas mit kaltem Mineralwasser. Auf dem Küchentresen liegt Damiens schwarze Kreditkarte und ein Notizblock. Ich setze mich auf den Barhocker, nehme einen Schluck von meinem Wasser und lasse meine Augen über seinen Namen wandern. Damien Maximilian Hamilton.

Dann folgen ein paar Ziffern. Als ich mir den Kugelschreiber greife, bin ich überrascht, wie schwer er ist. Er scheint teuer gewesen zu sein. Wahllos kritzle ich meinen Namen auf das Papier, dann Damiens. Die Linien sind sehr zittrig, nicht so gerade wie mit einem billigen Schreiber, den ich sonst zum Schreiben benutzt hatte.

Mein schlechtes Gewissen klopft jedoch schneller an, als ich es mir erhofft habe. Dass Damien mich nicht bei Sebastians Verhandlung dabeihaben möchte, kann ich verstehen. Aber ich weiß, wie viel es Sebastian bedeuten würde. Bis Donnerstag ist noch etwas Zeit. Vielleicht ist es besser, wenn ich an einem anderen Tag noch mal mit Damien darüber reden werde.

Das Essen mit Daisy und Rosa im *Buono* hat mir heute sehr gefallen, trotz der unerwünschten Aufmerksamkeit. Wieder frage ich mich, ob Damien auch ein Lieblingsrestaurant hat? In den Staaten bestimmt, aber hier in London auch?

Wenige Minuten später ist mein Glas leer und das oberste Blatt des Notizblocks voll, und Damien kommt von seinem Arbeitszimmer ins Wohnzimmer zurück.

»Interessant«, schmunzelt er und blickt auf mein Kunstwerk, bevor er sein Handy auf der Theke ablegt.

»Und? Was hat Steward dir sagen können?«, möchte ich wissen und springe von meinem Barhocker, um erneut zum Kühlschrank zu gehen und mein Glas aufzufüllen.

»Es gibt gute und schlechte Nachrichten ...«, beginnt Damien, und ich lehne mich gegen die Küchentheke.

Nach meinem ersten Schluck nimmt Damien mir das Glas aus der Hand und trinkt von meinem Wasser. »Steward ist sich sicher, dass es noch eine Weile dauert, bis mein Vater mein Ausscheiden aus der Firma ankündigen wird. Aber er hat mir trotzdem geraten, dass ich mit meinen Anwälten im Gespräch bleibe.« Nachdenklich starrt er Löcher in die Luft, und ich bemerke die Falten auf seiner Stirn.

»Über was denkst du nach?«, frage ich und streiche mir eine Strähne hinters Ohr.

»Ich weiß nicht …«, stammelt er unsicher. »Vielleicht sollte ich … den Spieß umdrehen?«

Ich schaue ihn verwundert an, weil ich mir nicht denken kann, was er damit meinen könnte.

»Was wäre, wenn ich aus der Firma ausscheide und mir meine Anteile auszahlen lasse …«

»… und dann du einen Artikel veröffentlichen lässt?«, führe ich seinen Satz fort, als ich verstehe, worauf er hinauswill.

»Richtig«, bestätigt er und schaut mir dabei tief in die Augen. »Das wäre der perfekte Plan, meinst du nicht?«, flüstert er und zieht mich vorsichtig an sich. »Ich habe auf einmal einen riesigen Appetit.«

»Sag mal, *Buono* ist Daisys und Rosas Lieblingsrestaurant … Hast du eigentlich auch eines, hier in London, zu dem wir mal gehen könnten? Nur wir zwei?« Es wäre der perfekte Ort, um Damien erneut auf die Sache mit Sebastian anzusprechen und einfach mal dem ganzen Chaos zu entfliehen.

»*De Brest à Marseille*, französisches Essen in Downtown London … Aber eigentlich habe ich gerade nicht vom Essen geredet.«

Kapitel 41

Es klopft an der Badezimmertür, und ich zucke vor Schreck zusammen. Ich denke mir, dass es Damien sein wird, frage jedoch trotzdem nach dem Namen.

»Ich bin es, Rosa«, sagt ihre samtweiche Stimme, während ich mir ein Handtuch um den noch von der Dusche nassen Körper wickle. »Ich habe hier was für dich.«

Ich öffne die Badezimmertür zu Damiens Schlafzimmer. Ich habe mich den ganzen Tag schon gewundert, wo Rosa abgeblieben ist, da sie ja eigentlich seit heute wieder für Damien arbeitet.

»Hast du verschlafen?«, lautet meine erste Frage, als ich sie vor mir sehe, aber sie schüttelt schmunzelnd den Kopf.

»Mr Hamilton telefoniert noch in seinem Arbeitszimmer«, verrät sie mir, aber das ist ja nichts Neues. Den ganzen Tag hat sich Damien schon in seinem Arbeitszimmer eingeschlossen. Er meinte, er würde mit einigen Anwälten sprechen und noch einmal mit Steward über einen Artikel reden, den er vorsichtshalber verfasst haben möchte – wie es sein Vater getan hat. »Er sagte, dass er dich später ins *De Brest à Marseille* bringen möchte, und da dachte ich mir, schaue ich mal, ob ich ein angemessenes Kleid für dich finde.«

»Brest …?«

»*De Brest à Marseille,* das Restaurant der Reichen und Schönen in Downtown London?«, erinnert sie mich an Damiens Worte von gestern Abend, und mir läuft eine Gänsehaut den Rücken hinab, da es mich daran erinnert, was kurz nach diesen Worten passiert ist. »Das Kleid ist von *Versace* und in der Farbe deiner alten Decke, die du damals mitgebracht hast.«

Ich denke an Chaplin, als ich ihm seine Decke zum Sommerbeginn wiedergebracht hatte. Ich denke an den Moment, wo ich Damien die Decke um seine Schultern gelegt habe, bevor ich mich von ihm verabschiedet hatte. Das Dunkelrot lässt so viele Erinnerungen in mir hochkommen.

Doch das auffällige Glitzern in Rosas Augen ist ansteckend. Voller Aufregung hält sie das Kleid, das noch in einer Schutzhülle steckt, zwischen uns in die Luft. »Mach sie auf«, sagt sie ungeduldig, und ich gehe noch einmal sicher, dass mein Handtuch festsitzt und nicht jeden Moment auf den Boden fallen könnte. Dann greife ich den Reißverschluss und ziehe ihn bis zum Ende der Hülle und streife sie von dem Kleidungsstück.

Meine Augen bewundern das samtige Minikleid, dessen Farbe identisch mit der von Chaplins dunkelroter Decke ist. Der Ton ist ein und derselbe. Ich bin hin und weg.

»Du sag mal …«, beginne ich meinen Satz.

»Gefällt es dir nicht?«, unterbricht mich Rosa mit Enttäuschung in ihrer Stimme, aber sofort nehme ich das Kleid aus ihrer Hand und streiche mit den Fingern über den samtigen Stoff.

»Nein, ich liebe es!«, erkläre ich ihr. »Wirklich, es ist wunderschön.« Daraufhin lächle ich sie an und lege das Kleid sorgfältig auf das Bett, in dem Damien und ich letzte Nacht … geschlafen haben? Das Erröten meiner Wangen macht mich nervös. »Es ist nur …«, stammle ich und setze mich neben das Kleid. Als Rosa begreift, dass mir etwas auf der Seele liegt, setzt sie sich sofort zu mir und greift nach meiner Hand.

»Wo drückt der Schuh, Liebes?«

»Erinnerst du dich an unser Gespräch im Restaurant gestern?«, frage ich sie, in der Hoffnung, dass ich nicht allzu lange darüber reden muss.

»Wir haben über so vieles geredet … Was genau meinst du?« Sie drückt sanft meine Hand, und ich zwinge meine Nervosität den Hals hinunter.

»Die Sache mit der Periode …«

»Worauf willst du hinaus?«, fragt sie mich verwirrt.

»Ich habe mindestens seit zwei Jahren nicht mehr meine Tage gehabt.«

Ihr Stirnrunzeln verschwindet, und sie schaut mich an, als würde sie auf mehr warten, aber dort ist nicht mehr zu erzählen, also schaue ich sie einfach nur hilflos an.

»Nun …« Rosas Mund bildet eine schmale Linie, während sie für einen Augenblick nachdenkt. »Warst du schon mal bei einem Frauenarzt?« Ich schüttle den Kopf, eine Antwort, mit der Rosa gerechnet zu haben scheint. »Ich weiß, dass du das wahrscheinlich ungern hörst, besonders weil ich weiß, wie sehr du damals mit Dr. Jackson zu kämpfen hattest, aber ich bin keine Ärztin und ich kann dir leider nicht genau sagen, was das Problem ist.« Sie streicht in kreisenden Handbewegungen über mein Schulterblatt.

»Und ungenau?«, will ich wissen und merke, wie meine Beine nervös zu zappeln beginnen.

»Was meinst du?«

»Du sagtest, du kannst mir nicht genau sagen, was das Problem ist, also was könnte ungenau das Problem sein?«

Rosa zuckt mit den Schultern, bevor sie ihre Lippen aneinanderreibt und damit beginnt, einige Möglichkeiten aufzuzählen. »Stress, Unterernährung ... hormonelles Ungleichgewicht oder Krankheiten, aber ich würde mir da nicht so große Sorgen machen. Ich kenne eine supernette Frauenärztin hier in der Nähe. Wenn du möchtest, dann kann ich dich dorthin begleiten, damit du nicht allein gehen musst.« Ich nicke zögernd, auch wenn sich bei dem Gedanken eines Arztbesuches meine Nackenhaare vor Furcht aufstellen.

Vor wenigen Monaten wäre ich jetzt aus dem Zimmer gestürmt und hätte mich wahrscheinlich nie wieder hergetraut, weil ich wüsste, dass man mich dazu bringen wollte, einen Arzt zu besuchen. Eine meiner größten Ängste. Aber da ich Rosa an meiner Seite hätte, nimmt es mir die Angst ein wenig, und ich gestehe mir selbst ein, dass es das Beste ist, wenn ich hingehe.

»Danke«, sage ich und umarme Rosa, die nun auch beide Arme um mich schlingt.

»Kein Problem, Liebes. Das wird schon alles wieder«, beruhigt sie mich. »Aber nun müssen wir dich schnell in dein Kleid bekommen.« Sie schaut auf ihre silberne Armbanduhr. »Mr Hamilton meinte, dass ihr in zwanzig Minuten vom Fahrer abgeholt werdet. Also zack, zack. Auf nach Brest!«

Kapitel 42

Damien hilft mir aus dem *Audi* und kann seine Augen nicht mehr von mir nehmen, und aus irgendeinem Grund reagiert mein Körper anders als zuvor. Ich hätte damit gerechnet, dass ich erröten würde, aber stattdessen gefällt es mir, wie er mich ansieht. Ich möchte, dass er nie mehr damit aufhört. Nie.

»Ich kann es nur immer wieder sagen: Das Kleid steht dir wirklich ... wow!« Er ist sprachlos, und ich grinse, bevor ich mich bei ihm bedanke und ihm einen Kuss auf die Wange gebe, wo mich seine Bartstoppeln wieder kitzeln.

Die Hände ineinander verschränkt betreten wir das Restaurant, dessen Name ich mir wohl niemals in meinem ganzen Leben merken kann, als uns ein Mann mit einem Anzug, der hinten eine Art Schleppe hat, die Tür öffnet und uns mit einem knappen Lächeln begrüßt.

»Herzlich willkommen, Mr Hamilton!« Er nickt Damien zu, dann mir, und schließlich verbeugt er sich vor uns.

Ich komme mir eigenartig vor, aber das Personal scheint Damien zu kennen. Der Mann mit Schleppe begleitet uns zu einem Tisch. »Willkommen in Brest! Bitte nehmen Sie Platz.« Vorsichtig zieht er den Stuhl neben mir zurück, sodass ich mich hinsetzen kann.

»Danke schön«, sage ich mit einem freundlichen Lächeln auf den Lippen und lege meine Clutch auf den ganz in Weiß gedeckten Tisch. Damien setzt sich gegenüber von mir auf seinen Platz. »Ihre Karten.« Nachdem uns der Kellner die Speisekarten gegeben hat, lasse ich meine Finger über mein Kleid gleiten, während ich mich zum ersten Mal traue, meinen Blick zu heben und zu den anderen Gästen zu spähen. Wie erwartet sind viele Augenpaare bereits auf uns fixiert.

»Lass dich davon nicht ablenken. Wir sind zusammen hier. Erinnerst du dich? Nur du und ich«, flüstert Damien, und ich erinnere mich sehr wohl an meine Worte von gestern Abend.

Ich zwinge mich dazu, den Blick wieder von ihnen zu wenden, und sehe die schwarz-weißen Bilder an den Wänden, welche von silbernen Ranken eingerahmt sind. Die illustrierten Männer tragen Matrosenanzüge. Schließlich widme ich mich wieder voll und ganz Damien.

»Nur du und ich«, wiederhole ich und sehe das Funkeln in seinen Augen aufblitzen.

Dann werfen wir einen Blick in unsere Karten, aber ich spüre Damiens Bein, wie es meines unter dem Tisch berührt – versteckt unter der langen Tischdecke, sodass niemand es sehen kann.

»Weißt du schon, was du nehmen willst?«

Ich denke an Rosa, wie sie mir angeboten hat, zu helfen, falls ich Schwierigkeiten habe, mich durch die Karte zu lesen. Damien hingegen vertraut mir, dass ich es ohne seine Hilfe schaffe. Ich weiß nicht, was mir mehr schmeichelt, doch dass Damien nicht an mir zweifelt, ist wohl das größte Kompliment, was man machen kann.

»Auf jeden Fall keinen Rotwein … Kannst du mir einen Sekt empfehlen?«

Schmunzelnd wirft er einen weiteren Blick auf die Karte. »Ich glaube, ich habe da einen gefunden, der wie für dich gemacht ist.«

Als der Kellner wieder zu unserem Tisch zurückkehrt, zündet er die Kerze zwischen uns an, sodass Damiens Gesichtszüge in warmen Gelbtönen strahlen.

»Was kann ich Ihnen anbieten?«, fragt er höflich nach und verschränkt die Arme hinter seinem Rücken.

»Eine Flasche des *Perrier Jouet Champagner Belle,* und ich hätte gern den Burgund, *Richebourg Grand Cru …*«

»… Jahrgang 1985, wie immer also. Sehr gern«, vollendet der Kellner Damiens Bestellung. »Haben Sie auch schon in unseren Spezialitäten aus Brest stöbern können?«

»Wir nehmen zweimal die *Soupe De Pommes De Terre,* bitte, und dazu junges Gemüse mit dem hausgemachten Dip.« Aufmerksam höre ich Damien zu, und in diesem Moment hoffe ich einfach nur, dass die Gerichte keine Tintenfische enthalten werden, denn wortwörtlich verstehe ich nur Französisch.

»Mein Lieblingsgericht. Französische Kartoffelsuppe. Hier gibt es die beste, die ich je in meinem Leben gegessen habe.« Es fasziniert mich, wie begeistert Damien vom Essen spricht – sogar so sehr, dass mir bei seinen Erzählungen das Wasser im Mund zusammenläuft. »Zum ersten Mal habe ich sie in Paris während unseres Familienurlaubs gegessen. Damals war ich sechzehn Jahre alt.« Sein Grinsen verwandelt sich in ein nachdenkliches Schmunzeln. »Kyra hat sie gehasst. Ich weiß noch, wie sie sich mit verzogenem Gesicht über unsere Nanny übergeben hatte. Das hat sie nicht sehr begeistert, und Mutter erst …« Nun starrt Damien ins Leere, als befände er sich in einer anderen Welt. »Das hier ist auch das einzige Restaurant, welches den Rotwein hat, den Kyra mir damals geschenkt hatte.«

»Der, den du bestellt hast?«

Damien erwacht aus seinem Starren und nickt schließlich.

»Meintest du nicht, der hätte Tausende von Dollar gekostet?«, frage ich ihn und spiele mit meinen Fingernägeln.

»Umgerechnet um die vierzehntausend Pfund, ja.«

Ich kann es immer noch nicht glauben, dass ein Wein wirklich so viel Geld kosten kann, geschweige denn dass ein Restaurant in London ihn an seine Gäste verkauft. »Der Champagner, den ich für dich ausgewählt habe, ist nicht viel günstiger«, gibt er zu und zuckt mit den Schultern, als er mein verblüfftes Gesicht sieht.

»Wie teuer?«, frage ich ihn, möchte die Antwort jedoch eigentlich gar nicht wissen.

»Knapp zwölftausend Pfund.«

Meine Kinnlade fällt herunter. »Wie bitte?« Mit großen Augen starre ich zu Damien, der mich belustigt angrinst. »W-Was gibt es denn zu feiern?«, frage ich ihn verblüfft und hätte nicht gedacht, dass es darauf tatsächlich eine Antwort geben würde.

»Mein Vertrag läuft im Dezember aus. Ich habe mit meinen Anwälten telefoniert und mit Steward bereits einen Artikel verfasst. Ich werde noch dieses Jahr *Hamilton & Sons Inc.* verlassen und mir mit den Anteilen meine eigene Firma aufbauen.« Zufrieden lehnt er sich zurück gegen die Lehne seines Stuhls, und als ich ihm endlos viele Fragen stellen möchte, kommt der Kellner mit unseren unverschämt teuren Flaschen.

»Der Bourgogne für den Monsieur.«

Ich kann das Grinsen gegenüber Damien nicht verstecken. Mir fällt gerade ein Stein vom Herzen.

»Und der Champagne für die Madame.«

Damien bedankt sich beim Kellner, als dieser unsere Gläser füllt, aber ich bin nur mit Damiens letzten Worten beschäftigt, während meine Gedanken zu rasen beginnen.

»Wann hast du vor, den Artikel zu veröffentlichen?«, frage ich und komme aus dem Staunen nicht mehr raus. Verdutzt werde ich Zeuge, wie Damien sein Glas hebt und mich dazu auffordert, dasselbe zu tun. Also nehme ich mir mit zitternden Fingern das Glas mit dem viel zu teueren Champagner.

»Da ich denke, dass mein Vater vorhatte, meinen Vertrag nicht verlängern zu lassen, wird der Artikel noch vor Vertragsende in der Londoner Stadtzeitung und allen möglichen Klatschheften erscheinen, damit ich ihm einen Schritt voraus bin.« Damien lehnt sich wieder vor, und unsere Gläser berühren sich, gefolgt von einem leisen Klirren. »Du glaubst nicht, wie froh ich bin, dem allen endlich ein Ende zu setzen. Jahrelang habe ich für meinen Vater gearbeitet, während er nie auch nur ansatzweise ein Vater für mich war. Alles drehte sich um das Geschäft und unser Image, aber niemals ging es um … Familie.« Er verharrt für einen Moment, bis seine Augen wieder auf meine treffen. »Also auf uns. Nur du und ich. Du bist meine Familie, Birdie.«

Ich spüre die Schmetterlinge in meinem Bauch, die einen wilden Tanz tanzen, als diese Worte seine Lippen verlassen. »Auf uns«, hauche ich, doch bevor ich von meinem Glas trinke, öffne ich noch einmal den Mund. »Und auf Kyra, Sebastian … Lucas … meine Mum …«

»Auf deine Mum«, führt Damien meinen Zuruf fort, und wir lächeln uns beinahe verlegen an, als mein Herz wild gegen meine Brust pocht.

Dann nehmen wir einen Schluck. Zwölftausend Pfund teurer Champagner schmeckt ausgezeichnet.

»Ich liebe dich.« Ich spreche die Worte einfach aus, ohne dass ich vorher darüber nachgedacht habe. Aber es ist die Wahrheit.

Ich liebe alles an ihm, was er sich nicht kaufen kann. Ich liebe die Liebe, die er für seine verstorbene Schwester in sich trägt. Ich liebe es, wie er sich um seinen kleinen Bruder bemüht. Ich liebe alle Seiten seines Buches, welches ich Tag für Tag, immer und immer wieder verschlingen könnte, ohne dass es langweilig wird. Ich liebe, wie er sich um mich sorgt, mir zuhört und mir all diese Dinge zeigt, die ich wahrscheinlich nie kennengelernt hätte. Und ich liebe ... wie er mich liebt.

Kapitel 43

»Notre-Dame-de-la-Garde, die Marien-Wallfahrtskirche aus Marseille, wird von den Franzosen auch *la bonne mère,* also die gute Mutter, genannt.«

Ich liege in Damiens Arm, und er muss meinen Blick auf den Modellnachbau einer Kirche neben unserer Lounge bemerkt haben. Nach der leckeren Kartoffelsuppe und dem Teller Gemüse mit Dip haben wir unseren Platz verlassen und wurden hierhergeführt. Es ist eine Lounge mit gelben Sofas und kleinen Tischen aus dunklem Holz.

»Woher weißt du das alles?«, möchte ich wissen und schaue zu Damien auf.

»Ich habe mir das Schild durchgelesen«, neckt er mich, und ich muss lachen. »Na ja, das stimmt nur halbwegs. Ja, ich habe mir das Schild bei meinem ersten Besuch hier durchgelesen, aber mich interessiert die Stadt Marseille sehr. Wer weiß, vielleicht machen wir dort mal gemeinsam Urlaub!« Er zuckt mit den Schultern, während sein Finger sanft über meinen Unterarm streicht.

Urlaub. Das kenne ich gar nicht.

»Willkommen in Marseille!« Der Kellner serviert uns den Wein und den Champagner, den er von unserem vorherigen Platz geholt hat. Nun geht endlich ein Licht bei mir auf. Deshalb heißt das Restaurant also *Von Brest bis Marseille.* »Wissen Sie schon, welches Dessert sie gern hätten?« Der Hauptgang wird in Brest serviert, während das Dessert in der Lounge de Marseille genossen werden kann.

»Ja, wir hätten gern die *rouleaux à la cannelle* mit Pfirsichen«, antwortet Damien.

Ich habe sie für uns ausgesucht. Französische Zimtrollen mit Pfirsichen. Da Damien mir sein Lieblingsgericht bestellen wollte, meinte er, er würde mir die Wahl des Desserts überlassen. »Eine sehr gute Wahl«, bestätigt der Mann und verbeugt sich erneut vor uns.

»Ich liebe das Konzept des Restaurants«, sage ich und lehne mich wieder gegen Damiens Schulter.

»Meine Tante hatte mir damals von Marseille erzählt. Als mir das Restaurant vor einem Jahr empfohlen wurde, musste ich an sie denken.«

Ich lausche Damiens Atemzügen. Sie sind ruhig und kontrolliert. Gespannt höre ich mir seine Geschichten über seine Tante an. Anscheinend ist sie in seiner Kindheit oft für ihn da gewesen, wenn weit und breit mal keine Nanny in Reichweite war. Ich erinnere mich daran, wie er mir neulich erzählte, dass Kyra ebenfalls gern die Weihnachtstage bei ihr verbracht hat.

»Doch eines Tages war ich alt genug, und Mutter hatte sich nicht mehr so gut mit ihrer Schwester verstanden, besonders nach Kyras Tod, sodass unser Kontakt abgebrochen ist. Ich wünschte, ich hätte sie öfter mal besucht.«

Als ich nach Damiens Hand suche, hat auch er vor, nach meiner zu greifen. Liebevoll gibt er mir einen Kuss auf den Handrücken.

»Dafür ist es nie zu spät, das weißt du doch, oder?«, erinnere ich ihn. Wenn Damien es wirklich schade findet, dass er keinen Kontakt mehr zu seiner Tante hat, dann kann er jederzeit den ersten Schritt machen und sie besuchen gehen.

»Ich weiß, dass sie jedes Jahr mit anderen Familienmitgliedern am 25. Dezember ein großes Festessen schmeißt ... und ich habe nicht nur mit den Anwälten wegen *Hamilton & Sons Inc.* gesprochen, sondern auch mit dem Anwalt, der sich mit Kyras ... Mord befasst.« Ohne auch nur einen Moment zu warten, setze ich mich auf, und meine zweite Hand schmiegt sich um Damiens. »Die große Verhandlung ist ebenfalls im Dezember, und sie haben anscheinend genug Beweismittel, um ihren Ex für schuldig zu erklären. Ich werde mich bald noch einmal mit den Anwälten zusammensetzen und alles besprechen. Der Typ soll seine gerechte Strafe bekommen. Selbst wenn keine Strafe der Welt mir das zurückgeben könnte, was er mir genommen hat.«

»Du musst also im Winter in die Staaten?«, frage ich ihn, und er nickt.

»Ich habe mir gedacht, dass du mich vielleicht begleiten möchtest? Dann könnten wir an Weihnachten eventuell auch meine Tante besuchen. Ich habe auch schon alles abgeklärt, du könntest innerhalb der nächsten Monate all die nötigen Papiere bekommen, damit du für eine Reise startklar bist.«

Meine Fingerspitzen beginnen zu kribbeln, als Damien mich mit großen, bettelnden Augen ansieht. Noch nie in meinem Leben habe ich in einem Flugzeug gesessen, geschweige denn es aus der Nähe gesehen. So viele erste Male gibt es dank Damien, aber mir wird auch immer wieder bewusst, wie unterschiedlich unsere Welten ausgesehen haben, bevor sie aufeinandertrafen.

»Du meinst, ich könnte einen Ausweis bekommen? Einen Reisepass?«

Wieder nickt Damien, diesmal ziert sein Gesicht jedoch ein breites Grinsen. Alles klingt so verlockend, dass ich am liebsten sofort Ja sagen möchte, aber da ist noch etwas, was ich mit ihm besprechen muss. »Ich würde liebend gern mit dir in die Staaten und dich unterstützen, deine Tante besuchen und gemeinsam mit dir reisen, aber nur unter einer Bedingung.« Die Nervosität ergreift mich, als Damiens Gesichtsausdruck von einem Moment auf den anderen durch mindestens fünf verschiedene Emotionen geht. »Ich habe noch mal über Sebastians Verhandlung nachgedacht«, sage ich, aber Damien unterbricht mich.

»Birdie ...«, seufzt er und schließt seine Augen, bevor er die Luft aus seinen Lungen presst.

»Ich würde mich schlecht fühlen, wenn ich nicht dabei wäre, um ihn zu unterstützen. Egal, wie es ausgeht. Er war immer aufrichtig und ehrlich zu mir.«

»Ich ...« Damien findet keine passende Antwort und wird von der Ankunft unseres Desserts unterbrochen. Aber selbst der verlockende Geruch von Zimt und frischen Pfirsichen kann uns nicht von dem ablenken, was uns beide zu sehr beschäftigt. »Ich kann nicht mehr tun, als dich zu warnen«, stöhnt er verzweifelt und nimmt noch einen Schluck seines Weins. »Dann komm mit, aber vergiss nicht, wenn dich die Paparazzi belästigen – ich habe es dir gesagt.« Nun zuckt er mit den Schultern. »Nicht dass ich nichts dagegen tun würde. Im Gegenteil, ich würde alles dafür tun, dass du sicher bist.«

Ich nehme ihm das Glas aus der Hand und stelle es auf den Tisch, um nach seinen Händen zu greifen.

»Dann ja. Lass uns gemeinsam in die Staaten reisen.« Meine Stimme ist vor Aufregung und Erleichterung ganz piepsig, und auch Damien kann seine Begeisterung nicht verstecken, obwohl ich weiß, dass er mich lieber nicht bei der Verhandlung seines Bruders dabeihätte. »Das wird unser erster gemeinsamer Urlaub. Mein erstes Mal in den Staaten. Du musst mir alles zeigen. Die Freiheitsstatue, den Hollywood Boulevard, von dem meine Mum immer geschwärmt hat.«

»Das sind zwei komplett andere Staaten auf gegenüberliegenden, weit voneinander entfernten Küsten.« Das Lachen von Damien ist ansteckend. Es ist mir nicht einmal peinlich, dass ich nicht viel über die Staaten weiß. Ich kenne die amerikanische Flagge und kann heraushören, was der Unterschied zwischen einem englischen und einem amerikanischen Akzent ist, aber von den eigentlichen Staaten und Küsten habe ich keinerlei Ahnung. »Aber ich werde schon irgendwie dafür sorgen, dass du so viel zu sehen bekommst, wie nur möglich.« Nun schmunzelt er mich lüstern an. Ich lehne mich vor, nehme mir ein Stück von dem Pfirsich und halte es ihm vor seine Lippen. Er hat die Augen auf mich gerichtet, bevor er von der Frucht kostet und ich mir den Rest auf meiner eigenen Zunge zergehen lasse.

Kapitel 44

Als wir aus dem Auto steigen, werden wir von dem Blitzlichtgewitter geblendet. Mit einem der schwarzen Regenschirme, die uns eigentlich vor dem leichten Sommerregen schützen sollen, versucht Damien, unsere Gesichter vor den Fotoangriffen zu schützen.

Die Paparazzi befinden sich hinter einem Absperrband, während uns die Security und Bodyguards von *Hamilton & Sons Inc.* sicher in das Gericht begleiten sollen.

Ich versuche, die Stimmen um uns herum auszublenden und nicht auf all die Fragen der Reporter einzugehen. Als ich eine Autotür höre, drehe ich mich um. Mrs Hamilton und Mr Hamilton steigen aus einem schwarzen Mercedes. Würde mir ein Begriff einfallen, der extremer ist als ein Blitzlichtgewitter, dann würde ich ihn nun benutzen, um die Situation zu beschreiben. Es ist das reinste Chaos, und ich bin dankbar dafür, dass ich Damien an meiner Seite habe, der mich zum Eingang führt, ohne dass ich die Orientierung verliere.

Beinahe zeitgleich erreichen wir mit Damiens Eltern das Foyer des Gerichts. Die Bodyguards bleiben vor der Tür stehen, um die Sicht zu versperren.

»Birdie!« Sebastian kommt auf uns zugeeilt, einen mittelgroßen Mann mit zurückgegelten Haaren und im feinen Anzug dicht auf seinen Fersen. Es muss der Anwalt sein. »Big Bro, ihr seid hier.« Die Freude in Sebastians Augen ist unbezahlbar, selbst wenn man ihm seine Nervosität sofort ansehen kann. Ich bin froh, dass mich mein schlechtes Gewissen doch noch dazu gebracht hat, Damien davon zu überzeugen, dass ich mitgehen sollte, um seinem kleinen Bruder beizustehen.

Sebastian umarmt uns kurz, als ich wieder einmal den Minzgeruch seines Kaugummis einatme. Als er jedoch seine Eltern sieht, verschwindet das Lächeln.

»Mom ... Dad«, begrüßt er sie trocken, und ich klammere mich an Damiens Unterarm fest. Er beachtet seine Eltern nicht einmal und reicht stattdessen dem Anwalt seine Hand.

»Alby«, murmelt er, bevor der Anwalt Damien mit Mr Hamilton begrüßt und er schließlich auch mir die Hand reicht.

»Mrs Hamilton«, lauten seine Worte an mich gerichtet, und Damien und ich erstarren für einen winzigen Augenblick und schauen uns überfordert an.

»Ich hoffe, Sie bringen meinen Bruder dort heil wieder raus«, möchte sich Damien vergewissern, und Mr Alby nickt zuversichtlich. Die Hamiltons haben schon oft darüber geredet, dass sie die besten Anwälte der Welt hätten – besonders Damien erwähnte es schon einige Male. Im Gegensatz zu Damien, Sebastian und mir, reicht er daraufhin Mr und Mrs Hamilton die Hand.

»Ich erwarte eine Glanzleistung von Ihnen.«

Ich lausche dem Gespräch von Mr Hamilton und dem Anwalt. Natürlich ist Damiens Vater ausschließlich daran interessiert, welche Schlagzeile es morgen in die Zeitungen schafft, während Damien seinen Bruder fragt, ob er schon nervös ist und ihm daraufhin Mut zusprechen möchte.

»Dein Anwalt ist Weltklasse. Wir schaffen das. Mach dir keine Gedanken«, sind Damiens Worte an Sebastian, und ich wende mich von dem Gespräch zwischen dem Anwalt und Mr Hamilton ab, um ihn ebenfalls von der Angst abzubringen, dass heute etwas schieflaufen könnte.

»Die Uhr tickt«, seufzt er. »Ich kann kaum erwarten, dass das alles hier wieder vorbei ist.«

Ich beiße auf die Innenseiten meiner Wangen und würde Sebastian am liebsten wieder in den Arm nehmen, um ihn zu beruhigen. In der kurzen Zeit habe ich ihn so sehr in mein Herz geschlossen, dass er mein eigener Bruder sein könnte.

»Wollen wir schon mal zum Gerichtssaal aufbrechen?«, schlägt er uns vor, und wir entscheiden uns mit einem Nicken dafür, sein Angebot anzunehmen.

»Werden wir eigentlich mit in den Saal gehen?«, flüstere ich Damien zu, aber er schüttelt den Kopf.

»Wir müssen draußen das Urteil abwarten.«

Ich spüre, wie Damien meine Hand sanft drückt.

»Hoffentlich müssen wir dann nicht allzu lange zittern.«

Als wir uns auf die Stühle setzen, legt Damien einen Arm um mich.

»Sind euch die Paparazzi eigentlich sehr auf den Sack gegangen?«

»Ich habe alles um uns herum ausgeblendet«, antworte ich.

»Sie ist ein wahrer Profi«, grinst Damien schamlos. Das plötzliche Aufblitzen seiner Augen strahlt eine gewisse Begierde aus, was meine Wangen zum Glühen bringt.

»Sebastian. Es ist an der Zeit.« Mrs Hamiltons schrille Stimme ruft nach ihrem Sohn, ohne Damien und mich auch nur eines Blickes zu würdigen.

»Auf geht's. Wünscht mir Glück.«

»Du packst das«, richte ich mich aufmunternd an ihn, bevor Mr Alby ihm die Tür öffnet und sie im Gerichtssaal verschwinden.

»Ich kann es auch kaum erwarten, dass all das hier ein Ende hat«, höre ich Damien verzweifelt flüstern. »Damit ich mich voll und ganz auf dich konzentrieren kann.« Da ist er wieder, der schnelle Herzschlag, der meine Gefühle nicht verbergen kann. »Damit wir gemeinsam in die Staaten fliegen können.«

»Was ist eigentlich mit Rosa? Wird sie hierbleiben?«

Meine Frage scheint ihn zu irritieren. Er setzt sich ein kleines Stück vor, bevor er mich wieder ins Visier nimmt.

»Möchtest du, dass sie uns begleitet?«

Ich nicke unwillkürlich. Aus irgendeinem Grund habe ich das Gefühl, dass Damiens tiefer Atemzug mich darauf vorbereiten soll, enttäuscht zu werden. »Dann werde ich wohl gleich einen Privatjet nehmen, denn als ich Sebastian von meinem Plan erzählt habe, hat er mich sofort angefleht, dass ich ihn mitnehme. Ich glaube, es wird ihm auch guttun, seine Tante zu sehen. Er hat sie nie kennengelernt, weil er damals noch nicht auf der Welt war, als der Kontakt zu ihr abgebrochen ist. Er kennt sie nur aus meinen Geschichten über sie.« Kurz blickt Damien zu seinen Eltern hinüber, die sich auf der anderen Seite des Flurs auf eine Bank gesetzt haben und darauf warten, dass ihr Sohn wieder aus dem Gerichtssaal geführt wird. Sie reden nicht miteinander, aber ich sehe das nervöse Zappeln von Mrs Hamiltons Beinen.

»Wenn Rosa daran interessiert ist, dann können sie und Daisy gern mit.«

Ich gebe Damien einen Kuss auf die Wange. Dass er Daisy ebenfalls anbieten würde mitzufliegen, hätte ich nicht erwartet, und es freut mich umso mehr.

Nach weiteren fünfundvierzig Minuten des Wartens und Bangens öffnet sich die Saaltür, und Damien und ich springen auf. Als Erstes sehe ich einen Jungen in Sebastians Alter, der mit einer älteren Frau an seiner Seite direkt auf die Tür zusteuert, wo die Paparazzi nur darauf warten, ihre heiß ersehnten Fotos zu bekommen, damit sie morgen in der Klatschpresse landen. Es muss der Junge sein, den Sebastian geschlagen hat, weil er Kyra beleidigt hat. Daraufhin folgen Mr Alby und Sebastian, der mit einem undefinierbaren Gesichtsausdruck zu uns herüberschaut. Mr Alby geht auf Mr und Mrs Hamilton zu.

»Und?« Damien nähert sich Sebastian und legt eine Hand auf seine Schulter. Sebastian schaut bedrückt zu ihm auf, und mir stockt der Atem vor Schreck. Doch dann grinst er uns frech an.

»Schmerzensgeld.«

Es wird nicht darüber gesprochen wie viel, aber es scheint eine Erleichterung zu sein, also bin auch ich glücklich über das Urteil und kann aufatmen, während wir ihn umarmen.

»Das müssen wir feiern«, ertönt auf einmal die Stimme von Damiens Vater, und allesamt drehen wir uns zu ihm um, als er mit seiner Frau und dem Anwalt auf uns zusteuert. Es wundert mich, dass er uns auf einmal seine Aufmerksamkeit schenkt. »Schmerzensgeld ist das Beste, was uns hätte passieren können, Sebastian. So können wir es immer noch so auslegen, als wollte der

Junge nur sein Geld.« Die Erleichterung macht Sebastian sprachlos. »Wie wär's mit dem *Papillon?* Ich lade euch alle natürlich herzlich ein. Auch Sie, Mr Alby.«

Während Mr Alby aufgrund eines Termins dankend ablehnt, denke ich darüber nach, wie unwohl es mich macht, dass Mr Hamilton sich gerade von einer anderen Seite zeigt. Das Lächeln erreicht aber nicht seine Augen. Das Lächeln seines Sohnes ist jedoch breiter als je zuvor.

»Big Bro, seid ihr auch dabei?«, richtet er seine Frage an uns.

Damien öffnet seinen Mund, um etwas zu sagen.

»Natürlich«, antworte ich, ohne Damien zu Wort kommen zu lassen. Er schaut mich von der Seite an, aber ich traue mich nicht, den Augenkontakt zu suchen, da ich merke, dass er das Angebot seines Vaters ablehnen und die Frage seines Bruders mit Nein beantworten wollte. Aber ich möchte Sebastian nicht mit seinen Eltern allein lassen.

»Dann lasst uns losfahren«, ruft Mr Hamilton und mustert Damien dabei, der gerade meine Hand loslässt.

»Wir kommen ein wenig später nach«, presst er wütend durch seine zusammengebissenen Zähne hindurch.

Kapitel 45

»War das gerade dein Ernst?«, schimpft Damien mit mir, und das Zischen seiner Worte lässt mich zusammenzucken. Sein neutraler Blick irritiert mich, doch dann erinnere ich mich an die Paparazzi vor der Tür, die wahrscheinlich nur auf einen Moment warten, der aufregend genug ist, um diesen durch die Glasscheibe der Eingangstür am Ende des Flurs hindurch mit ihren großen Kameras einzufangen.

Als Damien meine Reaktion bemerkt, nimmt er einen flachen Atemzug. »Das ist immer noch dasselbe heuchlerische Arschloch, was mich auf die Welt gebracht hat, und der Grund, warum ich die Obdachlosenspikes nicht entfernen lassen konnte.«

»Ich weiß. Dass er der Grund ist, dass du überhaupt existierst, ist auch das Einzige, wofür ich ihm dankbar bin«, verteidige ich mich und verschränke meine Arme. Im Augenwinkel erkenne ich unzählige Blitze, und sofort bereue ich, dass ich meine Gefühle so offen zeige. »Zudem mache ich das für Sebastian, nicht für deinen Vater.«

»Er lädt aber ein. Warum sollte er dich einladen wollen, nachdem du uns in die Klatschpresse gebracht hast?« Damiens Worte treffen mich mitten ins Herz.

Mit großen Augen starre ich ihn an, bevor ich zu blinzeln beginne, damit ich nicht gleich anfange zu weinen. Das wäre das Schlimmste, was passieren könnte. Nicht hier, nicht vor den vielen Menschen mit all den Kameras.

»Das meinte ich nicht so, wie es sich angehört hat«, entschuldigt er sich sofort und fährt sich mit einer Hand durchs Haar. Seine gespielte Emotionslosigkeit für die Fotografen fängt an zu bröckeln. »In den Augen meines Vaters ist es aber so.«

»Ich gehe aber nicht hin, um deinem Vater oder deiner Mutter einen Gefallen zu tun. Ich gehe hin, um Sebastians Urteil zu feiern. Ich gehe hin, weil er sonst niemanden an seinem Tisch sitzen hat, der sich wirklich für ihn freut, und nicht nur über die mildere Strafe, welche zugunsten der Firma ausgelegt werden kann.«

Damien scheint einen Moment über meine Worte nachzudenken, bis er wieder nach meiner Hand greift. Zuerst möchte ich sie wieder wegziehen, was ihn völlig aus der Bahn wirft, aber dann ergreife ich sie schließlich. Ich möchte nicht mit ihm streiten.

»Wenn du nicht willst, dann gehe ich eben allein hin. Du kannst ja auch weiter zu deinem Apartment fahren, und ich komme dann nach?«, schlage ich ihm vor, aber er schüttelt den Kopf.

»Niemals. Ich würde dich wirklich ungern mit meinen Eltern allein an einem Tisch sitzen lassen. Dann komme ich eben mit.« Man kann sein genervtes Stöhnen nicht überhören. »Aber nur wegen dir.«

»Und Sebastian«, korrigiere ich ihn.

»Und Sebastian«, murmelt er mir nach, während wir uns der Ausgangstür zuwenden und uns der Menge an Paparazzi stellen.

Auch diesmal versuche ich, die Kommentare und Fragen zu ignorieren, aber ich kann mich nicht mehr auf

Damien konzentrieren nach der kleinen Auseinandersetzung eben und muss beinahe von ihm weitergezogen werden, damit wir noch rechtzeitig am Auto ankommen, so sehr irritieren mich die Fragen.

Es wird spekuliert, dass Sie für Damien Hamilton als Escort arbeiten?

Stimmt es, dass Sie schwanger sind?

Mr Hamilton, wie gehen die Ermittlungen im Fall des Mordes an Ihrer Schwester voran?

Ich möchte mich umdrehen und dem Fotografen, der diese Frage stellt, eine á la Sebastian verpassen. Doch Damien bleibt ruhig, da er es wohl schafft, die Stimmen auszublenden.

Wir setzen uns ins Auto, und ich muss tief durchatmen. Mein Herz schlägt wie wild. Diese Art von Aufregung bin ich nicht gewohnt. »Alles nur leeres Gerede von Menschen, die eine Reaktion hervorrufen wollen«, sagt Damien plötzlich zu meiner Überraschung und legt seine Hand auf meine.

»Was ist ... *Escort?*«, möchte ich wissen und lege meine Stirn in Falten.

Damien zieht seine Augenbrauen hoch und sieht verwirrt zu mir herüber. Dann schmunzelt er, aber das Schmunzeln ist kein ehrliches Schmunzeln. Dann schüttelt er entsetzt den Kopf.

»Das möchte ich dir gar nicht erklären, weil es eine Beleidigung ist, dass jemand denkt, dass du nur das für mich wärst.«

Ich nicke und drücke seine Hand leicht. Als das Blau seiner Augen in meine sieht, entlockt er mir ein Lächeln. »Die Menschen rechnen nicht damit, dass ich so etwas wie Gefühle besitzen könnte.«

»Auf geht es in die Hölle«, kündigt Damien an, als wir Hand in Hand das Restaurant betreten und seine Familie an einem der runden Tische finden.

Zwischen Sebastian und seiner Mutter sind noch genau zwei Plätze frei. Zum Glück bietet mir Damien an, dass er neben seiner Mutter sitzt, was mich erleichtert, da ich nicht denke, dass ich es auch nur eine Minute neben ihr ausgehalten hätte.

Wenn Blicke töten könnten, dann würde ich wegen ihr jetzt leblos auf dem Boden liegen. Mr Hamilton hingegen scheint entspannt zu sein, jedoch beachtet er mich nicht einmal, geschweige denn seinen ältesten Sohn.

»Ihr kommt gerade richtig«, grinst Sebastian, der gerade dabei ist, eine Sektflasche zu öffnen. Kurze Zeit später lässt mich das laute Knallen des Korkens aufschrecken. Der Schaum tropft auf die weiße Tischdecke, während Sebastian unsere Gläser mit dem Alkohol füllt.

»Na, das üben wir aber noch mal«, neckt Damien seinen kleinen Bruder, bevor Sebastian ihm mit einem sarkastischen Lächeln einen bitterbösen Blick zuwirft. Liebend gern würde ich meine Hand auf seinen Oberschenkel legen, aber der Tisch ist so groß, dass mindestens ein ganzer Meter zwischen Damien und mir liegt.

»Auf Sebastian und auf Mr Alby.«

Wir erheben unsere Gläser und stoßen gemeinsam an.

Wenige Augenblicke später wird uns jeweils ein Gericht mit einer silbernen Abdeckung in Form einer Halbkugel auf den Platz gestellt. Fragend schaue ich zu Damien hinüber, der mir daraufhin erklärt, dass sie immer dasselbe bestellen, wenn sie hier sind. »Ist das Lieblingsgericht meines Vaters«, flüstert Sebastian mir zu, als er mir noch etwas Sekt nachschenkt. Nun interessiert mich, was sich unter der Haube verstecken mag. Hoffentlich ist es etwas, was ich mag.

»Guten Appetit, alle beisammen!«

Das Grinsen von Mrs Hamilton kommt mir unheimlich vor. Aber ich versuche, mich abzulenken – und mit was könnte man sich besser ablenken als mit Essen?

Doch als ich den silbernen Deckel von meinem Teller nehme, kommt mir beinahe das Frühstück wieder hoch. Es sind doch tatsächlich frittierte Tintenfische. Wie soll ich so etwas bloß essen? Hilflos wage ich einen Blick zu Damien, der bereits mit der Gabel in der Gemüsebeilage stochert.

»Du brauchst die *Calamares* nicht essen, wenn du nicht willst«, sagt er mir, als er mein Zögern bemerkt, und schiebt sich eine Gabel mit Karotten und Blumenkohl in den Mund.

Erleichtert nicke ich und spieße mit der Gabel ebenfalls eine kleine Karotte auf.

»Und du, seit wann isst du deine *Calamares* nicht?«, meldet sich auf einmal Damiens Mutter zu Wort, die uns belauscht haben muss, und Damien scheint genauso überrascht zu sein wie ich. Dann verdreht er seine Augen unauffällig, aber Mrs Hamilton mustert ihn bis ins Detail, weshalb auch das nicht an ihr vorbeigeht.

»Ich war noch nie ein großer Fan von *Calamares,* Mutter.«

Mit einer erhobenen Augenbraue und gespitzten roten Lippen sieht sie nun mich an.

»Aber es überrascht mich nicht, dass du das nicht weißt«, murmelt er kauend.

»Ist es ihretwegen?«

Verunsichert wandert mein Blick zu Sebastian, der einfach nur seinen Teller anstarrt. Ihm scheint das Thema unangenehm zu sein – und mir erst …

»Sie hat einen Namen, Mutter.« Das aggressive Kauen von Damien macht mich nervös. »Und nein, es ist nicht wegen Birdie. Ich zwinge mich nur nicht mehr dazu, vorzugeben, etwas zu genießen, wenn ich es verabscheue.«

Dieser Satz hat gesessen und Mrs Hamiltons Augen werden zu verurteilenden Schlitzen. Nicht schon wieder. Nicht schon wieder streiten. Nicht heute.

»Was willst du damit sagen, mein Sohn?« Mr Hamilton schielt zu Damien herüber, aber Damien ignoriert seinen Vater, als Mrs Hamilton ihren Mann unterbricht.

»Seitdem sie in dein Leben getreten ist, hat sie dir und der Firma nur Probleme bereitet«, zischt sie und lässt ihre Gabel und ihr Messer auf den Teller fallen, sodass es laut klirrt. Ich weiß nicht, was ich tun soll, kann mich nicht bewegen. »All die Schlagzeilen, ihre Forderungen, das Obdachlosenprojekt und deine Leichtsinnigkeit haben dazu geführt, dass du die Arbeit komplett vernachlässigt hast. Sie ist daran schuld, habe ich recht?«

»Mom …«, seufzt Sebastian neben mir, aber ich kann nicht fassen, was gerade passiert. Bei all diesen Anschuldigungen wird mir klar, dass ich auf Damien hätte hören sollen. Wir könnten in diesem Moment entspannt auf Damiens Couch liegen und uns eine seiner Dokumentationen anschauen oder ein heißes Bad nehmen – fernab von all dem Stress dieser Familie. »Hör endlich auf damit!« Nun ist Sebastians Stimme lauter geworden. Ich habe keine Ahnung, was seine Mutter noch so alles über mich gesagt hat, denn ich denke immer noch über ihre vorherigen Worte nach.

»Sebastian, du bist ruhig!«, faucht sie, und ich beginne zu realisieren, dass all die anderen Gäste des Restaurants zu uns herübersehen.

»Nein! Du bist ruhig.« Damien springt von seinem Platz auf, und plötzlich gelingt es mir wieder, meinen Körper zu kontrollieren, als ich nach seinem Arm greifen möchte, er aber so schnell ist, dass er bereits steht, als ich mich zu ihm drehe. »Ich weiß nicht, wie lange es dauern wird, bis du das endlich begreifst, aber Birdie ist das Beste, was mir in meinem ganzen Leben je passiert ist. Keine Stunde mit meinen Nannys oder die Urlaube und Festtage, wo wir uns selbst vorgemacht haben, dass wir eine Familie wären, können auch nur ansatzweise das Gefühl in mir hervorrufen, das Birdie in mir auslöst!« Damien redet sich so sehr in Rage, dass es jede einzelne Person im Raum vernommen haben muss. Man könnte eine Stecknadel auf den Boden fallen hören – wären da nicht die lauten Stimmen der Hamiltons.

Eine heiße Träne kullert meine Wange hinunter, und ich wische sie mir mit dem Handrücken weg.

»Birdie …«, höre ich Sebastian flüstern. »Es tut mir so leid.«

Aber ich schließe nur meine Augen, bevor ich von meinem Platz aufstehe und nach Damiens Hand greife.

»Lass uns wieder gehen«, flehe ich ihn an, aber er dreht sich nicht zu mir um.

»Wenn du wirklich so denkst, dann geh doch mit ihr mit.« Mrs Hamilton, die sich ebenfalls von ihrem Stuhl erhebt, stemmt ihre Hände in die Hüften. Ihre Stimme schmerzt mir in den Ohren. »Aber eines sei gesagt. Dein Vater hätte dich vor langer Zeit aus der Firma schmeißen sollen. Zum Beispiel vor zwei Jahren, als du deine Verantwortung gegenüber deiner Schwester bis ins Grab vernachlässigt hast und wir alle die Konsequenzen dafür tragen mussten.«

In diesem Moment möchte ich ihr alles an den Kopf werfen, was mir in den Weg kommt. Verbal und mit allem Greifbaren. Alles, was ihr so sehr wehtun könnte wie ihre Worte, die gerade Damien durchbohren.

»Halten Sie ihren verdammten Mund!«, mische ich mich nun ein. Sie widert mich an. Lieber würde ich mich wieder mit Meredith oder Leo anfreunden, als mich mit dieser Furie abzugeben.

Mr Hamilton scheint meine Ansage zu amüsieren, was meinen Puls nur noch mehr in die Höhe schießen lässt. Um uns herum werden die Smartphones gezückt, doch das ist mir in dieser Sekunde egal.

»Lass gut sein, Birdie.« Damien dreht sich zu mir um, und ich sehe die Tränen aus seinen Augen rinnen. Ich fühle mich schuldig, weil ich ihn hierhergeschleppt habe. »Komm, wir gehen.« Unwillkürlich nicke ich und drehe mich um, als wir auf die Tür zusteuern und uns die gespannten Blicke der Zuschauer auf Schritt und Tritt verfolgen.

»Wartet! Nehmt ihr mich mit?«, höre ich Sebastian fragen.

Es ist eine Beleidigung, dass man diese Menschen eine Familie nennt. Denn außer der geschwisterlichen Liebe zwischen Damien und Sebastian und einst Kyra verspüre ich nichts als Hass, und auf einmal verstehe ich, warum Kyra diese Familie ohne großes Zögern zurücklassen wollte.

Epilog

Im Auto herrscht Stille. Jeder von uns befindet sich in seinen eigenen Gedanken. Immer und immer wieder gehen mir Damiens Worte von heute Vormittag durch den Kopf. *Ich kann es kaum erwarten, dass das alles hier ein Ende nimmt …* Und mit jeder Wiederholung gewinnen sie mehr an Bedeutung.

Am Sitz vorbei beobachte ich Sebastian im Rückspiegel. Sein Gesichtsausdruck hat sich seit Minuten nicht verändert. Er starrt einfach nur auf die Straße. Aber ich bin froh, dass er bei uns ist.

Ich bereue es kein bisschen, dass ich mich dazu entschlossen hatte, ihm bei seiner Verhandlung beizustehen. Auf gar keinen Fall würde ich das jemals rückgängig machen wollen – das Essen jedoch, das bereue ich zutiefst.

Diesmal sitze ich in der Mitte der Rückbank, damit ich mich an Damien lehnen kann. Ich atme den vertrauten Geruch seines Aftershaves ein und schließe meine Augen. Die ganze Fahrt über hat er noch nichts gesagt, bis auf die Adresse seines Apartments. Sein Smartphone leuchtet mehrere Male auf. Es liegt zwischen uns auf dem Sitzpolster. Damien würdigt es keines Blickes.

Mal ist es Steward, der von Anrufen der Presse berichtet. Doch auch von seinem Vater erhält er einige

Nachrichten, welche ich mir mit einem wütenden Stirnrunzeln durchlese.

Ich werde dich schon noch davon überzeugen, dass für keine Frau der Welt eine Karriere wie die, welche dir deine Familie ermöglicht, aufs Spiel gesetzt werden sollte. Du kennst sie doch gar nicht.

Es scheint wieder ein neuer Fahrer zu sein – und ich traue mich gerade nicht, eine Unterhaltung zu beginnen. Nicht nach all dem, was sich eben im Restaurant abgespielt hat. Eine stille Pause tut uns allen gut, denke ich. Denn auch wenn es still ist und jeder mit seinen Gedanken zu kämpfen hat – wir sind zum Glück nicht allein.

Die Worte, die heute gefallen sind, waren harsch und haben wohl oder übel ihren Zweck erfüllt. Jahrelang hatte Damien sich vorgeworfen, er sei an Kyras Tod schuld gewesen – dass er sie hätte retten können. Diese Sorge nun als Vorwurf aus dem Mund seiner eigenen Mutter zu hören, muss eines der schlimmsten Dinge sein, die man als Sohn gesagt bekommen kann.

Ich öffne meine Augen wieder und drücke abermals seine Hand, jedoch zeigt er keine Reaktion. Stattdessen bemerke ich das unkontrollierbare, hektische Heben und Senken seiner Brust, als er zu kaschieren versucht, dass ihm das Atmen schwerfällt.

»Ich liebe dich«, flüstere ich mit zittriger Stimme, und schließlich blickt er zu mir herab und schenkt mir etwas, was wie der Versuch eines Lächelns aussieht. Seine Augen funkeln, aber das Eisblau wirkt starr und verwirrt, bevor er wieder aus seinem Fenster schaut und schließlich mit dem Daumen über meinen Handrücken fährt. Ich genieße die zarte Berührung und schaue ebenfalls aus dem mit Tropfen verzierten Fenster neben uns. London ist wieder bewölkt, und die gesamte Stadt wirkt wie eingehüllt in dunkelgraue Zuckerwatte. Es zieht ein Sturm auf.

Auch wenn wir im Auto geschützt sind, prasselt der Sommerregen auf das Dach über uns und hämmert im lauten Rhythmus gegen die Fensterscheiben. Selbst im Schutz des Autos wissen wir, dass es dort draußen stürmt und wir rein gar nichts daran ändern können. Es ist wie bei Damien und mir. Als würde mir Mutter Natur einen Spiegel vor das Gesicht halten. Selbst im Schutz unserer Liebe füreinander wissen wir, dass um uns herum ein Chaos herrscht. Wir mögen uns an unserer Liebe festhalten, die uns wie ein Regenschirm vor dem Unwetter schützt ... Doch so sehr ich an unsere Liebe glaube – Regenschirme sind zerbrechlich. Und wenn es so stark regnet, dann wird man immer nass.

»Aber solange es nur Regentropfen sind, wirst du nicht ertrinken, Birdie«, höre ich die Stimme meiner Mutter sagen und spüre, wie der heiße Regen nun meine Wangen erreicht.

Danksagung

Solange es nur Regentropfen sind,
wirst du nicht ertrinken …

Zuallererst bedanke ich mich bei meinen treuen Leser:innen auf Wattpad und natürlich allen Leser:innen, die durch die Veröffentlichung von Band eins und zwei im *Piper.digital Verlag* neu dazugekommen sind.

Die Geschichte von Damien und Birdie widme ich all denen, die ihre Thematik verstehen und verinnerlichen können. Danke, dass ihr vor allem Birdies Worten Aufmerksamkeit schenkt – und all denjenigen, die ähnliche Schicksale durchleben müssen, danke, dass ihr stark seid und niemals aufgebt.

Weiterhin bedanke ich mich bei *Wattpad* für all die Möglichkeiten und die große Unterstützung, welche mir als junger Autorin bereitgestellt werden. *Thank you to the Wattpad HQ and the entire Team responsible for making your writers' dreams come true.* Besonders Petra Zauner möchte ich dabei meine Dankbarkeit aussprechen. Ich kann immer auf dich zählen und bin stolz, dich auf dieser Reise an meiner Seite zu haben. Aber auch dem gesamten deutschen *Wattpad Team,* das sich jeden Tag um uns Autor:innen kümmert, möchte ich hiermit danken.

Einen herzlichen Dank an den *Piper.digital Verlag* und alle des gesamten *Wattpad@Piper Teams*, die mir ihr Vertrauen für die Fortsetzung zu *»Million Dollars Between Us«* und ihre monatelange Unterstützung schenkten. Danke an Elke Hittinger, Felicitas von Lovenberg, Eliane Wurzer, Christiane Bauer, Paulina Schaeffer und das Piper-Team für all die Arbeit sowie Diana Napolitano für die Unterstützung im Lektorat.

Wieder möchte ich ein großes Kompliment an das *FAVORITBUERO München* aussprechen, die meine Vorstellungen und Ideen zum Folgecover maßlos übertroffen haben.

A huge thanks to French artist Kami Mujo for illustrating the beautiful character card of Damien and Birdie. You are an incredible artist and I am beyond grateful for being able to feature your work.

While at it, I also want to thank everyone who inspired or motivated me. I could never forget Stray Kids, Birdy, Calum Scott, OneRepublic, Alessia Cara, Thirdstory and many more talented artists, whose music are a vital part of my work. Thank you for helping me through this process.

Alles Liebe an meine liebevolle Mama, meine Brüder Domi und Jule, die mir so viel bedeuten. Sowie Nini, Jessi, Luke, Lio, Jella, Junis, Stina, Bülent, Michaela und Mathias. Benni und Sascha, meine Lieblingsmenschen. Meine Großfamilie und alle Freunde – ihr wisst, wer ihr seid. Thalia, Daniela, Nina und Andy, ihr inspiriert mich jeden Tag mit eurer bloßen Existenz. Ich bin so unglaublich dankbar, euch in meinem Leben zu haben.

Papa, danke für all die Dinge, die du mir mit auf den Weg gegeben hast und die es mir einfacher machen, mich über Wasser zu halten. *Selbst wenn es regnet, werde ich niemals daran ertrinken.*